La misma canción

MARY HIGGINS CLARK

La misma canción

Traducción de
Daniel Menezo

Título original: *I Heard That Song Before*

Primera edición en U. S. A.: febrero, 2008

© 2007, Mary Higgins Clark
© 2008, Random House Mondadori, S.A.
    Travessera de Gràcia, 47-49. 08021 Barcelona
© 2008, Daniel Menezo, por la traducción

Printed in Spain – Impreso en España

ISBN: 978-0-307-39202-2

BD 9 2 0 2 2

Para Marilyn,
mi primogénita y queridísima amiga,
con cariño

Agradecimientos

Escribir es esencialmente una ocupación solitaria. El escritor que cuenta con personas que le apoyan y animan durante el proceso es realmente afortunado. Cuando empiezo a desarrollar un relato, mi editor de siempre, Michael V. Korda, y el editor sénior Chuck Adams no dejan de animarme y aconsejarme. Mi agradecimiento a los dos, así como a Lisl Cade, mi publicista; a mi agente Sam Pinkus; a Gypsy da Silva, la responsable de mis derechos de autor, y a su especial equipo: Joshua Cohen y Jonathan Evans.

Alabanzas y agradecimiento para mi familia, hijos y nietos, a Él, el siempre perfecto John Conheeney, a mis fans incondicionales Agnes Newton, Nadine Petry e Irene Clark. Sois un grupo estupendo, y os quiero a todos.

Y ahora, queridos lectores, espero que disfruten con esta historia.

Prólogo

Mi padre era el paisajista de la mansión de los Carrington. Esa finca, con una extensión de doscientos mil metros cuadrados, era una de las pocas propiedades privadas de tamaña superficie que quedaban en Englewood, Nueva Jersey, una ciudad de alto *standing* situada a unos cinco kilómetros al oeste de Manhattan, al otro lado del puente George Washington.

Un sábado de agosto por la tarde, hace veintidós años, cuando yo solo contaba seis, mi padre decidió que, aunque era su día libre, acudiría a la finca para comprobar el sistema de iluminación que acababan de instalar en el exterior de la mansión. Aquella noche los Carrington celebraban una cena para doscientas personas. Mi padre, que por entonces ya tenía problemas con sus patronos debido a su afición a la bebida, sabía que si las luces distribuidas por los jardines no funcionaban correctamente podría perder su empleo.

Vivíamos solos, así que no tuvo más remedio que llevarme con él. Me dejó sentada en un banco del jardín, cerca de la terraza, con instrucciones estrictas de que no me moviera de allí hasta que él regresara. Luego añadió:

—Puede que tarde un buen rato. Si tienes que ir al baño, dobla esa esquina y atraviesa la puerta que tiene una mosquitera. Nada más entrar está el lavabo del servicio.

Ese tipo de permiso era exactamente lo que yo necesitaba.

Había escuchado a mi padre describirle a mi abuela el interior de aquella enorme mansión de piedra, y mi imaginación había hecho el resto. La habían construido en Gales en el siglo XVII, e incluso disponía de una capilla oculta, donde vivía un sacerdote y celebraba misa en secreto en los tiempos en que Oliver Cromwell intentó borrar a sangre y fuego cualquier rastro de catolicismo en Inglaterra. En 1848, el primer Peter Carrington hizo que desmontasen la mansión y, piedra a piedra, volvieran a reconstruirla en Englewood.

Gracias a la descripción de mi padre, sabía que la capilla tenía una pesada puerta de madera, y que estaba en un extremo del primer piso.

Tenía que verla. Después de que él hubiera desaparecido en los jardines, esperé cinco minutos y luego entré corriendo por la puerta que me había señalado. A mi derecha estaba la escalera trasera; subí por ella en silencio. Si me encontraba con alguien, le diría que andaba buscando el baño, algo que, me dije a mí misma, no era del todo mentira.

Ya en el primer piso, sintiendo un nerviosismo creciente, recorrí un pasillo cubierto de alfombras tras otro en un laberinto de desvíos inesperados. Entonces la vi: la pesada puerta de madera que mi padre había descrito; parecía fuera de lugar en aquella mansión de decoración moderna.

Envalentonada por la suerte de no haberme encontrado con nadie durante mi aventura, subí corriendo los últimos escalones y me apresuré a abrir la puerta. Mientras la empujaba rechinó un poco, pero pude abrir un resquicio y colarme dentro.

Entrar en aquella capilla fue como hacer un viaje en el tiempo. Era mucho más pequeña de lo que esperaba. Me la había imaginado como la Lady Chapel de la catedral de St. Patrick, donde mi abuela, las pocas veces que íbamos a Nueva York, siempre se detenía para encender una vela en memoria de mi madre. Mi abuela nunca se cansaba de explicarme lo hermosa que estaba mi madre el día que se casó con mi padre en aquella catedral.

Las paredes y el suelo de la capilla eran de piedra, y el aire que respiraba era húmedo y frío.

El único objeto religioso de aquel lugar era una imagen de la Virgen María desportillada y con la pintura descascarillada; una vela votiva eléctrica, situada justo delante, proporcionaba una iluminación mortecina. Había dos filas de bancos de madera encarados hacia la pequeña mesa de madera que debía de haber servido de altar.

Mientras contemplaba la estancia, oí que la puerta chirriaba y supe que alguien estaba empujándola para entrar. Hice lo único que podía hacer: corrí entre los bancos, me tiré al suelo y enterré la cara entre las manos, como los avestruces.

A juzgar por las voces, en la capilla habían entrado un hombre y una mujer. Sus susurros, ásperos y furiosos, reverberaban en las paredes. Discutían de dinero, un tema que yo conocía bien. Mi abuela siempre estaba sermoneando a mi padre, diciéndole que si seguía bebiendo no tardaríamos en quedarnos sin nada.

La mujer exigía dinero al hombre, y él respondía que ya le había dado más que suficiente. Entonces ella le dijo:

—Te juro que esta será la última vez.

Y él repuso:

—Esa es la misma canción de siempre.

Sé que mi recuerdo de aquel episodio es muy preciso. Cuando comprendí que, a diferencia de mis amigos de la guardería, yo no tenía madre, le rogué a mi abuela que me hablase de ella, que me contara hasta el último detalle que pudiera evocar. Entre los recuerdos que mi abuela compartió conmigo, había uno de cuando mi madre participó en una obra de teatro del instituto cantando una canción titulada «La misma canción».

—¡Ay, Kathryn! ¡La cantaba tan bien! Tenía una voz preciosa. El público aplaudió durante mucho rato, y luego pidieron un bis. Tuvo que repetirla.

Y entonces mi abuela me la tarareaba.

Después de esa frase que pronunció el hombre, no llegué a oír el resto de la conversación, excepto cuando la mujer musitó:

—No te olvides.

Luego se marchó de la capilla. Sé que el hombre se quedó porque oía su respiración agitada. Entonces empezó a silbar, muy suavemente, la melodía de aquella canción que mi madre cantó en el instituto. Luego, al pensar en ello, imaginé que quizá intentaba tranquilizarse. Después de silbar unas cuantas notas, se interrumpió de repente y salió de la capilla.

Esperé durante un tiempo que se me hizo eterno, y luego me fui. Bajé corriendo la escalera y salí a los jardines. Por supuesto, jamás le conté a mi padre que había entrado en la casa ni nada de lo que oí en la capilla. Pero el recuerdo nunca se borró de mi mente, y estoy segura de lo que oí.

No sé quiénes eran aquellas personas. Ahora, veintidós años después, es importante que lo averigüe. Lo único que sé con certeza, basándome en todas las versiones que se han dado de aquella noche, es que un grupo de los invitados a la cena pernoctó en la mansión, además de cinco criados, el proveedor del catering y su equipo. Pero es posible que saber eso no baste para salvarle la vida a mi marido, si es que realmente merece salvarse.

1

Crecí a la sombra del rapto del niño de los Lindbergh.

Con esto quiero decir que nací y crecí en Englewood, Nueva Jersey. En 1932, el nieto del ciudadano más importante de Englewood, el embajador Dwight Morrow, fue secuestrado. Además, en aquel tiempo, el padre del niño, el coronel Charles Lindbergh, era el hombre más famoso del mundo: fue el primero en cruzar volando en solitario el océano Atlántico en su avión de un solo motor, el *Spirit of St. Louis*.

Mi abuela, que en aquella época tenía ocho años, recuerda los grandes titulares, la multitud de reporteros que se congregó delante de Next Day Hill, la propiedad de los Morrow, así como la detención y el juicio de Bruno Hauptmann.

Pasó el tiempo y los recuerdos se fueron difuminando. Hoy en día, la residencia más destacable de Englewood es la mansión de los Carrington, aquel edificio que recuerda a un castillo y en el que yo me colé cuando era pequeña.

Pensaba en todo esto cuando, por segunda vez en mi vida, crucé las puertas de la finca de los Carrington. «Han pasado veintidós años», pensé, recordando a la curiosa niña de seis años que fui. Quizá lo que hizo que de repente me sintiera avergonzada y triste fue recordar que los Carrington despidieron a mi padre solo unas semanas después de aquel episodio. La luminosa mañana de octubre había evolucionado a una tarde de viento y lluvia, y deseé haber cogido una chaqueta más gruesa. La que llevaba me parecía demasiado fina y llamativa.

Aparqué mi coche de segunda mano a un lado del impresionante camino de acceso; no quería que nadie me viera. Después de recorrer más de doscientos mil kilómetros, un coche no está en su mejor momento, a pesar de que lo había lavado hacía poco y, por fortuna, no tenía ninguna abolladura.

Llevaba el pelo recogido en un moño, pero mientras subía por la escalera y llamaba al timbre el viento me lo deshizo. Abrió la puerta un hombre que parecía tener cincuenta y tantos años, con entradas, labios finos y expresión severa. Vestía un traje negro. No estaba segura de si era el mayordomo o un secretario, pero antes de que yo abriera la boca me dijo, sin presentarse, que el señor Carrington me estaba aguardando y que si era tan amable de entrar.

La luz del sol que se filtraba a través de los ventanales de cristales emplomados iluminaba el amplio vestíbulo. Junto a un tapiz medieval que representaba una escena bélica había una estatua de un guerrero con armadura. Me hubiera gustado detenerme a contemplar el tapiz, pero seguí obedientemente a mi escolta por un pasillo que nos llevó hasta la biblioteca.

—Ha llegado la señorita Lansing, señor Carrington —dijo—. Estaré en el despacho.

Esa información me llevó a suponer que se trataba de un secretario.

Cuando era pequeña solía hacer dibujos de la casa en la que me gustaría vivir. Una de las habitaciones que más me gustaba imaginar era aquella en la que me pasaría las tardes leyendo. En aquel cuarto siempre había una chimenea y librerías. En uno de los dibujos añadí un cómodo diván en el que yo, acurrucada en un extremo, sostenía un libro en la mano. No estoy diciendo que sea una artista, no lo soy. Mis figuras estaban hechas con palotes, y las estanterías no eran rectas; la alfombra era una versión multicolor de una que había visto en el escaparate de una tienda de alfombras antiguas. No lograba plasmar en el papel la imagen exacta que tenía en mente, pero sabía lo que quería. Quería el tipo de estancia en la que me encontraba en ese momento.

Peter Carrington estaba sentado en un butacón de piel, con los pies sobre un cojín. La lámpara de la mesa que tenía al lado iluminaba el libro que estaba leyendo y revelaba también su atractivo perfil.

Las gafas de lectura, apoyadas en el puente de la nariz, resbalaron cuando levantó la cabeza. Las recogió y las dejó en la mesa, luego apartó los pies del cojín y se levantó. Yo lo había visto alguna vez en la ciudad y había observado su foto en los periódicos, así que ya tenía una idea de cómo era, pero estar con él en la misma habitación era distinto. Peter Carrington emanaba una autoridad silenciosa que se manifestó incluso cuando me sonrió y me tendió la mano.

—Kathryn Lansing. Su carta era persuasiva.

—Gracias por recibirme, señor Carrington.

Su apretón de manos fue firme. Sabía que me estaba estudiando tanto como yo a él. Era más alto de lo que yo había creído, y tenía el talle esbelto de un corredor. Sus ojos eran más grises que azules. Su rostro era delgado y de rasgos regulares. Llevaba el pelo, castaño oscuro, un poco largo, pero le sentaba bien. Vestía un cárdigan marrón oscuro con hebras de color bronce. Si me hubieran preguntado a qué pensaba que se dedicaba solo viendo su aspecto, habría dicho que era profesor universitario.

Sabía que tenía cuarenta y dos años. Eso quería decir que el día que me colé en su casa él debía de tener unos veinte. Me pregunté si estaba en la casa cuando se celebró aquella fiesta. Por supuesto, cabía la posibilidad de que así fuera; a finales de agosto probablemente aún no habría regresado a Princeton, donde cursaba sus estudios. O, si el curso ya había empezado, podía haber ido a casa a pasar el fin de semana. Princeton estaba solo a una hora y media de coche de Englewood.

Me invitó a sentarme en uno de los dos sillones iguales situados cerca del hogar.

—Hace tiempo que buscaba una excusa para encender la chimenea —dijo—. Y esta tarde el tiempo ha colaborado.

En aquel momento no me quedó ninguna duda de que la chaqueta color verde lima que había elegido era más propia de una tarde de agosto que de mediados de otoño. Noté que un mechón de mi cabello se deslizaba por mi hombro e intenté retorcerlo y sujetarlo en el moño.

Tengo un máster en biblioteconomía; mi pasión por los libros me llevó de forma natural a elegir esa carrera. Desde que me gradué, hacía cinco años, he trabajado en la Biblioteca Pública de Englewood, y estoy muy implicada en el proyecto de alfabetización de mi comunidad.

Y allí estaba, en una biblioteca impresionante, «con el sombrero en la mano», como solía decir mi abuela. Pretendía organizar una fiesta con el fin de recaudar fondos para el programa de alfabetización, y quería que fuese algo espectacular. Tenía el convencimiento de que solo había una manera de conseguir que la gente pagase trescientos dólares por un cóctel: celebrarlo en esa casa. La mansión de los Carrington era un sitio en la historia de Englewood y de las ciudades de alrededor. Todo el mundo conocía su pasado y el hecho de que la habían trasladado allí desde Gales. Estaba convencida de que la posibilidad de entrar en ella aseguraría el éxito de la reunión.

Por lo general me siento bastante cómoda conmigo misma, pero allí sentada, viendo cómo aquellos ojos grises me analizaban, me sentía azorada e incómoda. De repente fui otra vez la hija del paisajista que bebía demasiado.

«Domínate —me dije—, ya vale de tanta vergüenza tonta.» Después de ese pequeño rapapolvo mental, anuncié mi propuesta, tantas veces ensayada.

—Señor Carrington, tal como le expuse en mi carta, existen muchas buenas causas, lo que significa muchas razones, por las que la gente firma un cheque. Por supuesto, nadie puede respaldar todas las causas. Francamente, hoy en día incluso las personas acomodadas se sienten desbordadas. Por eso es esencial para nuestra reunión encontrar la manera de que la gente colabore económicamente con nosotros.

Y entonces me lancé y le pedí que nos permitiese celebrar un cóctel en su casa. Vi cómo cambiaba su expresión y el «no» que se iba formando en sus labios.

Lo dijo con gran delicadeza.

—Señorita Lansing... —comenzó.

—Por favor, llámeme Kay.

—Pensé que se llamaba Kathryn.

—Eso es lo que dicen mi certificado de nacimiento y mi abuela.

Se echó a reír.

—Entiendo —dijo, y empezó a elaborar una educada negativa—. Kay, me encantaría firmarle un cheque...

Le interrumpí.

—Estoy segura. Pero, como le dije en mi carta, esto no es solo cuestión de dinero. Necesitamos voluntarios que enseñen a leer a la gente, y la mejor manera de captarlos es invitarlos a un acontecimiento importante donde puedan apuntarse a nuestro proyecto. Conozco a un proveedor de catering que ha prometido reducir los costes si la fiesta se celebra aquí. Solo serían dos horas, y significaría mucho para muchas personas.

—Tengo que pensarlo —dijo Peter Carrington mientras se ponía en pie.

La reunión había terminado. Pensé con rapidez y decidí que no tenía nada que perder si añadía una última cosa:

—Señor Carrington, he investigado mucho sobre su familia. Durante generaciones, este fue uno de los hogares más hospitalarios del condado de Bergen. Su padre y su abuelo, y también su bisabuelo, respaldaron las actividades de la comunidad local y las obras de beneficencia. Si nos ayuda en esto, podría hacer mucho bien, y además le resultaría muy sencillo.

No tenía derecho a sentirme tan terriblemente decepcionada, pero así era. Peter Carrington no me respondió. Sin aguardar a que él o su secretario me acompañasen a la puerta, volví sobre mis pasos hasta la salida. Pensé en la escalera por la que me había colado hacía tantos años y me detuve a echar un breve vistazo a la parte trasera de la casa. Luego me fui, segura de que había hecho mi segunda y última visita a la mansión.

Dos días más tarde, la foto de Peter Carrington apareció en la portada de *Celeb*, un semanario nacional de cotilleos. En la foto, de hacía veintidós años, se le veía saliendo de una comisaría de policía después de que le hubiesen interrogado sobre la desaparición de la joven de dieciocho años Susan Althorp, tras la cena y el baile celebrados en la mansión de los Carrington. El titular vociferaba: «¿Sigue viva Susan Althorp?». Al pie de la foto se leía: «El industrial sigue siendo sospechoso de la desaparición de la debutante Susan Althorp, que esta semana cumpliría cuarenta años».

La revista se explayaba en los detalles sobre la búsqueda de Susan y, dado que su padre había sido embajador, comparaba el caso con el secuestro del niño de los Lindbergh.

El artículo incluía un resumen de las circunstancias que rodearon la muerte de la esposa, entonces embarazada, de Peter Carrington, Grace, hacía cuatro años. Grace Carrington, conocida por sus abusos con el alcohol, había organizado una fiesta para celebrar el cumpleaños del hermanastro de Peter, Richard Walker. Carrington, que había llegado a la casa después de un vuelo de veintitrés horas desde Australia, le recordó a su mujer que estaba embarazada, le quitó la copa de la mano, vació su contenido en la alfombra y le preguntó, furioso: «¿No puedes mostrar un poco de respeto por el bebé que llevas dentro?». Después, alegó estar cansado y se fue a acostar. Por la mañana, el ama de llaves descubrió el cuerpo de Grace Carrington, todavía con el traje de noche de raso, en el fondo de la piscina. La autopsia demostró que había superado tres veces el límite legalmente permitido de alcohol en la sangre. El artículo acababa así: «Carrington afirmó que se fue a acostar inmediatamente y que no se despertó hasta que la policía respondió a la llamada de emergencia. QUIZÁ. Estamos haciendo una encuesta al respecto. Visite nuestra web y díganos qué opina».

Una semana después, mientras estaba en la biblioteca, recibí una llamada telefónica de Vincent Slater; dijo que nos habíamos conocido con motivo de mi cita con Peter Carrington.

—El Señor Carrington ha decidido ceder su casa para su recaudación de fondos. Le gustaría que coordinase conmigo los detalles de la reunión.

2

Vincent Slater colgó el teléfono y se reclinó hacia atrás; hizo oídos sordos al débil chirrido de su silla, un sonido que empezaba a molestarle, ya había tomado nota mentalmente varias veces de que debía solucionarlo. Originariamente, lo que ahora era su despacho había sido una de las habitaciones de invitados situada en la parte trasera de la casa, que se usaba muy pocas veces. Aparte de por su aislamiento, la había elegido por las puertas francesas, que proporcionaban una buena vista de los jardines y le permitían entrar y salir sin que nadie lo viera.

El problema era que a la madrastra de Peter, Elaine, que vivía en una casita dentro de la finca, le parecía lo más normal acercarse a su despacho y entrar sin llamar. Y eso era lo que acababa de hacer, otra vez.

No perdió el tiempo con saludos.

—Vincent, me alegro de encontrarte aquí. ¿Hay alguna manera de que convenzas a Peter para que esa fiesta de beneficencia no se celebre aquí? Esperaba que después de la terrible publicidad que le dieron la semana pasada en esa asquerosa revista, *Celeb*, relacionándolo con la desaparición de Susan y la muerte de Grace, sería lo bastante inteligente para llamar la atención lo menos posible.

Vincent se puso en pie, un acto de cortesía que de buena gana se habría saltado cada vez que Elaine entraba inopinadamente en su despacho. Sin embargo, aunque aquella invasión de su espacio lo irritaba sobremanera, admiró a su pesar el exquisito atractivo de aquella mujer. A sus sesenta y seis años, Elaine Walker Carrington, con su cabello rubio ceniza, sus ojos azul zafiro, sus rasgos clásicos y su cuerpo esbelto, todavía conseguía que los hombres la mirasen al pasar. Avanzó con la gracia de la modelo que había sido en su juventud, y se sentó, sin que nadie la invitara, en el sillón antiguo situado frente al escritorio de Vincent.

Llevaba un vestido negro, y Slater supuso que era de Armani, el diseñador preferido de Elaine. Lucía unos pendientes de diamantes, un collar corto de perlas y la alianza de boda, con un diamante enorme engastado, que ella insistía en llevar aunque su marido, el padre de Peter, había muerto hacía casi veinte años. La fidelidad que Elaine profesaba a la memoria de su esposo tenía su base, Vincent lo sabía bien, en el contrato prenupcial, según el cual Elaine podría vivir en la mansión durante el resto de su vida, a menos que volviera a casarse, y recibiría una asignación anual de un millón de dólares. Además, por supuesto, a ella le gustaba que la llamasen señora Carrington, con todas las deferencias que merecía el apelativo.

«Lo cual no le da derecho a meterse en mi despacho y actuar como si yo no hubiese analizado meticulosamente los pros y los contras de celebrar una fiesta de beneficencia en esta casa», pensó Vincent.

—Elaine, Peter y yo hemos hablado a fondo de este asunto —empezó, con un tono que revelaba su enojo—. Por supuesto que le han hecho una publicidad terrible y embarazosa, pero ese es el motivo de que Peter haya dado este paso: para demostrar que no tiene nada que esconder.

—¿Realmente crees que tener a un puñado de desconocidos pululando por la casa cambiará la opinión que la mayoría tiene de Peter? —preguntó Elaine con sarcasmo.

—Elaine, le sugiero que se mantenga al margen de este asunto —dijo Slater, cortante—. ¿Hace falta que le recuerde que la empresa familiar se hizo pública hace dos años, y que la obligación de dar cuentas a los accionistas tiene su parte negativa? Aunque Peter es, con diferencia, el máximo accionista, cada vez son más los que opinan que debería renunciar a su cargo de presidente y director. Ser «sospechoso» en la desaparición de una mujer y la muerte de otra no es precisamente una buena imagen para el directivo de una empresa internacional. Peter no habla de ello, pero sé que le preocupa mucho. Por eso, a partir de ahora, participará activamente en los asuntos de esta comunidad y, aunque no le guste, sus actos filantrópicos recibirán una buena publicidad.

—¿En serio? —dijo Elaine mientras se ponía en pie—. Vincent, eres tonto de remate. Escucha bien lo que te voy a decir: no saldrá bien. Lo que estás haciendo es exponer a Peter a nuevos ataques, no protegerlo. En sociedad, Peter es un cero a la izquierda. Puede que sea un genio en los negocios, pero, como sabes, las relaciones sociales no se le dan nada bien. Cuando no está en el despacho, es mucho más feliz con un libro en la mano y la puerta de la biblioteca cerrada, que participando en un cóctel o una cena. «Nunca estoy menos solo que cuando estoy solo», ya lo dice el dicho. ¿Cuándo está prevista esa reunión?

—El jueves 6 de diciembre. Kay Lansing, la chica que la organiza, necesitaba unas siete semanas para darle la publicidad oportuna.

—¿Se ha puesto algún límite en las entradas que se venderán?
—Doscientas.
—Me aseguraré de comprar una. Y otra para Richard. Me voy a la galería. Celebra una recepción para una de sus nuevas artistas.

Tras un leve ademán con la mano, abrió las puertas francesas y salió al jardín.

Slater la vio alejarse; sus labios formaban una línea estrecha y tensa. Richard Walker era hijo de Elaine, de su primer matrimonio. «Seguro que ella paga la recepción —pensó—. El dinero de los Carrington ha estado respaldando a ese perdedor que tiene por hijo desde que tenía veinte años.» Recordaba que a Grace la sacaba de sus casillas que Elaine creyera tener derecho a entrar en la mansión siempre que le apeteciera. Peter había sido lo bastante inteligente para no dejar que Elaine volviera a instalarse en ella después de la muerte de Grace.

Vincent Slater se preguntó, no por primera vez, si en la tolerancia que Peter Carrington mostraba hacia su madrastra había algo más que lo que se percibía a simple vista.

3

Cuando recibí la llamada de Vincent Slater, me hallaba en la biblioteca. Era a última hora de la mañana de un miércoles, y estaba a punto de iniciar los trámites para celebrar nuestra reunión para la recaudación de fondos en el hotel Glenpointe, en Teaneck, una ciudad vecina a Englewood. Ya había organizado otras reuniones en ese lugar, y habían hecho un trabajo realmente bueno, pero me dolía que Peter Carrington me hubiese dejado en la estacada. Ni que decir tiene que cuando escuché el mensaje de Slater me sentí eufórica y decidí compartir mi entusiasmo con Maggie, mi abuela materna, que me había criado y que sigue viviendo en la misma casa modesta de Englewood en la que crecí.

Vivo en la calle Setenta y nueve Oeste, en Manhattan, en un pequeño apartamento de un segundo piso. De tamaño se parece bastante a una caja de cerillas, pero tiene una chimenea que funciona, techos altos, un dormitorio donde cabe una cama y un vestidor, y una cocina separada del salón. Lo amueblé con objetos de segunda mano procedentes de las zonas más elegantes de Englewood, y me encanta cómo ha quedado. También me gusta mucho trabajar en la biblioteca de Englewood y, por supuesto, eso quiere decir que veo con frecuencia a mi abuela, Margaret O'Neil, a la que mi padre y yo siempre hemos llamado Maggie.

Su hija, que era mi madre, murió cuando yo solo tenía dos semanas. Sucedió a última hora de la tarde. Estaba recostada en la cama, dándome el pecho, cuando una embolia le paró el corazón. Poco después, mi padre llamó por teléfono y, al ver que mi madre no respondía, se alarmó. Acudió corriendo a casa y se encontró con su cuerpo sin vida; sus brazos seguían abrazándome. Yo dormía con los labios pegados a su pecho, muy tranquila.

Mi padre era ingeniero. Después de trabajar durante un año con una empresa constructora de puentes, se dedicó al paisajismo, que siempre había sido su vocación y que entonces convirtió en su profesión. Empleaba su mente en llevar a cabo otro tipo de ingeniería, creando jardines con muros de piedra, cascadas y caminos serpenteantes. Esa fue la razón por la que lo contrató la madrastra de Peter Carrington, Elaine, a la que no complacía el gusto por la rigidez paisajística de su predecesora.

Papá era ocho años mayor que mi madre, que tenía treinta y dos cuando falleció. Por entonces, él ya gozaba de una sólida reputación laboral. Todo hubiera ido bien de no ser porque, después de la muerte de mi madre, papá empezó a beber demasiado. Debido a ese hábito, yo cada vez pasaba más y más tiempo con mi abuela. Recuerdo las veces que ella le rogaba:

—Por el amor de Dios, Jonathan, tienes que buscar ayuda. ¿Qué pensaría Annie si viera lo que te estás haciendo? ¿Y qué pasa con Kathryn? ¿No crees que se merece algo mejor?

Una tarde, después de que Elaine Carrington le despidiera, mi padre no vino a casa de mi abuela a recogerme. Encontraron su coche aparcado en una orilla del río Hudson, a unos treinta kilómetros al norte de Englewood. En el asiento delantero estaba su cartera, las llaves de casa y su talonario. Ninguna nota, ningún adiós. Nada que indicara que supiese lo mucho que yo lo necesitaba. Me pregunto hasta qué punto me culpaba de la muerte de mi madre, si pensaba que, de alguna manera, yo le había arrebatado la vida al nacer. Pero no, no es posible. Yo quería a mi padre con locura, y siempre me pareció que él me correspondía. Un niño sabe estas cosas. Nunca recuperaron su cuerpo.

Aún recuerdo los días cuando volvíamos de casa de Maggie y él y yo preparábamos juntos la cena.

«Como sabes, Maggie no es buena cocinera —me decía—, así que tu madre tuvo que coger un libro de cocina y aprender por pura desesperación. Ella y yo solíamos probar juntos recetas nuevas, y ahora lo hacemos tú y yo.»

Entonces se ponía a hablarme de mi madre. «Recuerda siempre que ella hubiera dado cualquier cosa por verte crecer. Un mes antes de que nacieras ya había puesto la cuna al lado de nuestra cama. Te has perdido tantas cosas por no tenerla, por no conocerla...»

Aún no le perdono que no recordase todo aquello cuando decidió quitarse la vida.

Mientras recorría el trayecto entre la biblioteca y la casa de Maggie para contarle la noticia, todos estos pensamientos se agolpaban en mi mente. Mi abuela tiene un hermoso arce rojo en su pequeño jardín. El árbol da un aire especial a la casa. Lamenté ver cómo el viento se llevaba sus últimas hojas. Sin aquella protección, la casa parecía indefensa y un poco destartalada. Es un edificio estilo Cape Cod de una sola planta, además de un desván inacabado donde Maggie amontona las cosas que ha ido acumulando durante sus ochenta y tres años de vida: cajas de fotos que nunca ha pegado en álbumes; cajas de cartas y postales de Navidad que nunca tendrá tiempo de releer y ordenar; los muebles que sustituyó por los de la casa de mis padres pero de los que no logró deshacerse; ropa que no se pone desde hace veinte o treinta años.

La planta baja no está mejor. Todo está limpio, pero Maggie instaura el desorden en cuanto entra en una habitación. Deja el suéter en una silla; los artículos del periódico que siempre tiene intención de leer, en otra; junto a la mecedora hay una pila de libros; las persianas nunca están a la misma altura; las zapatillas que no logra encontrar asoman entre una silla y un cojín. Es un auténtico hogar.

Maggie no encaja con lo que la famosa Martha Stewart considera que es llevar bien una casa, pero tiene muchos puntos a su favor. Abandonó la docencia para criarme, y sigue dando clases particulares a tres niños todas las semanas. Tal como descubrí por propia experiencia, con ella aprender puede ser divertido.

Pero cuando entré en la casa y le conté la noticia, no reaccionó como yo esperaba. En cuanto mencioné a Peter Carrington, vi una mirada de desaprobación en sus ojos.

—Kay, no me habías dicho que pensabas pedirle que te dejara celebrar la recaudación de fondos en su casa.

Maggie ha perdido unos centímetros de estatura en los últimos años. Suele bromear diciendo que está menguando, pero en cuanto bajé la vista hacia ella, de repente su presencia me pareció imponente.

—¡Maggie, es una idea genial! —protesté—. He estado en un par de reuniones en casas privadas y han sido un exitazo. La mansión de los Carrington tiene todos los números para ser otro. Vamos a cobrar trescientos dólares por la entrada. En ningún otro sitio conseguiríamos tanto dinero.

Entonces me di cuenta de que Maggie estaba preocupada, realmente inquieta.

—Maggie, Peter Carrington no pudo mostrarse más amable conmigo cuando fui a verlo para hablar sobre la reunión.

—No me dijiste que lo habías visto.

¿Por qué no lo había hecho? Quizá porque sabía, instintivamente, que mi abuela no habría aprobado que fuese a verle, y luego, cuando él me dijo que no, ya no había motivo para contárselo. Maggie estaba convencida de que Peter Carrington era el responsable de la desaparición de Susan Althorp y que podría estar implicado en la muerte de su esposa.

«Quizá no empujó a su mujer a la piscina, Kay —me dijo en una ocasión—, pero estoy segura de que si la vio caer no hizo nada por salvarla. Y en cuanto a Susan, fue él quien la llevó en coche a casa. Apostaría lo que fuera a que ella se escabulló para reunirse con él cuando sus padres creían que se había acostado.»

En 1932, en la época en que secuestraron al niño de los Lindbergh, Maggie tenía ocho años, y se considera la mayor experta del mundo en ese tema, así como en la desaparición de Susan Althorp. Me había hablado del secuestro del niño de los Lindbergh desde que yo era pequeña, señalando que la madre del niño, Anne Morrow Lindbergh, se crió en Englewood, a menos de un kilómetro y medio de nuestra casa, y que el padre de Anne, Dwight Morrow, había sido embajador en México. Susan Althorp también creció en Englewood, y su padre fue embajador en Bélgica. Para Maggie, los paralelismos eran evidentes... y espantosos.

El secuestro del pequeño de los Lindbergh fue uno de los sucesos más sonados del siglo XX. El niño perfecto del matrimonio perfecto, y todas esas preguntas sin respuesta... ¿Cómo supo Bruno Hauptmann que los Lindbergh habían decidido quedarse aquella tarde en su casa nueva en el campo porque el niño estaba resfriado, en vez de volver a su propiedad en Morrow, como habían pensado hacer en un principio? ¿Cómo supo Hauptmann cuál era el punto exacto donde debía colocar la escalera para llegar a la ventana abierta del cuarto del niño? Maggie siempre buscaba similitudes entre ambos casos.

«El cuerpo del niño de los Lindbergh fue descubierto por casualidad —solía decirme—. Fue terrible, pero al menos la familia no ha tenido que pasarse el resto de su vida preguntándose si su hijo estaba creciendo en otra parte con alguien que lo maltratase. La madre de Susan Althorp se despierta todas las mañanas preguntándose si ese será el día que suene el teléfono y oiga la voz de su hija. Sé que así es como me sentiría yo si mi hija hubiera desaparecido. Si al menos hubieran encontrado el cuerpo, la señora Althorp podría visitar su tumba.»

Hacía mucho tiempo que Maggie no hablaba del caso Althorp, pero apuesto cualquier cosa a que si estuviera en la cola del supermercado y viera la revista *Celeb* con la foto en portada de Peter Carrington, la compraría. Lo cual explicaba su repentina inquietud al saber que yo había estado en su presencia.

Le di un beso en la coronilla.

—Maggie, tengo hambre. Vámonos a comer por ahí un plato de pasta.

Cuando la dejé en su casa una hora y media después, tras vacilar unos instantes me dijo:

—Kay, entra un momento. Quiero asistir a ese cóctel. Te firmaré un cheque.

—Maggie, eso es una locura —protesté—. Es demasiado dinero para ti.

—Voy a ir —dijo ella. Su determinación no admitía discusiones.

Pocos minutos después, atravesaba en coche el puente George Washington, de vuelta a mi apartamento, con su cheque en mi cartera. Sabía cuál era el motivo por el que había insistido en venir. Mientras yo estuviera bajo el techo de la mansión de los Carrington, Maggie sería mi guardaespaldas personal.

4

Mientras esperaba a que llegase su visita, Gladys Althorp contempló la fotografía de su hija desaparecida. La habían sacado en la terraza de la mansión de los Carrington la misma noche de su desaparición. Llevaba un vestido blanco de gasa que se ceñía a su esbelto talle. Su largo cabello rubio, ligeramente despeinado, le caía sobre los hombros. No sabía que le hacían la foto, y su expresión era seria, incluso pensativa. ¿En qué estaría pensando? Gladys se hizo otra vez la misma pregunta mientras recorría con los dedos la boca de Susan. ¿Tuvo una premonición de que le iba a pasar algo malo?

¿O quizá al fin se dio cuenta esa noche de que su padre había tenido una aventura con Elaine Carrington?

Gladys suspiró mientras se ponía en pie lentamente, apoyando una mano en el brazo del sillón. Brenda, la nueva ama de llaves, le había servido la cena en una bandeja y luego había vuelto a su apartamento, sobre el garaje. Lamentablemente, Brenda no era buena cocinera. «No estoy tan hambrienta», pensó Gladys mientras llevaba la bandeja a la cocina. La visión de la comida sin tocar le produjo una leve sensación de náusea; rápidamente echó las sobras en la trituradora, pasó los platos por el agua del grifo y los metió en el lavavajillas.

Sabía que a la mañana siguiente Brenda le diría: «Pero ¡déjeme eso a mí, señora Althorp!». «Y yo le contestaré que solo he tardado un minuto en poner orden —pensó Gladys—. Poner orden. Así se podría describir lo que estoy haciendo ahora. Intentar poner orden en la cuestión más importante de mi vida antes de abandonarla.»

«Quizá seis meses», le dijeron los médicos cuando le anunciaron el veredicto que aún no había compartido con nadie.

Volvió al estudio, su habitación favorita de las diecisiete que tenía la casa. «Siempre he querido reducir tanto espacio, y sé que Charles lo hará cuando yo ya no esté.» Sabía por qué no lo había hecho. Allí estaba el cuarto de Susan, con todas sus cosas tal como estaban la noche en que se fue después de llamar a la puerta de Charles para anunciarle que ya había vuelto a casa.

«A la mañana siguiente la dejé dormir cuanto quiso —pensó Gladys, evocando una vez más aquel día—. Entonces, al mediodía, fui a despertarla. La cama no estaba deshecha. No había tocado las toallas del baño. Seguro que volvió a marcharse en cuanto anunció que había llegado.

»Antes de morir, tengo que averiguar qué fue de ella —se juró—. Quizá ese investigador descubra la respuesta.» Se llamaba Nicholas Greco. Lo había visto en la televisión hablando de los crímenes que había resuelto. Después de jubilarse como detective del departamento de policía de Nueva York, Greco había abierto su propia agencia y había adquirido fama por resolver crímenes que parecían imposibles de esclarecer.

«Las familias de las víctimas necesitan que el caso quede cerrado —había dicho en una entrevista—. Para ellas no habrá paz hasta entonces. Afortunadamente, cada día contamos con nuevos instrumentos y se desarrollan nuevos métodos que permiten examinar con una nueva mirada los casos que siguen abiertos.»

Ella le había pedido que fuera a su casa esa noche a las ocho por dos motivos. El primero, porque sabía que Charles no estaría en casa. El segundo, porque no quería que Brenda estuviera trabajando cuando el detective llegase. Dos semanas antes, Brenda había entrado en el estudio mientras Gladys estaba viendo un vídeo de Greco en la televisión. «Señora Althorp, creo que los casos reales de los que habla ese señor son más interesantes que los de ficción —le dijo Brenda—. Nada más verle la cara uno se da cuenta de lo listo que es.»

Las campanillas de la puerta delantera repicaron a las ocho en punto. Gladys se apresuró a abrir la puerta. La primera impresión que le causó Nicholas Greco fue reconfortante y tranquilizadora. Como ya lo había visto en televisión, sabía que era un hombre conservador en la forma de vestir; rozaba los sesenta años, era de estatura media, tenía el pelo castaño claro y ojos castaño oscuro. Pero, al verlo en persona, le agradó que su apretón de manos fuera firme y que la mirase directamente a los ojos. Todo en él invitaba a confiar en su persona.

Se preguntó qué impresión le había causado ella. Probablemente había visto a una mujer de sesenta y tantos años, demasiado delgada y con la palidez propia de una enfermedad terminal.

—Gracias por venir —le dijo—. Supongo que recibirá muchas llamadas de personas como yo.

—Yo tengo dos hijas —contestó Greco—. Si una de ellas desapareciese, no descansaría hasta encontrarla. —Tras una pausa, añadió—: Incluso si lo que descubriera no era lo que esperaba encontrar.

—Yo creo que Susan está muerta —afirmó Gladys Althorp con voz tranquila pero con una mirada súbitamente desolada y triste—. Pero nunca se habría marchado sola. Le sucedió algo, y creo que Peter Carrington es el responsable de su muerte. Sea cual sea la verdad, tengo que saberla. ¿Está dispuesto a ayudarme?

—Sí, señora.

—He reunido para usted toda la información que guardo sobre la desaparición de Susan. La tengo en mi estudio.

Mientras Nicholas Greco seguía los pasos de Gladys Althorp por el amplio pasillo, logró echar algún vistazo a las pinturas colgadas en las paredes. «En esta familia hay un coleccionista —pensó—. No sé si estos cuadros son dignos de estar en un museo, pero sin duda son muy buenos.»

Todo lo que veía en aquella casa reflejaba calidad y buen gusto. La moqueta verde esmeralda era gruesa y mullida. Las molduras que remataban las paredes blancas proporcionaban a los cuadros un marco adicional. La alfombra del estudio al que le llevó Gladys Althorp tenía un dibujo en tonos rojo pastel y azul. El azul del sofá y las sillas era el mismo que el de la alfombra. Vio sobre la mesa la fotografía de Susan Althorp. Junto a ella había una bolsa multicolor repleta de documentos.

Se acercó a la mesa y cogió la fotografía. Desde que decidió aceptar el caso, había realizado una investigación preliminar; había visto esa misma foto en internet.

—¿Este es el vestido que llevaba Susan cuando desapareció? —preguntó.

—Era el vestido que llevaba en la fiesta de los Carrington. Yo no me encontraba bien, y mi esposo y yo nos fuimos antes de que la fiesta acabase. Peter prometió que la traería a casa.

—¿Estaba usted despierta cuando entró?

—Sí, llegó una hora más tarde. Charles tenía puestas las noticias de las doce en su habitación. Oí cómo le llamaba.

—¿No es un poco pronto para que una joven de dieciocho años vuelva a casa?

A Greco no le pasó por alto que Gladys Althorp había apretado los labios. La pregunta la había molestado.

—Charles era un padre demasiado protector. Insistía en que Susan le despertase cuando llegara a casa.

Gladys Althorp era una más de las muchas madres angustiadas que Nicholas Greco había conocido a lo largo de su carrera. Pero, a diferencia de otras mujeres, sospechaba que Gladys siempre había sobrellevado sus emociones en privado. Le daba la sensación de que, para ella, contratarle había sido un paso difícil, un paso de gigante hacia un territorio que la asustaba.

Con ojos profesionales observó la extrema palidez de su piel, la fragilidad de su cuerpo. Tenía la firme sospecha de que aquella mujer padecía una enfermedad terminal y que ese había sido el motivo que la había decidido a ponerse en contacto con él.

Cuando se marchó, media hora después, Greco llevaba consigo la bolsa con los archivos que contenían toda la información que Gladys Althorp pudo facilitarle sobre las circunstancias relacionadas con la desaparición de su hija: las noticias publicadas en la prensa, el diario que ella escribió mientras progresaban las investigaciones, y un ejemplar reciente de la revista *Celeb*, con la foto de Peter Carrington en la portada.

En su investigación preliminar, Greco había anotado la dirección de la mansión de los Carrington. Siguiendo un impulso, decidió pasar por allí. A pesar de saber que no se hallaba lejos de donde vivían los Althorp, lo sorprendió lo cerca que estaban las dos residencias. Peter Carrington no debió de tardar más de cinco minutos en dejar a Susan en su casa aquella noche, si eso fue lo que hizo, y no más de otros cinco en volver a su casa. Mientras conducía de regreso a Manhattan, se dio cuenta de que el caso ya le había enganchado. Estaba ansioso por empezar a trabajar. «Un *corpus delicti* clásico», pensó, pero luego recordó el dolor que reflejaban los ojos de Gladys Althorp y se avergonzó.

«Voy a resolverlo por ella», pensó mientras sentía aquel conocido impulso de energía que le embargaba cuando empezaba a trabajar en un caso que prometía ser fascinante.

5

Gladys Althorp aguardó en el estudio a que su marido llegara a casa. Le oyó abrir y cerrar la puerta delantera poco después de que empezaran las noticias de las once. Apagó la televisión y se apresuró a bajar la escalera.

—Charles, tengo que decirte algo.

El rostro de su esposo, ya de por sí rubicundo, se puso como la grana, y su tono de voz subió cuando se enteró de que había contratado a Nicholas Greco.

—¿Sin consultarme? —preguntó—. ¿Sin tener en cuenta que nuestros hijos se verán obligados a recordar aquellos momentos tan espantosos? ¿Sin comprender que cualquier investigación atraerá la atención de los medios de comunicación? ¿Es que no tuviste bastante con ese artículo tan desagradable de la semana pasada?

—He hablado con nuestros hijos, y están de acuerdo con mi decisión —dijo Gladys, muy tranquila—. Necesito conocer la verdad sobre lo que le pasó a Susan. ¿Eso te preocupa, Charles?

6

La primera semana de noviembre el tiempo fue cálido, pero después llegaron rápidamente el frío y la llovizna, ese tipo de días que invitan a quedarte en la cama o a volver a ella con los periódicos del día y una taza de café... cosas para las que yo no tenía tiempo. Casi todos los días, a primera hora de la mañana voy a entrenarme a un gimnasio de Broadway, después me ducho, me visto y me dirijo a la biblioteca de Nueva Jersey. Las reuniones sobre la fiesta de beneficencia se celebraban después de las horas de trabajo.

Como era de esperar, las entradas para el cóctel se vendieron muy rápido, lo cual siempre es gratificante, pero la historia rediviva de la desaparición de Susan Althorp había despertado nuevamente el interés por el caso. Y cuando Nicholas Greco, el investigador privado, anunció en la televisión que la familia Althorp le había contratado para investigar la desaparición de su hija, el asunto se puso al rojo. Justo después de la declaración de Greco, Barbara Krause, la formidable fiscal del condado de Bergen, afirmó ante la prensa que estaba abierta a cualquier prueba que lograse cerrar el caso. «Peter Carrington ha estado siempre presuntamente relacionado con la desaparición de Susan Althorp», dijo.

Por su parte, las columnas de los periódicos sensacionalistas informaron de que la junta directiva de Carrington Enterprises estaba presionando a Peter para que dimitiese como presidente y director ejecutivo, a pesar de que era, con diferencia, el máximo accionista de la empresa. Según las noticias, los otros directivos consideraban que ahora que la compañía era pública no era aconsejable que una persona «presuntamente sospechosa» en dos posibles homicidios siguiera dirigiendo una organización internacional que movía varios miles de millones de dólares.

Las fotografías de Peter empezaron a aparecer con regularidad en las secciones de economía de los principales diarios y en revistas más sensacionalistas.

Así pues, durante el mes de noviembre mantuve los dedos cruzados, esperando recibir en cualquier momento una llamada de Vincent Slater para anunciarme que el cóctel quedaba cancelado y que enviarían un cheque para compensar la pérdida de ingresos.

Pero la llamada no se produjo. El día después de Acción de Gracias fui a la mansión con el proveedor de catering que habíamos contratado, para precisar los detalles. Slater nos recibió y nos presentó al matrimonio de mayordomos de la mansión, Jane y Gary Barr. Debían de tener poco más de sesenta años, y era evidente que llevaban mucho tiempo trabajando para los Carrington. Pensé que tal vez estaban en la mansión la noche de aquella infausta cena, pero no tuve el valor de preguntárselo. Más tarde me enteré de que empezaron a trabajar para el padre de Peter después de la muerte de su primera esposa, la madre de Peter, pero que luego, cuando entró en escena Elaine Walker Carrington, se despidieron. Sin embargo, los Carrington lograron convencerlos para que regresaran después de que Grace, la esposa de Peter, se ahogase. Parecían saberlo todo sobre la mansión.

Nos dijeron que el salón estaba dividido en dos habitaciones y que, cuando se abrían las puertas correderas, podía acoger a doscientas personas. El bufet estaría dispuesto en el comedor principal. Por toda la sala se distribuirían mesitas y sillas para que los asistentes no tuvieran que hacer equilibrios con los platos.

Antes de marcharnos, Vincent Slater se reunió de nuevo con nosotros para comunicarnos que el señor Carrington costearía todos los gastos de la recepción. Y, sin darme tiempo a agradecérselo, añadió:

—Tendremos un fotógrafo. Le rogamos que sus invitados se abstengan de usar sus propias cámaras.

—Como habrá imaginado, daremos una pequeña charla sobre la campaña de alfabetización —dije—. Sería muy de agradecer que el señor Carrington pronunciase unas palabras a modo de saludo.

—Tenía previsto hacerlo —dijo Slater, y luego añadió—: Antes de que se me olvide, supongo que no hace falta decir que las escaleras que conducen al piso de arriba estarán acordonadas.

Yo había albergado la esperanza de escabullirme al piso de arriba para ver la capilla con ojos de adulta. Con el paso de los años, a veces me he preguntado si tendría que haberle contado a Maggie la conversación de la que fui testigo, pero se habría enfadado conmigo por colarme en la casa y, además, ¿qué hubiera podido decirle? Había oído a un hombre y a una mujer discutiendo por un asunto de dinero. Si hubiera pensado que aquella discusión tenía algo que ver con la desaparición de Susan Althorp la habría hecho pública incluso años más tarde. Pero si hubo algo que a buen seguro Susan Althorp no tuvo que hacer en su vida fue suplicar dinero a nadie. Por tanto, lo único que podría deducirse de mi revelación era que a los seis años yo era una niña muy curiosa.

Antes de que el proveedor de catering y yo nos fuésemos, miré hacia el pasillo con la esperanza de que la puerta de la biblioteca se abriera y Peter Carrington saliese. Por lo que sabía, estaba a medio mundo de distancia. Pero, dado que muchos ejecutivos se toman libre el viernes después de Acción de Gracias, había fantaseado con que, de encontrarse en la casa, me cruzaría con él.

No sucedió. Me contenté pensando que faltaban menos de

dos semanas para el 6 de diciembre, y que entonces lo vería. Luego intenté borrar de mi mente la sospecha de que si por cualquier motivo Peter Carrington no asistía a la recepción, me sentiría tremendamente decepcionada. Yo estaba saliendo, cada vez con mayor regularidad, con Glenn Taylor, decano asociado en el departamento de ciencias de la Universidad de Columbia. Nos habíamos conocido mientras tomábamos un café en Starbucks, lo que corroboraba la reputación de este establecimiento de ser un lugar estupendo para que los solteros hicieran nuevas amistades.

Glenn tiene treinta y dos años, y aunque proviene de Santa Barbara está tan integrado en nuestro estado como cualquier californiano. Incluso tiene aspecto de ser de aquí: después de vivir durante seis años en el Upper West Side de Manhattan, su cabello aún tiene un tono luminoso. Es bastante alto —mis ojos casi llegan a la altura de los suyos cuando llevo tacones—, y compartimos la pasión por el teatro. Creo que en los dos últimos años hemos asistido a la mayoría de los espectáculos de Broadway y de fuera de Broadway, con entradas con descuento, por supuesto. En ningún editorial de una revista de economía se ha hablado jamás de los incentivos que recibe al final del año una bibliotecaria, y Glenn todavía está pagando el préstamo que pidió durante sus estudios.

En cierto sentido, nos queremos y contamos el uno con el otro. A veces Glenn llega a decir que, con mi cerebro dedicado a la literatura y el suyo a la ciencia, nuestros hijos podrían ser auténticos genios. Pero sé que ni siquiera nos acercamos al nivel emocional de Jane Eyre y el señor Rochester, o de Cathy y Heathcliff.

Puede que haya puesto el listón demasiado alto, pero siempre me han gustado las historias clásicas de amor de las hermanas Brontë.

Desde el principio, hubo algo en Peter Carrington que me sedujo. Verlo allí sentado, solo, en aquella mansión que parecía un castillo, me impresionó. Ojalá hubiera podido ver qué libro estaba leyendo. Si yo también lo había leído, quizá podría haberme quedado unos minutos más charlando. «Vaya, veo que tiene la nueva biografía de Isaac Bashevis Singer —le habría dicho—. ¿Está de acuerdo con la interpretación que el autor hace de su personalidad? Creo que fue un poco injusto, porque...»

Hay que ver por qué derroteros me llevaba la mente.

La noche antes de la recepción, fui a casa de Maggie para recogerla e ir a comer nuestro habitual plato de pasta. Cuando llegué, estaba empolvándose la nariz ante el espejo del recibidor y canturreaba con evidente alegría. Cuando le pregunté qué pasaba, me dijo que Nicholas Greco, el investigador que estaba trabajando en la desaparición de Susan Althorp, la había llamado e iría a verla. Llegaría en cualquier momento.

Me quedé pasmada.

—Maggie, por el amor de Dios, ¿a santo de qué querría hablar ese señor contigo?

Pero, antes de que me respondiera, supe que Greco iría a verla porque mi padre trabajaba para los Carrington cuando Susan Althorp desapareció.

Automáticamente empecé a arreglar el salón. Puse todas las persianas a la misma altura, recogí los periódicos dispersos por la sala, colgué un suéter en el armario del recibidor y llevé a la cocina la taza de té y el plato de galletas que había sobre la mesita de café.

Greco llegó justo cuando estaba recolocando en el moño de Maggie algunas hebras de su pelo plateado.

Soy fan de Dashiell Hammet, y Sam Spade, sobre todo en *El halcón maltés*, es mi prototipo de detective privado. Aplicando ese baremo, Nicholas Greco se quedaba bastante corto. Por su aspecto y su forma de actuar me recordó al hombre del seguro que vino a verme cuando reventó una cañería en el apartamento que se halla encima del mío.

Sin embargo, esa impresión se diluyó rápidamente cuando, después de que Maggie me presentase como su nieta, él me dijo:

—Usted debe de ser la niña que acompañó a su padre a la mansión de los Carrington el mismo día que Susan Althorp desapareció.

Me lo quedé mirando sin responder; él sonrió y dijo:

—He estado estudiando los archivos sobre el caso. Hace veintidós años, su padre declaró en la oficina del fiscal que aquel día había acudido inesperadamente a la finca por un problema con la iluminación, y que la llevó a usted consigo. Uno de los empleados del proveedor de catering también mencionó que la vio sentada en un banco del jardín.

¿Me habría visto alguien colarme en la casa? Mientras invitaba a Greco a tomar asiento, tuve la esperanza de no parecer tan culpable como me sentía en ese momento.

Me irritaba ver que Maggie se lo estaba pasando en grande. Yo sabía que a aquel hombre, que ya no me recordaba al del seguro, lo habían contratado para que demostrara que Peter Carrington era responsable de la desaparición de Susan Althorp, y eso me molestaba.

Pero su siguiente pregunta me sorprendió. No se refirió a los Carrington ni a los Althorp, sino a mi padre.

—Su yerno —le preguntó a Maggie—, ¿había mostrado síntomas de depresión?

—Si recurrir a la botella se considera un síntoma de depresión, yo diría que sí —dijo Maggie, y luego me echó una mirada rápida, como si le preocupara que aquella respuesta pudiera molestarme. Se apresuró a explicarse—: Lo que quiero decir es que nunca superó la muerte de Annie. Ella era mi hija, pero un par de años después de su muerte rogué a Jonathan que empezase a frecuentar a otras mujeres. Le aseguro que había un montón de ellas que hubieran estado encantadas de salir con él. Pero él se negó en redondo. Decía: «Kathryn es la única chica a la que necesito». —Y entonces Maggie añadió algo innecesario—: Cuando tenía diez años, Kathryn decidió que quería que la llamasen Kay.

—Así pues, usted cree que el abuso del alcohol era un síntoma de su depresión, que fue lo que le condujo a quitarse la vida…

—Había perdido algunos trabajos como paisajista. Creo que el hecho de que los Carrington decidieran prescindir de él fue la gota que colmó el vaso. Su seguro estaba a punto de caducar. Cuando se le consideró legalmente fallecido, ese dinero sufragó los gastos para la educación de Kay.

—Pero no dejó ninguna nota, y su cuerpo jamás se encontró. He visto una foto suya. Era un hombre muy atractivo.

Yo empezaba a ver por dónde iban los tiros.

—¿Está usted apuntando que mi padre no se suicidó, señor Greco? —pregunté.

—No estoy apuntando nada, señorita Lansing. Siempre que un cuerpo no se recupera, la pregunta de cómo murió esa persona queda abierta. Existen numerosos casos documentados de personas que se creía que estaban muertas y que luego, veinte o treinta años después, aparecieron o fueron encontradas. Simplemente huyeron de una vida que, en cierto sentido, les parecía insoportable. Esas cosas pasan.

—Entonces, ¿piensa que Susan Althorp pudo hacer exactamente eso? —repliqué—. Nunca se encontró su cuerpo. Quizá de repente su vida le pareció insoportable.

—Susan era una chica joven y hermosa, una estudiante muy dotada que quería obtener una licenciatura en arte en Princeton, y la beneficiaria de un fondo económico que le garantizaría una vida cómoda y privilegiada. Era muy popular y atraía fácilmente a los hombres. Me temo que no veo motivos para comparar ambos casos.

—Peter Carrington le hizo algo a esa chica. Estoy segura de que le tenía celos —dijo Maggie, que ahora parecía un juez del Tribunal Supremo del Reino Unido emitiendo un veredicto—. Le concedí el beneficio de la duda hasta que su esposa se ahogó, pero eso lo único que demostró es que si uno ha matado a alguien puede volver a hacerlo. En cuanto a mi yerno, creo que estaba lo bastante deprimido para creer que, al garantizar la educación de Kay, le estaba haciendo un favor.

Aquella noche la pasta no me sentó bien, y que Maggie comentase la visita de Greco no contribuyó a aliviarme.

—Se supone que es muy listo, pero se equivocó de medio a medio al apuntar que tu padre pudo haberte abandonado.

«No, él nunca me habría abandonado —pensé—, pero no es por ahí por donde va Greco. Lo que se pregunta es si papá tuvo que desaparecer debido a lo que le sucedió a Susan Althorp.»

7

Había empezado a nevar. Nicholas Greco apenas fue consciente de los copos leves y húmedos que le caían sobre el rostro cuando levantó la vista hacia las ventanas del segundo piso de la galería de arte de la calle Cincuenta y siete Oeste, galería que llevaba el nombre de Richard Walker.

Greco había hecho sus deberes respecto a Walker. Cuarenta y seis años, divorciado dos veces, hijo de Elaine Walker Carrington, una reputación neutra en el mundo del arte y respaldada sin duda por el hecho afortunado de que su madre se casara con un Carrington y con su dinero. Walker estuvo en la cena la noche que Susan Althorp desapareció. Según los informes de los archivos del fiscal, se marchó a su apartamento de Manhattan cuando acabó la fiesta.

Greco abrió la puerta del edificio y, después de que un guardia de seguridad comprobase su identidad, subió la escalera hasta la galería. Una recepcionista sonriente se dirigió a él nada más entrar:

—El señor Walker le está esperando. Solo tardará unos minutos, en estos momentos está atendiendo una conferencia telefónica. ¿Le gustaría ver nuestra nueva exposición? Tenemos a una joven artista maravillosa que está recibiendo críticas magníficas.

«Si nunca había oído un comentario enlatado, ya lo he oído

—pensó Greco—. Seguro que Walker está haciendo un crucigrama en su despacho.» En la galería, un espacio que le resultaba opresivo debido a las paredes completamente blancas y desnudas y a la moqueta gris oscuro, no había nadie. Pasó de un cuadro a otro fingiendo que los analizaba; todos eran escenas urbanas desoladoras. Estaba delante del penúltimo cuadro de la veintena de la exposición cuando una voz preguntó junto a su hombro:

—Este, en concreto, ¿no le recuerda a un Edward Hopper?

«Ni remotamente», pensó Greco, y profiriendo un gruñido que bien podría interpretarse como un asentimiento se volvió hacia Richard Walker. «Aparenta menos de cuarenta y seis años», fue lo primero que pensó. Los ojos de Walker eran su rasgo más distintivo: eran de un azul zafiro y estaban bastante separados. Sus rasgos eran angulosos. Era de altura media, tenía el cuerpo compacto propio de un boxeador y brazos gruesos. Greco se dijo que en un gimnasio no se le vería fuera de lugar. Su traje azul oscuro era sin lugar a dudas caro, pero su constitución no le sacaba todo el partido posible.

Cuando quedó claro que Greco no tenía intención de hablar de arte, Walker le propuso que fuesen a su despacho. Mientras se encaminaban hacia allí no cesó de hacer comentarios sobre las muchas fortunas familiares que se basaban en la capacidad que tenían algunas personas para detectar el genio en un pintor desconocido.

—Por supuesto, eso es algo que pasa en todos los ámbitos —dijo mientras rodeaba su mesa e indicaba a Greco que tomara asiento en una silla justo delante—. Mi abuelo solía contarnos la historia de Max Hirsch, el legendario entrenador de caballos que rechazó la posibilidad de comprar el mejor caballo de carreras de toda la historia, Man O'War, por cien dólares. ¿Le gustan las carreras, señor Greco?

—Me temo que no dispongo de mucho tiempo para esos entretenimientos —respondió Greco con un tono de voz que parecía reflejar cierta tristeza.

Walker le sonrió amistosamente.

—Ni tampoco para charlas intrascendentes, diría yo. Muy bien. ¿Qué puedo hacer por usted?

—Primero quiero darle las gracias por recibirme. Supongo que sabe que la madre de Susan Althorp me ha contratado para que investigue la desaparición de su hija.

—Sí, imagino que en Englewood todo el mundo lo sabe —replicó Walker.

—¿Pasa mucho tiempo en Englewood, señor Walker?

—Depende de lo que signifique «mucho tiempo». Vivo en Manhattan, en la calle Setenta y tres Este. Como sabrá, mi madre, Elaine Carrington, tiene su casa en la finca de los Carrington, y la visito con frecuencia. Ella también se acerca a menudo a Manhattan.

—¿Estaba usted en la finca la noche que desapareció Susan Althorp?

—Estaba en la fiesta junto con otras doscientas personas, más o menos. Mi madre se había casado con el padre de Peter Carrington tres años antes. El verdadero motivo de aquella fiesta era que Carrington padre había cumplido setenta años. Siempre le turbó tanto que mi madre fuera mucho más joven que él, concretamente veintiséis años, que no consideramos que aquella fuera una fiesta de cumpleaños. —Arqueando una ceja, Walker añadió—: Si hace cálculos, verá que el viejo Carrington tenía debilidad por las mujeres jóvenes. Cuando nació Peter, tenía cuarenta y nueve años. La madre de Peter también era mucho más joven que él.

Greco asintió y echó una mirada alrededor. El despacho de Walker no era grande, pero estaba decorado con gusto: canapé azul y rojo, paredes color cava y alfombra azul oscuro. Sobre el sofá colgaba una pintura (unos hombres jugando a las cartas) que le pareció más interesante que los cuadros de temática tenebrosa que había visto en la galería. En una vitrina situada en una esquina había varias fotos de Walker en el campo de polo, además de una pelota de golf sobre una bandeja de plata labrada.

—¿Un hoyo con un solo golpe? —preguntó, señalando la pelota.

—En el Saint Andrew's —dijo Walker, sin intentar ocultar el orgullo en su voz.

Greco se dio cuenta de que Walker, al recordar aquella hazaña, se había relajado, precisamente lo que él había pretendido con aquel comentario. Recostándose en la silla, dijo:

—Estoy intentando hacerme una imagen general de Susan Althorp. ¿Qué impresión tenía de ella?

—La conocía poco. Tenía dieciocho o diecinueve años. Yo tenía veinticuatro, un empleo a jornada completa en Sotheby's y vivía en la ciudad. Aparte de eso, para serle totalmente sincero, no me gustaba especialmente el marido de mi madre, Peter Carrington IV, y él me pagaba con la misma moneda.

—¿Por qué discutían?

—No es que discutiéramos. Me ofreció un puesto como aprendiz en una compañía de corretaje de su propiedad, en la que, según me dijo, con el tiempo podría ganar mucho dinero en lugar de vivir siempre en el filo de la navaja. Cuando rechacé su oferta, no ocultó su desdén.

—Entiendo. Pero ¿visitaba usted a su madre con frecuencia?

—Por supuesto. Aquel verano, hace veintidós años, hizo mucho calor, y se celebraron bastantes fiestas junto a la piscina. A mi madre le encantaba invitar a gente. Le gustaba recibir a sus amigos. Peter y Susan estudiaban en Princeton, y sus amigos de la universidad iban por allí a menudo. A mí, por lo general, me permitían llevar a uno o dos invitados. Era muy agradable.

—A Peter y Susan, ¿los consideraban pareja?

—Se veían mucho. Desde mi punto de vista, creo que se estaban enamorando o, al menos, él se estaba enamorando de ella.

—¿Quiere decir que no era correspondido? —preguntó Greco con voz neutra.

—No quiero decir nada. Ella era muy extravertida, y Peter era callado. Pero siempre que iba a casa los fines de semana me la encontraba allí, jugando al tenis o tomando el sol junto a la piscina.

—¿Pasó la noche en la mansión de los Carrington el día de la fiesta?

—No. Tenía una cita para jugar un partido de golf a primera hora del día siguiente, y me fui cuando acabó la cena. Ni siquiera me quedé al baile.

—La madre de Susan está convencida de que su hermanastro fue el responsable de la muerte de su hija. ¿Usted también lo cree?

Richard Walker miró fijamente a Greco; sus ojos reflejaban una pincelada de ira.

—No —dijo sucintamente.

—¿Qué me dice de Grace Carrington? La noche que se ahogó, usted estaba en la finca. En realidad, la cena fue en su honor, ¿no es cierto?

—Peter viajaba mucho. Grace era una mujer extravertida a la que no le gustaba estar sola. Siempre invitaba a gente a cenar. Cuando se enteró de que se acercaba mi cumpleaños, decidió convertir la cena de aquella noche en mi fiesta de cumpleaños. Solo éramos seis. Peter llegó casi al final. Regresaba de Australia y su vuelo se retrasó.

—Por lo que sé, esa noche Grace bebió bastante.

—Grace siempre bebía mucho. Recibió tratamiento en seis ocasiones, pero nunca dejaba la bebida del todo. Por eso cuando, después de varios abortos, logró sacar adelante el embarazo, todos estábamos preocupados por la salud del bebé.

—Aquella noche, ¿alguien la amonestó para que no bebiese?

—Grace sabía fingir muy bien. La gente creía que estaba bebiendo soda con tónica, pero en realidad era vodka. Cuando Peter llegó a casa, ella estaba muy bebida y, como es lógico, le enfureció encontrarla en aquel estado. Pero cuando le quitó el vaso, lo vació en la alfombra y le reprochó su conducta, creo que ella sufrió una especie de conmoción. Peter subió corriendo al piso de arriba, y recuerdo que Grace dijo: «Supongo que se acabó la fiesta».

—«Se acabó la fiesta» podría indicar el final de más de una fiesta —dijo Greco.

—Supongo que sí. Grace parecía muy triste. Mi madre y yo fuimos los últimos en irnos. Aquella noche me quedé en casa de mi madre. Grace dijo que iba a echarse un rato al sofá. Imagino que no quería enfrentarse a Peter.

—¿Usted y su madre se fueron juntos?

—Fuimos a casa de mi madre. A la mañana siguiente nos llamó el ama de llaves, histérica. Acababa de encontrar el cuerpo.

—¿Cree que Grace Carrington se cayó a la piscina por accidente o que se suicidó?

—Solo puedo responderle de una manera: Grace quería tener el bebé, y sabía que Peter también. ¿Se habría quitado la vida deliberadamente? No, a menos que su incapacidad para renunciar a la bebida la abrumase y la posibilidad de que quizá ya hubiera perjudicado al feto la aterrorizara.

La actitud de Nicholas Greco pareció más amistosa cuando preguntó de forma despreocupada:

—¿Cree que Peter Carrington estaba lo bastante furioso para ayudar a su esposa a acabar con su vida, quizá después de que perdiera el conocimiento en el sofá?

Esta vez no le cupo duda de que la respuesta airada de Richard Walker era tan falsa como forzada:

—Eso es completamente absurdo, señor Greco.

«No es eso lo que piensa —se dijo Greco mientras se ponía en pie para irse—. Pero quiere que yo piense que sí lo cree.»

8

Peter Carrington y yo nos casamos en la Lady Chapel de la catedral de St. Patrick, donde treinta años antes mis padres intercambiaron sus votos.

Para Maggie, lo más irónico era que ella fue el catalizador que nos unió.

La recepción para la alfabetización en la mansión de los Carrington fue un éxito total. El matrimonio de mayordomos, Jane y Gary Barr, trabajó conmigo y con el proveedor del catering para tener la seguridad de que todo saldría perfecto.

Elaine Walker Carrington y el hermanastro de Peter, Richard, estuvieron más que presentes derrochando su encanto refinado mientras saludaban a los invitados. Salvo por los ojos tan hermosos que tenían los dos, me sorprendió lo poco que madre e hijo se parecían físicamente. No sé por qué, esperaba que el hijo de Elaine Carrington se pareciese al apuesto Douglas Fairbanks Jr., pero nada más lejos de la realidad.

Vincent Slater estaba por todas partes, pero siempre en segundo plano. Debido a mi tendencia a analizarlo todo, me dediqué a hacer hipótesis sobre cómo habría entrado aquel individuo en la vida de Peter. ¿Sería el hijo de alguien que trabajó para el padre de Peter? Después de todo, yo soy la hija de alguien que trabajó para el padre de Peter. ¿O quizá era un amigo de la universidad al que habían invitado a unirse al negocio familiar? Nelson Rockefeller invitó a su compañero de habitación en Dartmouth, un estudiante becario del Medio Oeste, a trabajar para su familia. Aquel hombre se convirtió en multimillonario.

Llegó el momento de que dijera unas palabras y presenté a Peter. Nada revelaba la presión a la que estaba sometido cuando recibió a los invitados y habló de la importancia de nuestro programa de alfabetización.

—Dar dinero para ayudar está bien —dijo—, pero es igual de importante contar con gente, personas como ustedes, que dedique un poco de su tiempo, de forma regular, a enseñar a otros a aprender a leer. Como supongo que todos ustedes saben, yo viajo mucho, pero me gustaría colaborar en la campaña para la alfabetización en otro sentido. Ofrezco mi casa para que esta reunión se celebre anualmente.

Entonces, mientras los asistentes aplaudían, se volvió hacia mí y me dijo:

—¿Le parece bien, Kathryn?

¿Fue ese el momento en que me enamoré de él, o ya lo estaba?

—Sería maravilloso —contesté, mientras el corazón se me derretía. Justo aquel día había aparecido otro artículo en la sección de economía del *New York Times* que llevaba por título «¿Es hora de que Peter Carrington se vaya?».

Peter, sin dejar de mirarme, levantó el pulgar y luego, sonriendo a los invitados y estrechando la mano de algunos de ellos, se fue por el pasillo hacia la biblioteca. Sin embargo, vi que no entraba en ella. Pensé que quizá se había escabullido por la escalera de atrás, o que incluso había salido de la casa.

Yo me había pasado el día entrando y saliendo de la mansión para supervisar el trabajo de los encargados del catering y de los adornos florales, y para asegurarme de que las personas que recolocaron los muebles no rompiesen ni rayasen nada. Aquel día me hice amiga de los Barr. Durante un rápido almuerzo en la cocina, frente a una taza de té y un bocadillo, me hablaron del

Peter Carrington que conocían: el niño de doce años que enviaron a Choate tras la muerte de su madre; el estudiante de Princeton de veinte años al que no dejaban de acosar con preguntas sobre la muerte de Susan Althorp; el esposo de treinta y ocho años cuya esposa embarazada apareció muerta en la piscina de la casa.

Gracias en gran medida a la ayuda de esta pareja, todo salió perfecto. Me quedé hasta que comprobé que todos los invitados habían abandonado la casa, que todo estaba limpio y que los muebles ocupaban de nuevo sus lugares originarios. Aunque no perdí la esperanza, Peter no apareció por allí, y yo empecé ya a pensar la manera de volver a verlo pronto. No quería esperar hasta el momento de programar la recepción del año siguiente.

Pero entonces, por un descuido y, por supuesto, sin pretenderlo, Maggie nos reunió de nuevo. Yo la había llevado en coche a la fiesta, y ella esperaba que la acompañase de vuelta a su casa. Mientras Gary Barr abría la puerta delantera para que saliésemos, Maggie se enganchó la puntera del zapato en el umbral, ligeramente elevado, y cayó al suelo con ímpetu; casi rebotó en el suelo de mármol del vestíbulo.

Grité. Maggie es mi madre, mi padre, mi abuela, mi amiga y mi mentora, todo en uno. Es todo lo que tengo. Y tiene ochenta y tres años. A medida que van pasando los años, me preocupo más por ella; he asumido el hecho inevitable de que no es inmortal, aunque sé que luchará con todas sus fuerzas antes de perderse serena en la última noche.

Desde el suelo, Maggie me espetó:

—¡Por el amor de Dios, Kay, calla ya! No me he hecho daño, aunque mi dignidad está un poco maltrecha, claro.

Se incorporó sobre un codo, intentó ponerse en pie y perdió el conocimiento.

En mi mente, lo que pasó durante la hora siguiente es muy confuso. Los Barr telefonearon a una ambulancia, y supongo que comunicaron a Peter Carrington lo que había pasado, porque de repente lo vi a mi lado, arrodillado junto a Maggie, buscándole con los dedos el pulso en la garganta, mientras me decía con voz tranquilizadora:

—Parece que tiene un corazón fuerte. Creo que se ha golpeado en la frente. Se le está hinchando.

Siguió a la ambulancia hasta el hospital, y esperó conmigo en la sala de urgencias hasta que el médico aseguró que Maggie solo padecía una leve conmoción, aunque esa noche preferían que permaneciese ingresada. Cuando la llevaron a una habitación, Peter me acompañó con el coche hasta casa de Maggie. Creo que temblaba tanto a consecuencia del disgusto y del alivio, que tuvo que quitarme las llaves de la mano para abrir la puerta. Luego entró conmigo, encendió la luz y me dijo:

—Me parece que te sentaría bien una copa. ¿Tu abuela tiene algún licor en casa?

Creo que aquella pregunta hizo que soltase una risa un tanto histérica.

—Maggie asegura que si todo el mundo siguiera su régimen de tomarse un ponche caliente todas las noches, a los fabricantes de somníferos se les acabaría el negocio.

Fue entonces cuando me di cuenta de que estaba intentando contener las lágrimas. Peter me dio su pañuelo.

—Entiendo cómo te sientes —dijo.

Nos bebimos un whisky. Al día siguiente, le envió flores a Maggie y me llamó para proponerme que comiéramos juntos. Después de eso nos vimos todos los días. Yo estaba enamorada y él también. Maggie, sin embargo, estaba angustiada. Seguía convencida de que Peter era un asesino. La madrastra de Peter insinuó que debíamos esperar, que era demasiado pronto para estar seguros de nuestros sentimientos. Sin embargo, Gary y Jane Barr estaban encantados con la noticia. Vincent Slater sacó el tema del contrato prenupcial y se mostró aliviado cuando le dije que no tenía inconveniente en firmarlo. Peter se enfureció y Vincent se escabulló discretamente. Le dije a Peter que había leído que si el matrimonio duraba poco tiempo, la compensación económica era muy limitada. Le aseguré que no tenía problemas con ese tema. También le dije que ese asunto no me preocupaba porque sabía que siempre estaríamos juntos y que tendríamos hijos.

Por supuesto, más tarde Peter y Slater hicieron las paces, y el abogado de Peter redactó un acuerdo generoso. Peter insistió en que me buscara un abogado propio, para que pudiera estar segura de que todo era correcto. Lo hice y, unos días más tarde, firmé el documento.

Al día siguiente fuimos a Nueva York y, sin alharacas, organizamos nuestra boda. El 8 de enero nos casamos en la Lady Chapel de la catedral de St. Patrick, donde nos comprometimos solemnemente a amarnos, honrarnos y cuidarnos hasta que la muerte nos separase.

9

La fiscal Barbara Krause estudió la foto que los paparazzi habían sacado a Peter Carrington y a su nueva esposa, Kay, caminando por una playa de República Dominicana. «Feliz es la novia sobre la que hoy brilla el sol», pensó con sarcasmo mientras dejaba el periódico a un lado.

Barbara, de cincuenta y dos años, se había licenciado en derecho y empezó su carrera en el despacho de un juez de lo penal del condado de Bergen; un año después, pasó al otro lado del estrado y se incorporó al ministerio fiscal. Durante los veintisiete años siguientes fue escalando posiciones: llegó a primer ayudante del fiscal y, por último, tras la jubilación de su predecesor hacía tres años, jefa de la fiscalía. Aquel mundo le fascinaba, una pasión que compartía con su esposo, juez de un tribunal de lo civil en el cercano condado de Essex.

Susan Althorp desapareció cuando Barbara llevaba solo unos pocos años en el cargo de fiscal. Debido a la importancia de las dos familias, los Althorp y los Carrington, el caso se había investigado desde todos los ángulos posibles. El hecho de no ser capaces de resolverlo, o siquiera de condenar al sospechoso número uno, Peter Carrington, había sido un trago amargo para Barbara y sus predecesores.

De vez en cuando, a lo largo de los años, Krause sacaba el archivo de Susan Althorp y lo examinaba: intentaba abordarlo con una mirada nueva, señalaba con el rotulador algún testimonio, escribía un signo de interrogación detrás de algunas declaraciones. Lamentablemente, sus esfuerzos no la habían llevado a ninguna parte. Ahora, sentada ante su mesa, recordó la declaración de Peter Carrington.

Afirmó que aquella noche había dejado a Susan en la puerta de su casa.

«—No esperó a que le abriese la puerta del coche. Subió deprisa los escalones del porche, giró la manilla de la puerta, se despidió con la mano y entró en la casa.

»—¿Esa fue la última vez que la vio?

»—Sí.

»—¿Y qué hizo entonces?

»—Volví a casa. Aún quedaban algunas personas bailando en la terraza. Yo había pasado la tarde jugando al tenis y estaba cansado. Aparqué el coche en el garaje y entré en la casa por la puerta lateral, subí directamente a mi habitación y me acosté. Me quedé dormido de inmediato.»

«Ojos que no ven, corazón que no siente», pensó Barbara. Curiosamente, Carrington contó esa misma historia para la noche que se ahogó su mujer.

Consultó su reloj. Era hora de irse. Había presenciado un juicio por homicidio, solo como observadora, y las conclusiones finales estaban a punto de empezar. En ese caso no se ponía en duda la identidad del asesino; se trataba de saber si el jurado consideraba al acusado culpable de asesinato o de homicidio no premeditado. Una disputa doméstica había degenerado en violencia, y el padre de tres niños iba a pasarse entre veinticinco y treinta y cinco años en la cárcel por matar a su esposa.

«Que le aproveche. Por su culpa, esos niños se han quedado solos —pensó Barbara mientras se ponía en pie para regresar a la sala—. Tendría que haber aceptado la oferta de veinte años que le hicimos.» Con su metro ochenta de estatura y su pertinaz problema de sobrepeso, Barbara sabía que en el tribunal la llamaban «la líbero», una referencia al fútbol. Dio un último sorbo a la taza de café que tenía sobre la mesa.

Mientras lo hacía, volvió a posar la vista en la fotografía de Peter Carrington y de su nueva esposa.

—Ha disfrutado de veintidós años de libertad desde que desapareció Susan Althorp, señor Carrington —dijo en voz alta—. Si alguna vez tengo la oportunidad de ponerle las manos encima, le prometo una cosa: no podrá alegar homicidio involuntario. Le acusaré de asesinato, y conseguiré que lo condenen.

10

Las dos semanas de nuestra luna de miel fueron idílicas. Nos habíamos casado tan pronto que todos los días descubríamos cosas nuevas el uno del otro, pequeñas cosas, como que yo siempre tomaba una taza de café a media mañana, o que a él le encantaban las trufas y yo las detestaba. No fui consciente de la soledad en la que había vivido hasta que Peter estuvo conmigo a todas horas. A veces me despertaba por la noche, escuchaba el ritmo de su respiración y me parecía increíble que fuera su esposa.

Me había enamorado de él intensamente, y me parecía que Peter me amaba en la misma medida. Cuando empezamos a vernos todos los días, una vez él me preguntó: «¿De verdad estás interesada en un hombre "sospechoso" de dos muertes?».

Mi respuesta fue que, mucho antes de que lo conociese, estaba convencida de que él era víctima de las circunstancias, y que imaginaba lo espantoso que todo aquello debió de ser y, por supuesto, seguía siendo para él.

«Lo es —me dijo—, pero no hablemos de ello. Kay, me haces tan feliz que empiezo a creer que tengo un futuro, que llegará un momento en que la desaparición de Susan se resolverá y la gente sabrá con total seguridad que yo no tuve nada que ver.»

Por tanto, durante nuestro noviazgo, nunca hablamos de Susan Althorp ni de Grace, la primera esposa de Peter. Él hablaba con cariño de su madre, y no había duda de que habían estado muy unidos. «Mi padre estaba continuamente de viaje por negocios. Mi madre siempre le había acompañado, pero desde que nací se quedó en casa conmigo», recordaba.

Me pregunté si fue después de perderla cuando se instaló en su mirada aquella expresión de dolor.

Durante la luna de miel me sorprendió que Peter no recibiera llamadas de su oficina y que él tampoco hiciese ninguna. Más tarde me enteré del motivo.

Los paparazzi estaban siempre frente a las puertas de la villa que habíamos alquilado y, exceptuando un breve paseo por la playa pública, no salimos de la propiedad. Yo telefoneaba a Maggie todos los días para saber cómo estaba, y ella tuvo que admitir, a regañadientes, que las historias sobre Peter habían desaparecido de los periódicos sensacionalistas. Empecé a albergar la esperanza de que Nicholas Greco se hubiera encontrado en un callejón sin salida en su investigación sobre la desaparición de Susan Althorp; al menos, en lo relativo a Peter.

Pronto descubrí que había estado viviendo de falsas esperanzas.

Mi casa: me parecía imposible que pudiera referirme de ese modo a la mansión de los Carrington. Cuando, a nuestro regreso de la luna de miel, atravesamos las puertas de la finca, recordé a la niña que se escabulló escalera arriba hasta la capilla, y la emoción que sentí cuando regresé en octubre para pedirle a Peter que la recepción se celebrase allí.

En el vuelo de vuelta, Peter se fue encerrando cada vez más en sí mismo. Me sentí inquieta, pero creía conocer el motivo. Estaría de nuevo bajo la mirada pública y, debido a las exigencias de su profesión, no podría evitarlo. Yo había renunciado con gran pesar a mi puesto en la biblioteca; me encantaba mi trabajo. Por otra parte, había estado pensando en cuál sería la mejor manera de ayudar a Peter. Le animaría a que hiciese muchos viajes de negocios. Si los medios de comunicación no podían perseguir a todas horas al objetivo central de la investigación de Greco, el público perdería interés. Por supuesto, yo le acompañaría en sus viajes.

—¿Todavía se estila lo de cruzar la puerta con la novia en brazos? —preguntó Peter cuando nos detuvimos en la puerta principal.

Enseguida me di cuenta de que si le respondía que sí se sentiría muy incómodo, y me pregunté si habría entrado así con Grace cuando se casaron hacía doce años.

—Preferiría que entrásemos cogidos de la mano —contesté, y supe que mi respuesta le había gustado.

Después de aquellas dos magníficas semanas en el Caribe, la primera tarde en la mansión me resultó un poco extraña. En un desacertado gesto de «bienvenida a casa», Elaine había organizado una cena exquisita para la que había contratado un catering y relegado a los Barr a la cocina. En lugar de en el comedor pequeño que daba sobre la terraza, había ordenado que la cena se sirviera en el más grande y formal. A pesar de que tuvo el sentido común de que nos colocaran el uno frente al otro en aquella mesa enorme, me sentí incómoda debido a los dos camareros que pululaban continuamente a nuestro alrededor.

Los dos nos alegramos cuando acabamos de cenar y pudimos subir al piso de arriba. La suite de Peter consistía en dos dormitorios muy grandes separados por un hermoso salón. Todo en el dormitorio situado a la derecha del salón indicaba que se trataba de un territorio masculino. Tenía dos grandes aparadores tallados a mano; un bonito sofá de piel granate con sillas a juego junto a la chimenea; una cama gigantesca, con estanterías con libros encima de la cabecera, y una pantalla de televisión que bajaba del techo con solo pulsar un botón. Las paredes eran blancas, la colcha tenía cuadros blancos y negros, y la moqueta era gris ceniza. Varios cuadros de distintas escenas de la caza del zorro en un paisaje inglés adornaban las paredes.

El dormitorio del otro lado del salón era el de la señora de la mansión. La esposa de Peter, Grace, había sido la última en ocuparlo. Antes de eso, era Elaine quien dormía en él y, antes incluso, la madre de Peter, así como todas sus antepasadas hasta 1848. Era una estancia muy femenina, con las paredes de un suave color melocotón y las cortinas, la cabecera y la ropa de cama de color verde. Un bonito canapé y unas butacas junto al hogar contribuían a crear una atmósfera agradable y acogedora. Encima de la repisa de la chimenea había un cuadro precioso que representaba un jardín. Supe que pronto querría dejar mi propia huella en aquella habitación, porque me gustan los colores más intensos, pero me hacía gracia pensar que en aquella estancia podría haber cabido mi pequeño estudio de soltera.

Peter ya me había advertido de que padecía frecuentes episodios de insomnio, y que cuando eso ocurriera se iría al otro cuarto a leer. Como estoy segura de que yo seguiría durmiendo aunque sonasen las trompetas del Juicio Final, le dije que no era necesario, pero todo lo que le hiciera sentirse más cómodo y le ayudara a dormir me parecía bien.

Aquella noche nos acostamos en mi habitación; mi mente lanzaba cohetes ante la evidencia de que mi vida como esposa de Peter ya había empezado. No sé qué me despertó durante la noche, pero cuando abrí los ojos Peter no estaba. Me dije que estaría leyendo en su cuarto, pero de repente me invadió una oleada de inquietud. Me puse las zapatillas, me arropé con una bata y crucé en silencio el salón. La puerta de su cuarto estaba cerrada. La abrí sin hacer ruido. Estaba oscuro, pero la luz del alba se filtraba por las cortinas de la ventana y vi que la habitación estaba vacía.

No sé qué me impulsó a hacerlo, pero me acerqué deprisa a la ventana y miré hacia abajo. Desde allí se veía claramente la piscina. Como era febrero, estaba cubierta, pero Peter se encontraba allí, arrodillado junto a la piscina, con una mano apoyada en el borde mientras metía la otra en el agua, por debajo de la pesada cubierta de vinilo. Movía el brazo adelante y atrás, como si empujara algo hacia el fondo de la piscina o como si quisiera sacarlo de ella.

«¿Por qué? ¿Qué está haciendo?», me pregunté. Entonces, mientras lo observaba, él se puso en pie, se dio la vuelta y regresó lentamente hacia la casa. Unos minutos después, abrió la puerta del dormitorio, entró en el baño, encendió la luz, se secó el brazo y la mano con una toalla y se estiró la manga de la chaqueta de pijama. Luego apagó la luz, entró en el cuarto y se quedó plantado delante de mí. Estaba claro que no era consciente de mi presencia, y entonces comprendí qué estaba pasando. Peter era sonámbulo. Una chica de nuestra habitación en la universidad lo había sido, y nos advirtieron que nunca la despertásemos de golpe.

Mientras Peter atravesaba el salón, lo seguí en silencio. Volvió a meterse en la cama de mi dormitorio. Me quité la bata, sacudí los pies para desprenderme de las zapatillas y, con cuidado, me acosté a su lado. Pocos minutos después, me rodeó con el brazo y su voz soñolienta dijo:

—Kay.

—Estoy aquí, cariño.

Sentí que su cuerpo se relajaba, y pronto su respiración tranquila me indicó que se había dormido. Pero durante el resto de la noche permanecí despierta. Ahora sabía que Peter era sonámbulo, pero ¿le pasaba con frecuencia? Y, mucho más importante, ¿por qué, en ese estado, había hecho el gesto de empujar algo hacia el fondo de la piscina o sacarlo de ella?

«¿Algo... o a alguien?»

11

Nicholas Greco atravesó Cresskill, una ciudad próxima a Englewood, observando los nombres de las calles y repitiéndose, una vez más, que había llegado el momento de comprarse un GPS. «Frances siempre me dice que lo de resolver crímenes se me da muy bien pero no soy capaz ni de ir al supermercado sin perderme. Y tiene razón», pensó.

«Bonita ciudad», se dijo mientras, siguiendo las indicaciones que había descargado de MapQuest, giró a la derecha por County Road. Iba a entrevistarse con Vincent Slater, el hombre a quien el padre de Peter Carrington definió como «indispensable».

Antes de pedirle que se reunieran, Greco había investigado a fondo a Slater, pero sus pesquisas no le revelaron nada demasiado interesante. Slater tenía cincuenta y cuatro años, era soltero y vivía en el hogar de su infancia, que compró a sus padres cuando ellos se mudaron a Florida. Había asistido a una universidad local, a la que acudía en transporte público. Su primer y único trabajo fue con Carrington Enterprises. Al cabo de un par de años de trabajar allí, el padre de Peter se fijó en él y Slater se convirtió en algo así como en su ayuda de campo. Tras la muerte de la madre de Peter, Slater pasó a ser una combinación de empleado de confianza y padre adoptivo. Como era doce años mayor que Peter, durante la adolescencia del heredero de los Carrington,

Slater lo llevaba en coche a Choate, su escuela en Connecticut, le visitaba regularmente, le hacía compañía en la mansión durante las vacaciones y le llevaba a esquiar y a navegar.

El pasado de Slater era interesante, pero el hecho de que la noche que Susan Althorp desapareció Slater figurase entre los invitados a la fiesta era, para Greco, el punto de principal interés. Había aceptado la entrevista a regañadientes, pero insistió en que se reuniesen en su propia casa. «No quiere que me acerque por la mansión —pensó Greco—. Debería saber que ya he estado allí, al menos en la casa de invitados, hablando con los Barr.»

Observó los números de la calle y se detuvo delante de la casa de Slater, que resultó ser un dúplex, aquel tipo de edificación tan popular en los años cincuenta. Cuando llamó al timbre, Slater abrió la puerta inmediatamente. «¿Estaría esperándome detrás? —se preguntó Greco—. ¿Y por qué, siendo la primera vez que lo veo, pienso que es esa clase de persona?»

—Es muy amable al recibirme, señor Slater —dijo suavemente, extendiendo la mano.

Slater no se la estrechó.

—Pase —dijo sucintamente.

«Podría recorrer la casa con los ojos cerrados», pensó Greco. La cocina, justo enfrente, al final del pasillo. El salón, a la derecha de la entrada, comunicado con un comedor pequeño y a medio nivel por debajo de la cocina. Arriba, tres dormitorios. Greco lo sabía porque había crecido en una casa idéntica a esa en Hempstead, Long Island.

Enseguida fue evidente que el gusto de Slater era bastante limitado. Las paredes tenían un color beis apagado, y la moqueta era marrón. Greco lo siguió hasta el salón, que contaba con pocos muebles. Un sofá y unas sillas modernas estaban dispuestos alrededor de una ancha mesa de café de cristal con patas de acero.

«En esta casa y en este tipo no hay nada acogedor ni cálido», pensó Greco mientras se sentaba en la silla que Slater le había indicado.

Para su gusto, la silla era demasiado baja. «Una forma sutil de que esté en desventaja», pensó.

Antes de que Greco pudiera hacer sus comentarios habituales para agradecerle que hubiera accedido a recibirle, Slater dijo:

—Señor Greco, sé por qué está aquí. Investiga la desaparición de Susan Althorp a petición de su madre. Eso es loable, pero hay un grave problema: le han solicitado que demuestre que Peter Carrington es responsable de la desaparición de Susan.

—Lo que me han solicitado es que descubra qué le sucedió a Susan y, si es posible, conceder así paz a su madre —dijo Greco—. Admito que, dado que Peter Carrington fue la última persona que vio a Susan antes de su desaparición, ha vivido veintidós años bajo la sombra de la sospecha. En su calidad de amigo y ayudante, creí que usted estaría dispuesto a disipar esa sombra haciendo todo lo que esté en sus manos.

—Eso no hace falta ni decirlo.

—Entonces, ayúdeme. ¿Qué recuerda sobre los acontecimientos de aquella tarde?

—Estoy seguro de que usted sabe exactamente cuáles fueron mis palabras en el testimonio que di cuando se abrió la investigación. Fui a la cena como invitado. Fue una reunión muy agradable. Susan llegó con sus padres.

—Llegó con ellos, pero Peter la llevó a su casa en coche.

—Sí.

—¿A qué hora se fue usted de la fiesta?

—Como seguramente ya sabe, esa noche me quedé en la mansión. Hace años que tengo una habitación allí. El noventa por ciento de las veces vuelvo a esta casa, pero aquella noche decidí quedarme, como lo hicieron otros invitados. Elaine, la madrastra de Peter, había organizado un *brunch* para las diez de la mañana, y me resultaba más cómodo quedarme allí que venir aquí y tener que volver al día siguiente.

—¿Cuándo se retiró a su habitación?

—Cuando Peter se fue a acompañar a Susan.

—¿Cómo describiría su relación con la familia Carrington?

—Exactamente del modo que usted ya conoce gracias a sus diversas entrevistas. Nunca olvido el hecho de que trabajo para ellos, pero también soy un amigo leal, o al menos eso espero.

—Tan leal que haría cualquier cosa por ayudarles, en especial a Peter. Para usted es como un hijo o un hermano, ¿no es cierto?

—Nunca he tenido que hacer nada por Peter que no pudiera hacerse público, señor Greco. Ahora, si no tiene más preguntas, debo irme a Englewood.

—Solo una más. También estuvo en la casa la noche que murió Grace Carrington, ¿no es verdad?

—La noche que Grace murió en un accidente, querrá decir. Sí. Peter había pasado varias semanas en Australia. Lo esperábamos a la hora de cenar, y su esposa, Grace, había pedido a Elaine, a su hijo Richard, a unos pocos amigos de la zona y a mí que asistiéramos a la cena. Como se acercaba el cumpleaños de Richard, Grace convirtió el encuentro en una fiesta en su honor.

—Cuando Peter llegó, ¿le enfadó mucho lo que vio?

—Señor Greco, no tengo nada que añadir a lo que es evidente que usted ya sabe. Como es lógico, a Peter le molestó ver que Grace había bebido mucho.

—Se puso furioso.

—Yo diría que estaba más preocupado que furioso.

—¿Se quedó usted en la mansión aquella noche?

—No. Peter llegó sobre las once de la noche. De todos modos, estábamos todos a punto de irnos. Peter subió al piso de arriba. Elaine y Richard se quedaron con Grace.

—¿Estaban los criados en la casa?

—A Jane y a Gray Barr los contrataron tras la muerte de la madre de Peter. Elaine prescindió de sus servicios tras casarse con el padre de Peter. Sin embargo, tras la muerte de su esposo, Elaine se mudó a la casa pequeña que hay dentro de la finca, y Peter contrató de nuevo a los Barr. Llevan allí desde entonces.

—Pero, si los habían despedido, ¿por qué estaban en la mansión la noche que Susan desapareció? El padre de Peter seguía vivo. De hecho, la fiesta era para celebrar su septuagésimo aniversario.

—Elaine Walker Carrington no duda en usar a las personas según su conveniencia. A pesar de que había despedido a los Barr porque quería contratar a un conocido chef, a un mayordomo y a un par de doncellas, les pidió que ayudasen a servir la cena aquella noche y que preparasen el *brunch* de la mañana siguiente. Los Barr eran diez veces más eficientes que el personal nuevo, y estoy seguro de que les pagó generosamente.

—Entonces, volvieron a contratarlos, e imagino que también sirvieron la cena la noche que Grace Carrington murió. ¿Recuerda si se habían acostado cuando Peter volvió?

—Tanto Peter como Grace eran muy considerados. Después de servir el café y recoger la cristalería, los Barr se retiraron a su residencia. Habían vuelto a ocupar la antigua casa del guarda, dentro de la finca.

—Señor Slater, la semana pasada hablé con Gary y Jane Barr. Repasamos sus recuerdos sobre aquella cena y el *brunch* del día siguiente. Comenté con Gary algo que había descubierto en los informes. Hace veintidós años él dijo a los investigadores que la mañana del *brunch* oyó cómo Peter Carrington le decía a usted que la noche anterior Susan se había dejado el bolso en su coche, y le pidió que se lo llevara porque quizá contenía algo que pudiera necesitar. Él se acuerda de haber hecho ese comentario, así como de haber oído esa conversación entre usted y Peter.

—Es posible que lo recuerde, pero si ha seguido usted leyendo los informes, sabrá que en aquel momento yo dije que los recuerdos de Gary eran ciertos solo en parte —afirmó Slater sin alterarse—. Peter no me dijo que Susan se había dejado el bolso en el coche. Dijo que podría habérselo dejado. El bolso no estaba en el coche, así que Peter se equivocaba. En cualquier caso, no entiendo por qué le parece destacable.

—Es solo un comentario. La señora Althorp está segura de que aquella noche oyó a Susan cerrar la puerta de su habitación. Es evidente que no pretendía quedarse mucho rato. Pero si Susan se dio cuenta de que su bolso estaba en el coche de Peter, y si había planeado reunirse con él, no tendría por qué haberse preocupado. De no ser así, si iba a reunirse con otra persona, ¿no hubiera sido normal que eligiera otro bolso y metiera en él una polvera, un pañuelo, las cosas que suelen llevar las mujeres?

—Me está haciendo perder el tiempo, señor Greco. ¿No me dirá en serio que la madre de Susan sabía exactamente cuántos pañuelos o, ya puestos, cuántos bolsos tenía su hija en su cuarto?

Nicholas Greco se puso en pie.

—Gracias por su tiempo, señor Slater. Me temo que hay un detalle que usted debería conocer. La revista *Celeb* ha entrevistado a la señora Althorp, la entrevista saldrá en el número de mañana. En ella, la señora Althorp acusa directamente a Peter Carrington del asesinato de su hija Susan.

Observó a Vincent Slater mientras su rostro mudaba a un amarillo enfermizo.

—Eso es una infamia —dijo Slater, cortante—. Una calumnia y una infamia.

—Exacto. Y la reacción normal en un hombre inocente como Peter Carrington será pedir a sus abogados que demanden a Gladys Althorp. Después vendrá el proceso habitual de interrogatorios y declaraciones hasta obtener una retractación, un acuerdo o un juicio público. En su opinión, ¿Peter Carrington exigirá a Gladys Althorp que se retracte inmediatamente y, si no es así, la demandará para limpiar su buen nombre?

Los ojos de Slater lanzaron una mirada gélida, pero antes de eso Greco había detectado un súbito temor en su mirada.

—Usted ya se iba, señor Greco —dijo.

Ninguno de los dos dijo nada más mientras Nicholas Greco se encaminaba hacia la puerta de la casa. Greco bajó por el camino de entrada, subió a su coche y lo puso en marcha. «¿A quién estará telefoneando Slater?», se preguntó mientras recorría la calle. «¿A Carrington? ¿A los abogados? ¿A la nueva señora Carrington?»

Le vino a la mente una imagen de la apasionada defensa que Kay había hecho de Peter Carrington cuando la había conocido en casa de su abuela. «Kay, tendrías que haberle hecho caso a tu abuela», pensó.

12

Por la mañana, Peter no dio señales de que supiera que por la noche había tenido un episodio de sonambulismo. No estaba segura de si debía comentárselo o no. ¿Qué podría decirle? ¿Que me había parecido que intentaba empujar algo o a alguien para hundirlo en el agua o quizá para sacarlo del fondo de la piscina?

Pensé que había dado con la explicación. Peter había tenido una pesadilla en la que veía a Grace ahogarse en la piscina. Y estaba intentando rescatarla. Tenía sentido, pero me pareció innecesario hablar con él del tema. Seguro que no se acordaba de nada.

Nos levantamos a las siete. Los Barr llegarían a las ocho para preparar el desayuno, pero yo hice zumo y café porque habíamos decidido salir a correr por los terrenos de la mansión. Por extraño que parezca, hasta entonces habíamos hablado muy poco del trabajo de mi padre como paisajista en esa propiedad. Le había contado a Peter lo dura que debió de resultarle a mi padre la muerte de mi madre, y que su suicidio me dejó desolada. Por supuesto, no mencioné las cosas tan terribles que había apuntado Nicholas Greco. Me irritaba que Greco pudiera pensar que papá había decidido quitarse de en medio porque tenía algo que ver con la desaparición de Susan Althorp.

Mientras corríamos, Peter empezó a hablar de mi padre.

—Mi madre no cambió el jardín tras la muerte de mi abuela —me dijo—. Pero Elaine, cuando se casó con mi padre, dijo que el jardín parecía diseñado como un cementerio. Afirmaba que solo le faltaba algún que otro «Descanse en paz». Tu padre hizo un trabajo magnífico para crear los jardines que tenemos ahora.

—Elaine lo despidió porque bebía mucho —dije, intentando que mis palabras sonaran imparciales.

—Eso es lo que ella dice —contestó Peter, ecuánime—. Elaine siempre flirteaba, incluso cuando mi padre estaba vivo. Le hizo proposiciones a tu padre y él la rechazó. Ese fue el verdadero motivo de que lo despidiera.

Me detuve tan en seco, que cuando él frenó ya había dado seis zancadas.

—Lo siento, Kay. Eras una niña. ¿Cómo podías haberlo sabido?

Por supuesto, fue Maggie quien me dijo que la afición de mi padre a la bebida le había costado el trabajo. Echaba la culpa de todo lo que pasaba al vicio de papá: la pérdida de su trabajo en la finca, incluso su suicidio. De repente me di cuenta de que estaba furiosa con ella. Mi padre había sido demasiado noble para contarle la verdadera razón por la que le despidieron, y entonces, como era una sabionda, decidió que ya sabía cuál era el motivo. «No es justo, Maggie —pensé—, no es justo.»

—Kay, no quería que te pusieras triste —me dijo Peter, tomándome de la mano y entrelazando sus dedos con los míos.

Levanté la vista hacia él. El rostro aristocrático de Peter quedaba fortalecido por su mandíbula firme, pero cuando le miraba siempre veía sus ojos. En ese momento su mirada era de preocupación, de inquietud por haberme molestado sin quererlo.

—No, no estoy triste, en absoluto. De hecho, has despejado una duda importante. Durante todos estos años he imaginado a mi padre dando tumbos por estos terrenos en plena borrachera, y me he sentido avergonzada. Ahora puedo borrar esa idea para siempre.

Peter se dio cuenta de que no tenía ganas de seguir con ese tema.

—Muy bien —dijo—. ¿Subimos el ritmo?

Corriendo por los senderos empedrados que serpentean por los jardines, y cambiando de dirección un par de veces, recorrimos un kilómetro y medio, y luego decidimos dar una última vuelta por el final del camino occidental que acababa en la calle. El lugar estaba protegido por altos setos. Peter me explicó que hacía muchos años el ayuntamiento instaló una tubería de gas cerca de la acera, y cuando mi padre preparó el diseño del jardín propuso desplazar las vallas unos quince metros más adentro. De ese modo, si alguna vez la compañía del gas tenía que hacer reparaciones, no estropearían el jardín.

Cuando llegamos junto a los setos, oímos voces y el sonido de maquinaria al otro lado de la valla. Miramos por una abertura y vimos que un equipo de trabajadores desviaba el tráfico y descargaba material de unos camiones.

—Supongo que esto es exactamente lo que mi padre previó —dije.

—Supongo que sí —respondió Peter. Luego se dio la vuelta y empezó a correr de nuevo—. ¿Echamos una carrera hasta la casa? —gritó por encima del hombro.

—¡Eso es trampa! —protesté cuando él salió disparado.

Pocos minutos después, sin aliento pero ambos satisfechos —al menos eso pensaba yo—, entramos en la mansión.

Los Barr estaban en la cocina; reconocí el aroma de las magdalenas de maíz horneándose. Yo normalmente desayunaba un café solo y medio panecillo tostado, sin mantequilla ni crema de queso, así que si quería mantenerme en forma no me quedaba más remedio que ser disciplinada. Pero ese día la dieta no me preocupaba, era nuestro primer desayuno en casa.

Lo bueno que tienen las mansiones es que puedes elegir entre muchos ambientes. La habitación del desayuno es como un pequeño jardín interior, muy acogedora, con celosías pintadas de verde y blanco, una mesa redonda con sobre de cristal, sillas de enea con cojines, y un aparador con preciosa porcelana de color verde y blanco. Al contemplar los objetos de porcelana recordé una vez más que la casa estaba llena de tesoros coleccionados desde el siglo XIX. Tuve un pensamiento fugaz: ¿habría alguien que llevase un inventario?

Me di cuenta de que Jane Barr estaba preocupada por algo. Su cálida bienvenida no escondía la inquietud de su mirada. Algo iba mal, pero no quería preguntárselo delante de Peter. Supe que él también se había dado cuenta.

En la mesa, a su lado, estaba el *New York Times*. Hizo ademán de cogerlo pero luego lo apartó.

—Kay, estoy tan acostumbrado a leer el periódico durante el desayuno, que casi olvido que ahora tengo un buen motivo para postergarlo.

—No tienes por qué —le dije—. Quédate con la primera parte. Yo leeré las noticias locales.

Después de servirnos la segunda taza de café, Jane Barr entró de nuevo en la habitación. Esta vez no intentó ocultar su inquietud.

—Señor Carrington, no me gusta ser portadora de malas noticias, pero cuando estuve en el supermercado esta mañana estaban repartiendo ejemplares de la revista *Celeb*. La noticia de la portada trata de usted. Sé que dentro de poco recibirá llamadas, así que quería advertírselo, pero también deseaba que tomase el desayuno tranquilo.

Vi que tenía un ejemplar de la revista, doblado aún por la mitad, debajo del brazo. Se lo entregó a Peter.

Él lo desdobló, miró la portada y luego cerró los ojos, como si pretendiera borrar una visión demasiado dolorosa. Extendí la mano sobre la mesa y cogí la revista. El titular, enorme, decía: «Peter Carrington asesinó a mi hija». Debajo había dos fotos encaradas. Una era un retrato de Peter, ese tipo de foto de archivo que usan los periódicos cuando publican un artículo sobre un ejecutivo. En la foto Peter no sonreía, lo cual no me extrañó. Mi Peter, tímido por naturaleza, no es de los que posan ante la cámara. A pesar de todo, en aquella fotografía especialmente desfavorecedora tenía un aspecto frío, incluso altivo y desdeñoso.

Al lado de su foto estaba la de Susan Althorp, una Susan radiante, con su vestido de entrada en sociedad, la larga melena rubia cayéndole sobre los hombros, los ojos brillantes, su joven y hermoso rostro trasluciendo alegría. Sin atreverme a mirar a Peter, pasé la página. La doble página interior era igual de dolorosa: «Madre moribunda exige justicia». Había una foto de Gladys Althorp, pálida y con expresión de angustia, rodeada de fotos de su hija en todas las etapas de su breve vida.

Sé lo bastante de leyes para entender que, si Peter no exigía una retractación y la conseguía, su única alternativa era demandar a Gladys Althorp. Lo miré y no supe leer su expresión. Pero estaba segura de que lo último que quería era que yo empezase a soltar sapos y culebras.

—¿Qué piensas hacer? —pregunté.

Jane Barr se fue a la cocina.

Me daba la sensación de que Peter sentía dolor, como si hubiera sufrido una agresión física. Sus ojos brillaban y, cuando habló, su voz traicionó su angustia.

—Kay, durante veintidós años he respondido a todas y cada una de las preguntas que me han hecho sobre la desaparición de Susan. Unas pocas horas después de que se confirmara que había desaparecido, la oficina del fiscal se me echó encima, me interrogaron. Veinticuatro horas después, incluso antes de que nadie nos lo pidiera, mi padre dio permiso para que los sabuesos inspeccionaran la finca. Permitió que registraran la mansión. Me confiscaron el coche. No pudieron reunir ninguna prueba que apuntase que yo sabía qué le había sucedido a Susan después de que la dejé en su casa aquella noche. ¿Te imaginas qué pesadilla si le exijo una retractación a la madre de Susan, me la niega y tengo que demandarla? Te diré lo que pasaría. Será como un circo de tres pistas para los medios de comunicación, y esa pobre mujer morirá mucho antes de que se acerque la fecha del juicio.

Se puso en pie. Temblaba y se esforzaba por contener las lágrimas. Rodeé la mesa y le abracé. Mi única manera de ayudarle era decirle cuánto le amaba.

Creo que mis palabras le consolaron un poco, al menos le hicieron sentirse menos solo. Pero entonces, con voz triste, e incluso distante, me dijo:

—No te he hecho ningún favor al casarme contigo, Kay. No necesitas verte envuelta en este escándalo.

—Ni tú tampoco —le contesté—. Peter, creo que, por horrible que sea todo esto, tienes que pedirle a la señora Althorp que se retracte, y que si es necesario la demandes por infamia y calumnia. Lo siento por ella, pero se lo ha buscado.

—No sé qué hacer —repuso él—. La verdad es que no lo sé.

Mientras Peter se estaba duchando llegó Vincent Slater. Yo sabía que tenían previsto reunirse aquella mañana en el despacho de Peter.

—Tienes que convencer a Peter de que exija una retractación —le dije.

—Ese es un tema que consultaremos con nuestros abogados, Kay —contestó; su tono indicaba que no quería seguir hablando de ello.

Nos quedamos mirándonos. Cuando lo conocí, el día que fui a la mansión para pedir que se celebrase allí el cóctel, percibí, desde el primer minuto, la animosidad de Slater hacia mi persona. Pero sabía que debía tener cuidado. Aquel hombre era una parte importante en la vida de Peter.

—Peter tiene la oportunidad de limpiar su nombre, de demostrar que no hay ninguna prueba que lo relacione con la desaparición de Susan —le dije a Vincent—. Si no exigiera una retractación, vendría a ser como si se colgara al cuello un cartel de: «Lo hice yo. Soy culpable».

No me contestó. Luego Peter se despidió de mí con un beso y los dos se fueron.

Aquella tarde, mientras excavaban para colocar los nuevos cables, los operarios del ayuntamiento encontraron el esqueleto de una mujer, envuelto en plástico y enterrado en una zona sin vallar en el extremo de la propiedad de los Carrington. En la parte delantera de su vestido blanco de gasa, muy deteriorado, se apreciaban manchas de lo que podría ser sangre.

Gary Barr fue quien entró corriendo para decirme lo que había sucedido. Volvía de hacer unas compras cuando pasó junto a la excavación y un trabajador, cuya máquina había sacado el cuerpo a la luz, dio la voz de alarma. Gary aparcó y contempló la escena mientras llegaban los coches de la policía con sus estridentes sirenas.

A través de las cámaras de seguridad situadas fuera de la mansión, vi cómo una multitud se congregaba en la zona. Creo que no dudé ni por un segundo que aquel era el cuerpo de Susan Althorp.

El sonido del timbre de la puerta me recordó el tañido de las campanas durante el funeral de mi padre. Aún recuerdo aquel sonido plañidero cuando, cogida de la mano de Maggie, salimos de la iglesia y nos quedamos con unos amigos en las escaleras de la iglesia de St. Cecilia. Recuerdo que Maggie dijo algo así como: «Cuando encuentren el cuerpo de Jonathan, si lo encuentran, lo enterraremos debidamente, por supuesto».

Pero eso nunca ocurrió.

Cuando Jane Barr entró corriendo, aturdida para informarnos de que unos detectives querían hablar con el señor Carrington, me cruzó por la cabeza el pensamiento incongruente de que el funeral oficial por Susan Althorp se celebraría pronto.

13

—Sabemos que lo hizo él, pero ¿tenemos pruebas suficientes para acusarle? —preguntó Barbara Krause a Tom Moran, ayudante de la fiscal y director de la oficina de homicidios.

Habían transcurrido seis días desde que se encontraron los restos de Susan Althorp en las tierras de la finca de los Carrington. La autopsia no admitía dudas en cuanto a la identificación. Susan murió por estrangulamiento.

Moran, un hombre de incipiente calvicie, algo de sobrepeso y con veinticinco años de veteranía en la oficina de la fiscal, compartía la frustración de su jefa. Desde que se había descubierto el cuerpo, el poder y la riqueza de la familia Carrington se habían hecho evidentes. Los Carrington habían contratado a un equipo de abogados criminalistas conocidos en todo el país, y ya estaban preparando la defensa ante una posible acusación. Los hechos, fría y objetivamente, eran que la fiscalía del condado de Bergen tenía pruebas suficientes para establecer una causa probable y emitir una acusación contra Peter Carrington, y que casi con total seguridad el gran jurado lo procesaría. Pero también era cierto que, dado que las pruebas dejaban abiertas muchas dudas, un jurado le absolvería o acabaría dividido.

Nicholas Greco llegaría a la oficina de la fiscal de un momento a otro. Había telefoneado para solicitar una cita con Barbara Krause, y ella había invitado a Moran a estar presente.

—Afirma que podría haber descubierto algo útil —dijo Krause a Moran—. Esperemos que así sea. No me gusta que los de fuera metan la nariz en nuestros casos, pero si nos ayuda a condenar a Carrington contará con todo mi apoyo.

Ella y Moran se habían pasado la mañana debatiendo los puntos fuertes y débiles del caso, pero no habían descubierto nada nuevo. El hecho de que Carrington llevara a Susan a su casa y, que se supiera, fuera la última persona que lo había visto, perdía fuerza ante el hecho de que tanto su madre como su padre la oyeron entrar en la casa, y que Susan les gritó «Buenas noches». Carrington, que entonces tenía veinte años, respondió a todas las preguntas formuladas por la fiscalía. Cuando Carrington padre comprendió que su hijo era sospechoso, permitió, e incluso exigió, un registro exhaustivo de la mansión, los terrenos y el coche de Peter.

Al final del primer día que Susan no estableció contacto con su familia, se analizaron el esmoquin de verano de Carrington y sus zapatos en busca de alguna prueba; los resultados fueron negativos. La camisa que Peter llevaba esa noche nunca se encontró. Él afirmó que la había dejado en el cesto de la ropa sucia, como siempre, y la nueva doncella juró que la furgoneta del servicio de lavandería se llevó la ropa a la mañana siguiente. El encargado afirmó que solo había recibido una camisa, la de Carrington padre, pero esa pista no llevó a ninguna parte. La investigación demostró que aquel encargado tenía un largo historial de pérdida de prendas y confusión de pedidos.

—De hecho, la entrega que hizo el día que supuestamente recogieron la camisa incluía la americana de un vecino —dijo Krause; su voz denotaba exasperación—. La camisa que llevaba Carrington es la prueba que siempre hemos necesitado. Me apostaría cualquier cosa a que estaba manchada de sangre.

El intercomunicador de Krause sonó. Nicholas Greco había llegado.

Greco conoció a Tom Moran cuando revisó por primera vez

los archivos del caso Althorp. Decidió no desperdiciar el tiempo explicando el motivo de su visita.

—Pueden imaginarse cómo se siente la señora Althorp. Me dijo que ahora al menos sabe que dentro de poco Susan y ella descansarán juntas en el cementerio. Pero, por supuesto, el hallazgo del cuerpo en la propiedad de los Carrington ha reforzado su anhelo de llevar a Peter Carrington ante la justicia.

—Esa es exactamente nuestra intención —dijo Krause con amargura.

—Como saben, he estado entrevistando a personas cercanas a los Carrington, incluyendo a miembros del personal. A veces los recuerdos se agudizan mucho después de que las emociones suscitadas por la investigación inicial desaparezcan. En sus archivos vi que, en el momento de la desaparición, ustedes interrogaron a Gary y a Jane Barr, mayordomos de la casa entonces y también ahora.

—Por supuesto —dijo Barbara Krause inclinándose ligeramente hacia delante; presentía que iba a escuchar algo interesante.

—En sus archivos se dice que Barr mencionó que, la mañana del *brunch*, oyó a Carrington decirle a Vincent Slater que Susan se había dejado el bolso en su coche, y que le pidió a Slater que lo llevara a su casa por si ella necesitaba algo que tuviera dentro. Me pareció una petición innecesaria ya que Susan estaba invitada al *brunch* y su madre recuerda que para la cena llevó un bolso de mano muy pequeño. Slater informó de que había mirado en el coche y que el bolso no estaba allí. Cuando presioné a Barr, me dijo que recordaba que, ante la respuesta de Slater, Carrington dijo: «Es imposible. Tiene que estar allí».

—El bolso apareció junto al cuerpo de Susan —dijo Barbara Krause—. ¿Está apuntando que Carrington se lo devolvió después de que supuestamente fuera a acostarse, y que luego olvidó que lo había hecho? Eso no tiene sentido.

—¿Se ha encontrado algo en el bolso que pueda ser decisivo?

—Todo estaba bastante estropeado. Un peine, un pañuelo, un lápiz de labios y una polvera —dijo Barbara Krause entrecerrando los ojos—. ¿Le parece que ese súbito recuerdo de Gary Barr, tan detallado, es normal?

Greco se encogió de hombros.

—Le creo porque hablé con Slater. Él confirmó la conversación, pero le dio un enfoque diferente. Insiste en que Carrington le dijo que Susan podría haberse dejado el bolso en el coche. Puedo añadir dos observaciones personales: la pregunta molestó a Slater, y Barr me pareció bastante nervioso. No olvidemos que hablé con Barr antes de que se descubriera el cadáver. Sé que él y su esposa prestaban servicios ocasionales en las fiestas de los Althorp. Por tanto, Barr habría estado en contacto con Susan en esa casa, aparte de en la mansión de los Carrington.

—Jane Barr jura que después de la cena ella y su marido se fueron directamente a su casa, que entonces no estaba dentro de la propiedad —dijo Tom Moran.

—Barr oculta algo —afirmó Greco, convencido—. Y les apuesto lo que quieran a que el hecho de que Susan Althorp llevara consigo su bolso cuando salió del coche de Peter Carrington es importante, y puede que tenga mucho que ver con la resolución de este caso.

—A mí me interesa incluso más la camisa que llevaba Carrington la noche de la fiesta —dijo Barbara Krause.

—Esa era otra de las cosas que quería comentarles. Tengo a un informante en Filipinas. Ha conseguido dar con la pista de María Valdez, la doncella que declaró sobre la camisa.

—¡Usted sabe dónde está María Valdez! —exclamó Krause—. Más o menos al mes de empezar la investigación, se fue de la mansión, regresó a Filipinas y se casó. Eso es todo lo que sabemos. Había prometido que nos mantendría informados de cualquier cambio de dirección, pero le perdimos la pista. Lo único que averiguamos es que se había divorciado; luego se esfumó.

—María Valdez volvió a casarse y tiene tres hijos. Vive en Lancaster, Pennsylvania. La vi ayer. Propongo que alguien que tenga autoridad para hacer un trato con ella me acompañe mañana a su casa. Con esto me refiero a una garantía por escrito de que no se la acusará de haber mentido cuando se la interrogó hace años.

—¡Mintió acerca de la camisa! —gritaron al mismo tiempo Krause y Moran.

Greco sonrió.

—Digamos que, ahora que es una mujer madura, no puede vivir sabiendo que su declaración de hace veintidós años ha evitado que se castigue a un asesino.

14

El funeral de Susan Althorp fue noticia de portada en todo el país. La imagen del ataúd cubierto de flores, acompañado en la iglesia de St. Cecilia por unos padres abatidos, vendió miles de diarios e hizo subir la audiencia de las cadenas de televisión de todo el país. Maggie asistió a la ceremonia junto con un grupo de amigos. Un avispado periodista de Channel 2 la vio y corrió a entrevistarla.

—Su nieta se ha casado recientemente con Peter Carrington. ¿Cree usted que es inocente? ¿Le apoya ahora que el cuerpo ha sido descubierto dentro de su propiedad?

La respuesta sincera de Maggie aportó más leña para los periodistas. Miró directamente a la cámara y dijo:

—Apoyo a mi nieta.

—Lo siento —le dije a Peter cuando me enteré.

—No tienes por qué —contestó él—. Siempre he valorado la honestidad. Además, si el día de la recepción tu abuela no se hubiera caído, no estarías conmigo ahora —añadió con aquella sonrisa extraña, cálida pero carente de alegría—. Kay, por el amor de Dios, no te preocupes. Tu abuela dejó claro desde el principio que ni quería saber nada de mí, ni quería que entrara a formar parte de tu vida. Quizá tenía razón. De todos modos, estamos haciendo lo posible para demostrar que se equivoca, ¿no?

Habíamos cenado y subido al piso de arriba, al salón situado entre los dos dormitorios. La suite se había convertido en nuestro refugio. Con los medios de comunicación permanentemente acampados frente a la puerta, y los abogados yendo y viniendo por todas partes con expresión severa, me sentía como si estuviera en una zona de guerra. Era imposible moverse sin que la prensa nos siguiera.

La semana anterior Peter y Vincent Slater habían debatido con los abogados sobre si Peter debería emitir un comunicado expresando sus condolencias a la familia de Susan. «Da igual lo que diga, de todos modos lo van a malinterpretar», había dicho Peter. Al final, emitió un breve comunicado en el que expresaba su profunda tristeza, pero sus palabras recibieron el menosprecio de Gladys Althorp y de los medios de comunicación.

Yo había hablado con Maggie, pero no había vuelto a verla desde que regresamos de la luna de miel. Estaba enfadada con ella y, al mismo tiempo, preocupada. Antes de casarnos, Maggie no había cedido un palmo de terreno: creía que Peter había matado a Susan y a su esposa; ahora prácticamente lo proclamaba en la televisión.

Pero había otra cosa que me molestaba. El veneno que Nicholas Greco había inoculado en mi conciencia al apuntar que mi padre podría tener algo que ver con la muerte de Susan me había herido por dentro. Y lo que me contó Peter aquella mañana que fuimos a hacer footing por la finca empeoró más las cosas. A mi padre no lo habían despedido por ser alcohólico. Lo habían echado porque no cedió a las insinuaciones de Elaine Walker Carrington. Y eso suscitaba otra pregunta: ¿le habían empujado al suicidio?

Tenía que encontrar la manera de escabullirme de la mansión y visitar a Maggie sin que la prensa se diera cuenta. Tenía que hablar con ella. Mi corazón y mi mente sabían que Peter no era capaz de hacerle daño a nadie....., era ese tipo de conocimiento primario que forma parte de nuestro ser. Pero también sabía, con la misma certeza, que mi padre jamás hubiera desaparecido voluntariamente, y estaba más convencida que nunca de que no se había suicidado.

Me parecía increíble que Peter y yo hubiésemos compartido dos semanas de total felicidad y ahora, a la tercera semana de nuestro matrimonio, estuviéramos viviendo semejante pesadilla.

Habíamos estado viendo las noticias de las diez, y yo estaba a punto de apagar el televisor cuando, por algún motivo, decidí ver los titulares de la emisión de las once.

Empezaban así: «Una fuente de la oficina de la fiscalía de Bergen County nos ha informado de que María Valdez, que fue doncella en la mansión de los Carrington, ha admitido que mintió cuando afirmó que entregó a la lavandería la camisa que llevaba Peter Carrington la noche que acompañó a Susan Althorp a su casa hace veintidós años. Los fiscales siempre han creído que esa camisa era clave para resolver el caso».

—Miente —dijo Peter, tajante—, pero acaba de marcar mi destino. Kay, ya no hay una sola posibilidad de que no me acusen.

15

A sus treinta y ocho años, Conner Banks era el miembro más joven del equipo de abogados de Carrington, pero nadie, ni siquiera sus colegas más famosos (y publicitados), podía negar que era un genio ante los tribunales de lo penal. Durante los primeros años de sus estudios en Yale, Banks, hijo, nieto y sobrino de adinerados abogados mercantiles, dejó clara su decisión de ser abogado criminalista, para consternación de sus familiares. Cuando se licenció en la Harvard Law School, trabajó para un juez de lo penal en Manhattan, y luego lo contrató Walter Markinson, un famoso abogado que había defendido a todo tipo de acusados y que era especialmente conocido por mantener lejos de la cárcel a las grandes celebridades.

En uno de los primeros casos que defendió Banks en un tribunal, cuando ya trabajaba para Markinson, tuvo que convencer al jurado de que la exótica esposa de cierto multimillonario padeció enajenación mental transitoria cuando le pegó un tiro a la amiguita de su marido. El veredicto de no culpable por enajenación se emitió tras menos de dos horas de deliberación, casi un récord para cualquier jurado que hubiera decidido un caso de asesinato con aquella defensa.

Aquel caso disparó la reputación de Conner Banks, y durante los diez años siguientes continuó creciendo. Gracias a su estilo afable, su imponente presencia y sus atractivos rasgos célticos, se convirtió en una celebridad por derecho propio, era conocido por su ingenio rápido y por las hermosas mujeres a las que acompañaba a fiestas de alto nivel.

Cuando Gladys Althorp acusó directamente a Peter Carrington de haber asesinado a su hija, Vincent Slater llamó a Walter Markinson y le pidió que reuniese a un equipo con los mejores abogados para sopesar la posibilidad de demandar a la señora Althorp y, suponiendo que decidiéramos seguir adelante, llevar el caso.

Peter Carrington prefería que los abogados celebrasen las reuniones en su casa, no en Manhattan, de ese modo él podría estar presente sin sufrir el acoso de la prensa en cuanto saliera de la mansión. Ahora, una semana después, Conner Banks se había convertido en un visitante habitual de la finca de los Carrington.

La primera vez que cruzaron las puertas y vieron la mansión, el socio de Conner comentó con desdén: «Pero ¿quién demonios querría vivir en algo tan grande?». Banks, a quien le apasionaba la historia, replicó: «De hecho, a mí me gustaría. Es una casa magnífica».

Cuando los abogados llegaron al salón donde iban a celebrarse las reuniones, Slater ya estaba allí. En una mesita supletoria había café, té, botellas de agua y algunos canapés. Sobre la mesa, blocs de notas y bolígrafos. Los otros dos abogados, Saul Abramson, de Chicago, y Arhtur Robins, de Boston, sesentones y con una trayectoria brillante en casos penales, llegaron pocos minutos después que Conner Banks y Markinson.

Entonces Peter Carrington entró en la sala. Banks se sorprendió al ver que le acompañaba su esposa.

A Banks no le gustaba fiarse de las primeras impresiones, pero era imposible no admitir que Peter tenía un carisma especial. A diferencia de sus abogados y de Slater, que vestían trajes típicamente conservadores, Carrington llevaba una camisa con el cuello abierto y un cárdigan. Una vez se hicieron las presentaciones, Peter se dirigió a los abogados:

—Olvídense de «señor Carrington». Soy Peter. Mi esposa se

llama Kay. Tengo la sensación de que vamos a estar viéndonos durante bastante tiempo, así que saltémonos las formalidades.

Conner Banks no había sabido qué esperar de la esposa de Carrington. En cierto sentido, ya la había prejuzgado: la bibliotecaria que se casaba con un millonario tras un romance fugaz, otra cazafortunas con suerte.

De inmediato se dio cuenta de que Kay Lansing Carrington no encajaba en absoluto con aquella imagen. Como su esposo, vestía de manera informal, con un suéter y unos pantalones. Pero el tono escarlata de su jersey de cuello alto enmarcaba un rostro dominado por unos ojos de un azul tan oscuro que parecía casi negro, igual que su largo cabello recogido en la nuca.

Durante aquella primera reunión, y las que vinieron luego, ella siempre se sentó a la derecha de Peter, situado a la cabecera de la mesa. Slater ocupaba el lugar a la izquierda de Carrington. Al sentarse al lado de Slater, Conner Banks pudo apreciar la comunicación no verbal que existía entre Peter Carrington y su mujer. A menudo sus manos se tocaban con ternura, y el afecto que reflejaban sus ojos cuando se miraban le hizo preguntarse si eso de ser libre como el aire, como lo era él, era realmente algo magnífico.

Por pura curiosidad, Banks había hecho investigaciones sobre lo acontecido incluso antes de que le contrataran para considerar la cuestión de la demanda. El caso suscitó su interés porque había coincidido con el ex embajador Charles Althorp en algunas reuniones sociales y se había dado cuenta de que su mujer nunca le acompañaba.

En las dos primeras reuniones, que tuvieron lugar antes de que se descubriese el cuerpo de Susan Althorp, el debate se centró en decidir si era necesario que Peter demandase a Gladys Althorp por infamia y calumnia.

—Nunca se retractará de lo que ha declarado —dijo Markinson—. Esta es su manera de forzar la mano. Tendrá que responder a interrogatorios y hacer una declaración. Esperan atraparle cuando esté bajo juramento. Por el momento, el fiscal no tiene pruebas suficientes para condenarle. Peter, usted salía con Susan aunque fuera ocasionalmente. Eran amigos desde hacía tiempo, una amistad que surgió de contactos familiares. Aquella noche la llevó a su casa en coche. Lamentablemente, como al volver entró en la casa por la puerta lateral no tenemos a nadie que confirme que realmente subió al piso de arriba.

«¿A nadie? —se preguntó Conner Banks—. ¿Un tío de veinte años, poco después de medianoche, con la fiesta en pleno apogeo, y se va a dormir? Nuestro cliente es inocente —pensó, con sarcasmo—. Por supuesto que lo es. Mi trabajo consiste en defenderle. Pero eso no quiere decir que tenga que creer lo que dice.»

—Yo diría que lo que ha mantenido vivo este caso es el hecho de que no aparezca su camisa —afirmó Markinson—. El hecho de que la doncella dijese que la sacó del cesto de la ropa sucia y la entregó al encargado de la lavandería significa que si intentan usar la camisa desaparecida como prueba incriminatoria les saldrá el tiro por la culata. Usted no tiene nada que perder haciendo la demanda y, si llegáramos a un juicio, demostrar al público que este caso se basa en acusaciones sin fundamento.

La tercera reunión se celebró después del funeral de Susan Althorp, así como de la sorprendente revelación de que María Valdez, la doncella que había afirmado haber entregado la camisa de Peter a la lavandería, ahora se retractaba de sus declaraciones.

Esta vez, cuando los Carrington entraron en el comedor, sus rostros reflejaban una tensión evidente. Sin molestarse en saludar a los abogados, Peter dijo:

—Esa mujer miente. No puedo probarlo, pero sé que miente. Metí esa camisa en el cesto de la colada. No tengo ni idea de por qué me está haciendo esto.

—Intentaremos demostrar que miente, Peter —contestó Markinson—. Examinaremos todo lo que ha hecho esa mujer durante los últimos veintidós años. Quizá descubramos que se ha metido en asuntos que la convertirían en una testigo poco creíble.

Al principio Conner Banks había sospechado que Peter Carrington era culpable de la muerte de Susan Althorp. Ahora, sumando todas las pruebas, estaba casi seguro. Nadie había visto volver a Peter Carrington a la casa la noche de la fiesta. Con veinte años, se va derecho a la cama cuando aún quedan invitados bailando en la terraza. Nadie le ve aparcar el coche. Nadie le ve entrar. A la mañana siguiente, Susan no aparece y la camisa que llevaba Carrington tampoco. Ahora descubren los restos de ella en su propiedad. La fiscal tiene que estar a punto de arrestarlo. «Peter, haré todo lo que pueda para sacarte de esta —pensó mientras contemplaba al hombre que cogía las manos de su esposa—, pero anoche vi algunas imágenes del funeral. En cierto sentido, me gustaría ser el fiscal en este caso. Y sé que mis colegas piensan lo mismo.»

Kay intentaba contener las lágrimas. «Respaldará a su marido —pensó Banks—. Eso está bien. Pero si él es responsable de la muerte de Susan Althorp, cualquiera podría considerarlo sospechoso de la muerte de su primera esposa. ¿Es un psicópata? Y, si lo es, ¿supondrá un obstáculo su nueva esposa?»

¿Por qué le daba la sensación de que había algo extraño, y quizá oscuro, en aquella prisa con que Carrington había llevado al altar a una mujer a la que conocía desde hacía tan poco tiempo?

16

«Está nervioso —decidió Pat Jennings al mirar a su jefe, Richard Walker—. Estoy segura de que ya ha vuelto a apostar a las carreras de caballos. A pesar de todo lo que gana en este puesto, o lo que no gana, más le valdría probar suerte con los ponis.»

Pat llevaba trabajando medio año como recepcionista y secretaria en la Walker Art Gallery. Cuando aceptó el empleo, le pareció un trabajo perfecto para una mujer con dos hijos en la escuela primaria. Trabajaba de nueve de la mañana a tres de la tarde, pero sabía que si se celebraba un cóctel para inaugurar una exposición, tendría que volver por la tarde. Durante el tiempo que llevaba en la empresa, eso solo había pasado una vez, y la asistencia había sido escasa.

El problema era que la galería no vendía lo suficiente ni siquiera para cubrir gastos. «Richard se hundiría si no fuera por su madre», pensó Pat mientras lo veía pasear inquieto de una pintura a otra, enderezándolas.

«Hoy está realmente de los nervios —pensó—. Estos últimos días le he oído hacer apuestas, y supongo que ha perdido un dineral. Claro que el asunto del cuerpo de aquella chica que han encontrado en la propiedad de su hermanastro es de lo más preocupante.» El día anterior, Richard había puesto la televisión para ver en directo el funeral de Susan Althorp. «Él también la conocía —pensó Pat—. A pesar del tiempo que ha pasado, ver cómo llevaban el féretro a la iglesia debió de traerle recuerdos muy dolorosos.»

Aquella mañana le preguntó a Walker cómo llevaba su hermanastro el hecho de estar en boca de todos.

—No he visto a Peter —repuso Walker—. Le llamé para decirle que puede contar conmigo. Pensar que todo esto le está pasando justo después de la luna de miel... Tiene que ser difícil.

Más tarde, la galería estaba tan tranquila que, cuando sonó el teléfono, Pat dio un respingo. «Este lugar acabará con mis nervios», pensó mientras cogía el auricular.

—Walker Art Gallery. Buenas tardes.

Levantó la vista y vio que Richard Walker se acercaba corriendo y meneando los brazos. Le leyó los labios: «No estoy. No estoy».

—Páseme a Walker —dijo una voz. No era una petición, sino una orden.

—Me temo que ha salido a hacer una visita. No creo que vuelva esta tarde.

—Deme el número de su móvil.

Pat sabía qué decir en estos casos.

—Cuando está reunido no lo conecta. Si me da su nombre y su número, yo...

Su interlocutor colgó el auricular con tanta fuerza que Pat tuvo que apartar la oreja. Walker estaba de pie junto a su mesa; tenía la frente cubierta de sudor y le temblaban las manos. Antes de que le preguntase nada, Pat le dijo:

—No me ha dejado un nombre, pero puedo decirte una cosa, Richard: estaba muy enfadado.

Y, como se compadecía de él, le regaló un consejo:

—Richard, tu madre tiene mucho dinero. Pídele lo que necesites. Ese tío me ha dado escalofríos. Y un último consejo: deja de apostar en las carreras.

Dos horas después, Richard Walker estaba en casa de su madre, en la finca de los Carrington.

—Tienes que ayudarme —suplicó—. Si no les pago, me matarán. Sabes que lo harán. Te juro que esta será la última vez.

Elaine Carrington clavó los ojos en su hijo con una mirada furibunda.

—Richard, me has dejado sin fondos. Recibo un millón anual de este estado. El año pasado, entre tus apuestas y los gastos de la galería, te gastaste casi la mitad.

—Mamá, te lo suplico.

Ella apartó la vista. «Sabe que tengo que dárselo —pensó Elaine—. Y sabe de dónde puedo sacar ese dinero si estoy lo bastante desesperada.»

17

El ex embajador Charles Althorp llamó a la puerta de la habitación de su esposa. El día anterior, tras el funeral, ella volvió a casa y se acostó. Charles aún no sabía si se había enterado de que María Valdez, la que fuera doncella en la finca de los Carrington, había dicho que la versión de los hechos que dio cuando la desaparición de Susan no era cierta.

La encontró recostada en la cama. Aunque casi era mediodía, era evidente que Gladys Althorp no había hecho ningún intento por levantarse. La bandeja del desayuno, casi intacta, seguía sobre la mesita de noche. Tenía el televisor encendido, pero el volumen estaba tan bajo que apenas era un murmullo.

Contemplando a aquella mujer tan demacrada de la que se había distanciado hacía años, Althorp sintió por ella una inesperada y abrumadora oleada de ternura. En la capilla ardiente, fotos que reflejaban momentos aislados de los diecinueve años de vida de Susan rodeaban el féretro. «He viajado demasiado», pensó. En muchas de las fotos, sobre todo en las últimas, solo aparecían Gladys y Susan.

Señaló el televisor.

—Imagino que te has enterado de lo de María Valdez —dijo.

—Nicholas Greco me telefoneó, y luego vi la noticia en la CNN. Me dijo que el testimonio de Valdez puede ser clave para acusar a Peter Carrington de la muerte de Susan. Solo deseo llegar al juicio para ver cómo se lo llevan esposado.

—Espero que estés allí, querida. Y te aseguro que yo estaré. Gladys Althorp meneó la cabeza.

—Sabes perfectamente que me estoy muriendo, Charles, pero eso ya da lo mismo. Ahora que sé dónde está Susan, y que pronto estaré con ella, tengo que confesarte algo. Siempre he creído que Peter mató a Susan, pero también albergo una duda. ¿Tú la oíste salir aquella noche? ¿La seguiste? Estabas enfadado con ella. ¿Os habíais peleado porque se enteró de que tenías una aventura con Elaine? Susan siempre me protegió...

—Elaine fue una equivocación, y cuando se casó con el padre de Peter ya habíamos terminado —dijo Charles, amargamente—. Cuando la conocí estaba divorciada y sin compromiso. Esa es la verdad.

—Puede que ella no tuviera compromiso, pero tú sí, Charles.

—¿No es un poquito tarde para discutir eso, Gladys?

—Aún no me has contestado. ¿Por qué discutisteis tú y Susan aquella noche?

—Procura descansar, Gladys —dijo Charles Althorp mientras se daba la vuelta y salía del cuarto de su esposa.

18

Por primera vez, los abogados se quedaron a comer. Con sus hábiles dedos, Jane Barr preparó una bandeja de bocadillos y café. Había visto en la televisión la noticia de cómo María Valdez cambiaba su declaración, y se quedó sin habla. «Todo es culpa de Elaine —pensó—. Si no nos hubiera despedido, aquella mañana la colada la habría recogido yo. Yo hubiera sabido exactamente qué había dentro del cesto y qué no, y si lo había enviado a la lavandería o no. ¿Cómo es posible que esa tal Valdez cambie ahora su declaración? ¿Quién le está pagando?», se preguntó.

«Qué mala suerte que yo no estuviera cuando ese detective, Nicholas Greco, vino a hablar con Gary —pensó—. Desde entonces ha estado nervioso. Cree que al contarle a Greco que Peter se sorprendió cuando supo que el bolso de Susan no estaba en el coche pudo haberlo perjudicado.»

«¿Qué mal puede haber en eso?», le preguntó a Gary en aquel momento, pero ahora pensaba de otra forma. Quizá aquella información sí era importante. Pero conocía a Peter Carrington, y pensaba que no era capaz de hacerle daño a nadie.

Ella y Gary asistieron al funeral de Susan Althorp. «Era una muchacha tan dulce y tan hermosa... —pensó Jane mientras sacaba platos y vasos del armario—. Me gustaba verla tan bien vestida y saliendo con sus amigas cuando preparábamos las cenas de gala para la señora Althorp.»

Fuera de la iglesia, antes de que el coche fúnebre y las limusinas de la familia se fueran al cementerio, los Althorp permanecieron en la sacristía recibiendo el pésame de sus amigos. «¿Por qué Gary se escondió entre la multitud en vez de hablar con ellos? —se preguntó Jane—. Susan siempre se portó bien con él.» El año que ella desapareció, la llevó a fiestas al menos media docena de veces, cuando el embajador no quería que ella o sus amigas cogieran el coche de vuelta a casa de madrugada. Pero Jane sabía que a su marido le costaba expresar sus emociones, y quizá le incomodaba hablar con los Althorp con todas aquellas personalidades alrededor.

Mientras Jane preparaba el almuerzo, Gary estaba pasando el aspirador en el piso de arriba. Entró en la cocina cuando ella ya estaba planteándose ir a buscarlo.

—Llegas en el momento justo —dijo Jane—. Puedes llevar al comedor los platos, los vasos y los cubiertos de plata. Pero acuérdate de llamar antes de entrar.

—Creo que sabré hacerlo —repuso él con sarcasmo.

—Por supuesto que sí —dijo ella, suspirando—. Lo siento. No sé dónde tengo la cabeza. No dejo de pensar en ayer, en el funeral. Susan era una chica muy guapa, ¿verdad?

Jane vio que el rostro de su marido adquiría un intenso tono escarlata mientras le daba la espalda.

—Sí que lo era —murmuró. Cogió la bandeja y salió de la cocina.

19

Los abogados no se fueron hasta las tres de la tarde, después de pasar cinco horas interrogando a Peter en preparación de lo que parecía inevitable: la acusación por el asesinato de Susan Althorp. Ni siquiera hicimos una pausa para almorzar tranquilamente, sino que picamos algo y tomamos café mientras hablábamos. Entretanto pusimos sobre la mesa hasta el último detalle de aquella cena de gala y del *brunch* de la mañana siguiente.

De vez en cuando, Vincent Slater contradecía a Peter sobre algún detalle. Uno de ellos me sorprendió.

—Peter, durante la cena Susan estaba sentada a tu lado, y Grace estaba en otra mesa.

Hasta entonces no me había dado cuenta de que Grace Meredith, la mujer con la que se casó Peter a los treinta años, estuvo en aquella fiesta. Pero ¿por qué no? Asistieron cerca de veinte amigos de Peter de Princeton. Peter explicó que Grace fue como acompañante de otra persona.

—¿Quién? —preguntó Conner Banks.

—Gregg Haverly, un compañero del club gastronómico de Princeton.

—¿Había visto a Grace Meredith antes de esa noche? —preguntó Banks.

Me pareció que Peter estaba agotado por el constante aluvión de preguntas.

—Antes de esa noche, nunca había visto a Grace —dijo con un tono de voz gélido—. De hecho, no volví a verla hasta nueve años después. Coincidí con ella en un partido entre Princeton y Yale. Los dos estábamos con un grupo de amigos, pero ninguno de los dos teníamos pareja , así que ahí empezó todo.

—¿Hay alguna otra persona que pueda decir que no la había visto en todos esos años? —inquirió Banks.

Supongo que vio la expresión del rostro de Peter, porque añadió:

—Peter, estoy intentando anticiparme a la fiscal. Este es el tipo de preguntas que le harán. Dado que su primera esposa estaba en aquella fiesta, podrían pensar que usted se interesó en ella y Susan se dio cuenta. Luego usted discutió con Susan y la cosa acabó con violencia.

En ese momento, Peter apartó la silla de la mesa y, poniéndose en pie, dijo:

—Caballeros, creo que por hoy mejor lo dejamos aquí.

Me di cuenta de que al despedirse de los abogados se mostró especialmente frío con Conner Banks.

Una vez se hubieron ido, Peter dijo:

—Creo que no quiero que ese Banks figure en mi equipo de abogados. Líbrate de él, Vince.

Yo sabía que Peter estaba cometiendo un error, y afortunadamente Vincent también lo sabía. Entendía que Banks solo estaba preparando a Peter para enfrentarse al tipo de preguntas insidiosas que tendría que soportar más tarde.

—Peter, te van a preguntar a propósito de todo —dijo—. Y harán insinuaciones. Tendrás que acostumbrarte.

—¿Me estás diciendo que el hecho de que conociese a Grace aquella noche puede ser usado en mi contra, que quizá me enamoré de ella locamente y decidí matar a Susan?

Era evidente que no esperaba respuesta.

Yo tenía la esperanza de que Vincent Slater se fuera a su casa; quería estar un rato a solas con Peter. Los dos lo necesitábamos. Pero entonces Peter anunció que se iba al despacho.

—Kay, tengo que dejar mi puesto como director ejecutivo y presidente de la empresa, aunque mi voto seguirá teniendo peso en las decisiones. Debo centrar toda mi atención en intentar no ir a la cárcel —me dijo. Luego añadió, casi como si se sintiera desamparado—: Esa mujer miente. Te juro que recuerdo que metí mi camisa en aquella cesta.

Se acercó a darme un beso. Supongo que yo tenía aspecto de estar agotada, porque me dijo:

—¿Por qué no echas una siesta, Kay? Ha sido un día intenso.

En lo último en lo que yo pensaba era en descansar.

—No —contesté—. Me voy a ver a Maggie.

Supongo que aquel día había afectado realmente a Peter, porque me dijo:

—No te olvides de saludarla de mi parte, y pregúntale si querría ser una de mis testigos en el juicio.

20

Barbara Krause se reunió con Nicholas Greco y Tom Moran para volar a Lancaster, en Pennsylvania, donde alquilaron un coche y fueron al domicilio de María Valdez Cruz, una casa modesta, al estilo de un rancho, situada cerca del aeropuerto. Había estado nevando, y el asfalto estaba resbaladizo; Greco, que ya había visitado a la ex doncella de los Carrington, conducía. Krause estaba indignada porque la prensa se había enterado de que María Valdez se había retractado de su declaración. Krause se juró a sí misma que descubriría la fuente de la filtración y que despediría al responsable.

—Cuando estuve aquí hace dos días, aconsejé a María que el día que la visitáramos estuviera con su abogado —explicó Greco mientras llamaban a la puerta.

Fue precisamente el abogado de Valdez, Duncan Armstrong, un hombre alto y delgado de poco más de setenta años, quien abrió la puerta. Una vez que los visitantes estuvieron dentro, el abogado permaneció en actitud protectora junto a su cliente, una mujer menuda, y expresó inmediatamente su indignación por la filtración a la prensa.

Moran había estado presente cuando interrogaron a María Valdez hacía veintidós años. «Entonces era una niña —pensó—, tendría unos diecinueve años, la misma edad que Susan Althorp.» Pero se había revelado como una muchacha tenaz; y en ningún momento cambió su versión de que había entregado la camisa al servicio de lavandería.

Curiosamente, la firmeza y la determinación de que había hecho gala en aquellos momentos habían desaparecido. Mientras invitaba a sus huéspedes a tomar asiento en el salón acogedor e impoluto, parecía nerviosa.

—Mi marido se ha llevado a nuestras hijas al cine —dijo—. Son adolescentes. Les dije que iban a venir ustedes, y les expliqué que cuando era joven cometí el error de mentir a las autoridades, pero que nunca es demasiado tarde para arreglar las cosas.

—Lo que María quiere decir es que es posible que cometiese un error cuando la interrogaron tras la desaparición de Susan Althorp —intervino Armstrong—. Antes de que sigamos hablando, me gustaría ver los documentos que han preparado.

—Ofrecemos a la señora Cruz inmunidad a cambio de su cooperación plena y veraz en esta investigación —dijo Barbara Krause con voz firme.

—Echaré un vistazo a esos documentos —dijo Armstrong. Los leyó cuidadosamente y luego añadió—: Muy bien, María, esto quiere decir que en caso de que se celebre un juicio la llamarán para que declare, y los abogados defensores dirán que es ahora cuando miente. Pero lo importante es que nadie podrá juzgarla por haber dado una información falsa cuando lo hizo.

—Tengo tres hijas —repuso Cruz—. Si una de ellas desapareciera y luego encontraran su cuerpo, se me rompería el corazón. Cuando me enteré de que habían descubierto el cadáver de aquella chica, me sentí fatal al pensar que quizá mi declaración contribuyó a que el asesino quedase en libertad. Sin embargo, admito que no hubiera tenido valor para hablar si el señor Greco no me hubiera encontrado.

—¿Nos está diciendo que nunca vio esa camisa y que no se la entregó al encargado de la lavandería? —preguntó Moran.

—Yo no vi esa camisa. Sabía que el señor Peter Carrington había dicho que estaba en el cesto de la ropa, y tuve miedo de contradecirle. Acababa de llegar a este país, y no quería perder mi empleo. Envié a la lavandería las prendas que estaban en el cesto de la colada, pero estoy casi segura de que su camisa de vestir no estaba en él. En aquel momento la policía me estaba interrogando, y pensé que quizá me equivocaba, pero en el fondo sabía que no era así. En aquel cesto no había ninguna camisa de vestir. Pero le dije a la policía que sí que estaba, y que seguramente el encargado de la lavandería la había perdido.

—El propietario de la lavandería siempre afirmó que no había recibido aquella camisa —dijo Barbara Krause—. Esperemos que aún esté en activo.

—Si tengo que declarar, ¿creerán que es ahora cuando miento? —preguntó María tímidamente—. Porque puedo demostrar que no es así.

—¿Probar? ¿Qué quiere decir? —preguntó Moran.

—Dejé el trabajo aproximadamente un mes después de que la policía me interrogase. Regresé a Manila porque mi madre estaba muy enferma. El señor Carrington padre lo sabía, y antes de que me fuese me dio una «prima», así la llamó él, de cinco mil dólares. Estaba muy agradecido porque yo había respaldado la historia de su hijo. Para ser justos con él, creo que pensaba sinceramente que yo había dicho la verdad.

—Creo que está siendo usted demasiado caritativa —dijo Krause—. Ese dinero fue un soborno.

—Cobré el cheque, pero tenía miedo de que al volver a mi casa con tanto dinero la gente dijera que lo había robado, así que hice una copia del cheque, por ambas caras, antes de llevarlo al banco —explicó María al tiempo que sacaba una fotocopia del bolsillo de su chaqueta—. Aquí lo tienen.

Barbara Krause cogió la fotocopia del cheque, la estudió y se la pasó a Moran. Para Greco fue evidente que para Krause y Moran aquella era la prueba crucial.

—Ahora sabemos que la camisa nunca llegó a la lavandería —dijo Krause—. Es hora de detenerle y convocar al jurado.

21

Por primera vez en varios días, cuando atravesé las puertas de la mansión no había periodistas en las inmediaciones. Supongo que habrían visto cómo Peter y Vincent se marchaban y que les habrían seguido. Había telefoneado a Maggie y le había dicho que iría a verla. Por su voz me pareció afligida; probablemente sabía que lo que había dicho a la prensa era un golpe bajo, y que yo estaría furiosa.

Pero hacía más de tres semanas que no la veía, y en cuanto crucé la puerta me di cuenta de cuánto la había echado de menos. El salón estaba más desordenado de lo habitual, pero Maggie tenía un aspecto estupendo. Sentada en su butaca favorita, viendo la serie de Judge Judy, asentía aprobadoramente con una sonrisa en el rostro al veredicto que acababa de emitir la juez. Le encantaban los exabruptos que la juez Judy lanzaba a los abogados. El televisor estaba a todo volumen porque Maggie nunca se ponía los audífonos, pero oyó cómo se cerraba la puerta a mi espalda y se puso en pie de un salto para darme un abrazo.

Por supuesto, fue Maggie la que dijo la primera palabra.

—¿Cómo está? —me preguntó.

—Supongo que te refieres a mi marido, Peter. Pues está sometido a una tremenda presión y lo lleva de maravilla.

—Kay, estoy preocupada por ti. Él es...

La interrumpí.

—Maggie, si se te ocurre emplear la palabra para describir a Peter que creo que vas a emplear, saldré por esa puerta y no volveré.

Ella sabía que hablaba muy en serio.

—Vamos a tomar un té —me sugirió.

Pocos minutos después yo estaba apoltronada en el sofá, y ella en su butaca. Las dos sosteníamos la taza de té, un acto familiar que me hacía sentir cómoda y a gusto. Le pregunté por sus amigos y le hablé de nuestra luna de miel.

No hablamos de la acusación de Gladys Althorp ni del hecho de que la ex doncella hubiera cambiado su versión de los hechos. Estaba segura de que Maggie hubiera aprovechado ese tema. Pero llevé la conversación adonde yo quería.

—Maggie, por terrible que haya sido para los Althorp, me alegro de que descubrieran el cuerpo de Susan. Al menos le concede a su madre cierta paz.

—Lo encontraron en la propiedad de los Carrington —dijo Maggie sin poder contenerse.

—Técnicamente en la propiedad de la familia, pero fuera de la valla. Cualquiera podría haberlo dejado allí. —Sin darle tiempo a responder, añadí—: ¿Sabes que fue papá quien tuvo la idea de desplazar la valla para que si alguna vez se hacían obras en la calle no afectasen al jardín?

—Sí. Recuerdo que tu padre me habló de ello en su momento. Quería hacer algo con el terreno de la propiedad que quedaba al otro lado de la valla, pero al final no hizo nada.

—Maggie, estabas equivocada en una cosa. A papá no lo echaron del trabajo por sus problemas con la bebida. Lo echaron porque Elaine Carrington empezó a flirtear con él y, cuando él no le siguió el juego, prescindieron de sus servicios. Peter me lo contó. ¿De dónde sacaste la idea de que lo despidieron por beber?

—Me da igual lo que te contase tu marido. Kay, tu padre tenía un problema con la bebida.

—Bueno, según Peter, papá no bebía mientras trabajaba.

—Kay, cuando tu padre me contó que le habían despedido, estaba muy enfadado, furioso.

—Eso fue unas pocas semanas después de que Susan Althorp desapareciese, ¿no?

—Sí, si no recuerdo mal fue exactamente quince días después.

—Entonces, seguro que la policía interrogó también a papá. En esa fecha seguía trabajando allí.

—Interrogaron a todos los que trabajaban en la mansión e incluso a quienes la visitaban. Tú estabas aquí conmigo la noche que Susan desapareció. Tu padre había invitado a unos amigos a jugar al póquer en vuestra casa. A medianoche seguían jugando, y creo que cuando por fin se separaron estaban bastante alegres. Ese tal Greco se pasó de la raya insinuando que el suicidio de tu padre tuvo algo que ver con Susan Althorp.

—De eso estoy segura, pero en una cosa tiene razón: nunca recuperaron el cuerpo de papá. ¿Por qué estás tan segura de que se suicidó?

—Kay, el día que se cumplía el sexto aniversario de la muerte de tu madre le acompañé al cementerio. Eso fue solo un mes antes de que acabase con su vida. Habían pasado seis años, pero se vino abajo y lloró como un niño. Me dijo que la echaba de menos cada día que pasaba, y que no mejoraba. Había algo más. Me dijo que le encantaba trabajar en la mansión de los Carrington. Sí, es cierto que trabajaba también para otra gente, pero los Carrington eran los únicos que le dejaban hacer exactamente lo que él quería. Quedarse sin ese empleo fue un golpe muy duro.

Maggie se levantó de la butaca, se acercó a mí y me abrazó.

—Kay, tu padre te quería con locura, pero padecía una profunda depresión, y cuando uno bebe y está deprimido, pasan cosas terribles.

Las dos nos echamos a llorar.

—Maggie, tengo tanto miedo... —admití—. Tengo tanto miedo de lo que pueda pasarle a Peter...

Ella no me respondió, pero fue como si hubiese gritado lo que le pasaba por la cabeza: «Kay, a mí me da miedo lo que pueda pasarte a ti».

Llamé a Peter al móvil. Aún estaba en la ciudad, y no llegaría a casa hasta las diez de la noche.

—Sal a cenar con Maggie —me dijo. Luego incluso se rió y añadió—: Dile que invito yo.

Maggie y yo salimos a por «un plato de pasta», como ella suele decir. Nuestra conversación se centró en recuerdos de mi madre, y una vez más me contó la historia de cómo conquistó al público cuando cantó su canción. Maggie me dijo que su voz sonaba emocionada cuando cantó la última línea de «La misma canción». Mientras me lo contaba tenía un brillo en la mirada y tarareaba la melodía, aunque desafinaba un poco. Estuve a punto de preguntarle algo sobre mi visita a la capilla aquella tarde tantos años atrás, pero me contuve. No quería que me soltara un sermón sobre la tontería que cometí.

Después de la cena, la acompañé hasta su puerta, la miré mientras entraba y luego me fui a casa. En la residencia del guarda aún había algunas luces encendidas, así que asumí que los Barr estaban dentro. «Sin embargo, nunca sé si Elaine está o no en casa», pensé. Su casa se encuentra demasiado lejos de la puerta principal de la mansión para ver si hay alguna luz encendida.

Solo eran las nueve. Entrar sola en la mansión me daba miedo. Casi imaginaba que alguien me esperaba oculto dentro de la armadura del vestíbulo. Las luces del exterior proyectaban sombras amortiguadas por las cristaleras de colores. Por un instante me pregunté si eran las mismas luces que había instalado mi padre, aquellas que fue a comprobar aquella tarde, cuando me llevó con él.

Me puse cómoda, una bata y zapatillas, y esperé a que Peter volviera a casa. No tenía ganas de encender el televisor y encontrarme con otra noticia sobre el caso Althorp y las últimas revelaciones de la doncella que había cambiado su versión de los hechos. No servía de nada; las palabras carecían de sentido.

Estuve pensando en mi padre. Tenía la mente repleta de buenos recuerdos. Aún le echaba de menos.

Peter llegó a casa poco después de las once. Parecía agotado.

—A partir de hoy ya no formo parte de la junta directiva —anunció—. Conservaré un puesto en la empresa.

Me dijo que Vincent había encargado que les llevasen la cena al despacho, pero admitió que apenas la había probado. Bajamos a la cocina, saqué un tazón de sopa casera de Jane Barr de la nevera y la calenté para Peter. Pareció animarse un poco. Entonces cogió del bar una botella de vino tinto y dos copas. Llenó las copas y levantó la suya.

—Haremos el mismo brindis todas las noches —propuso—. Lo conseguiremos. La verdad saldrá a la luz.

—Amén —respondí con fervor.

Peter se me quedó mirando fijamente; sus ojos estaban tristes y pensativos.

—Aquí estamos solos, Kay —dijo—. Si esta noche te pasara algo, no cabe duda de que me echarían la culpa, ¿verdad?

—No me va a pasar nada —contesté—. ¿Qué te hace decir eso?

—Kay, ¿sabes si me he levantado sonámbulo desde que estamos en casa?

Su pregunta me sorprendió.

—Sí, la primera noche. No me habías dicho que fueras sonámbulo...

—Era un crío. Todo empezó después de la muerte de mi madre. El médico me dio un medicamento y durante un tiempo los episodios cesaron. Pero tuve una pesadilla en la que metía el brazo en la piscina intentando coger algo, y no para de venirme a la mente. Si eso hubiera pasado lo sabrías, ¿no?

—Es que pasó, Peter. Me desperté sobre las cinco de la mañana y no estabas en mi habitación. Te busqué en la tuya y luego se me ocurrió mirar por la ventana. Te vi junto a la piscina. Estabas arrodillado al lado, con el brazo dentro del agua. Luego entraste de nuevo en la casa y te acostaste. Sabía que no debía despertarte.

—Kay —empezó, con voz dubitativa, y luego dijo algo en un tono tan bajo que no pude oírle con claridad. Se le quebró la voz, y se mordió el labio. Estaba a punto de llorar.

Me levanté, rodeé la mesa y le acuné en mis brazos.

—¿Qué pasa, Peter? ¿Qué pretendes decirme?

—No... no es nada.

Pero sí que era algo, y era terriblemente importante. Podría jurar que Peter había musitado: «He tenido otras pesadillas, y quizá sucedieron realmente...».

22

Barbara Krause, Tom Moran y Nicholas Greco no volvieron de Lancaster hasta última hora de la tarde. Krause y Moran fueron directamente a sus despachos de la sala del tribunal del condado de Bergen y se pasaron las horas siguientes preparando una declaración jurada que resumía las pruebas reunidas hasta el momento en la investigación. Esta declaración se presentaría como respaldo a su petición de abrir un procedimiento penal y una orden de registro. Se acusaría a Peter Carrington del asesinato de Susan Althorp, y se autorizaría el registro de todas las casas y terrenos de la finca de los Carrington.

—Quiero que recorran la propiedad con perros policía especializados en buscar cadáveres —dijo Krause a Moran—. ¿Cómo es posible que no la encontraran hace veintidós años, cuando el olor debía de ser mucho más fuerte? ¿Podría ser que la enterraran en otra parte y luego, cuando pensaron que no volveríamos a buscar en los terrenos de la finca, la llevaran allí?

—Podría ser —dijo Moran—. Yo estaba allí cuando los perros rastrearon la zona donde se ha encontrado el cuerpo. No entiendo que los perros no olieran el cadáver y que nuestros hombres, y yo me incluyo, no vieran el suelo removido.

—Ahora mismo llamo al juez Smith para ponerlo al corriente —dijo Barbara Krause— y pedirle que nos permita visitarle mañana en su casa a las cinco de la mañana, para que examine la orden de registro.

—Le encantará —comentó Moran—, pero eso nos dará tiempo de reunir a nuestro equipo esta noche y presentarnos en la finca con la orden de registro a las seis y media de la mañana, cuando Carrington aún estará acurrucado en la cama con su nueva esposa. Me va a gustar ser su despertador.

Cuando acabaron el papeleo eran más de las dos de la mañana. Moran se puso en pie y se estiró.

—No recuerdo que hayamos cenado —dijo.

—Hemos tomado unas ocho tazas de café por cabeza —aseguró Krause—. Mañana, cuando hayamos detenido a ese tipo, te invitaré a cenar.

23

Creo que no pegué ojo en toda la noche. Peter estaba tan cansado que se acostó inmediatamente; yo me tumbé a su lado, lo rodeé con el brazo e intenté encontrarle un sentido a lo que le había oído decir. ¿Significaba que los sucesos que Peter consideraba pesadillas habían ocurrido realmente mientras él andaba en sueños?

Peter se despertó a las seis de la mañana. Le propuse que fuésemos a correr un rato. Casi nunca tengo dolor de cabeza, pero aquella mañana sentí que se avecinaba uno. Él estuvo de acuerdo, y nos vestimos rápidamente. En la cocina, él preparó zumo mientras yo hacía café y preparaba una tostada para Peter. Ni siquiera nos sentamos a la mesa; nos bebimos el zumo y el café de pie.

Aquel fue el último minuto más o menos normal que compartimos en mucho tiempo.

El sonido insistente del timbre de la puerta nos sobresaltó. Nos miramos; los dos sabíamos lo que iba a ocurrir. Había llegado la policía para detenerlo.

Es increíble cómo reacciona uno ante una catástrofe. Corrí hacia la tostadora y cogí la tostada justo cuando saltaba. Quería que Peter comiese algo antes de que se lo llevasen.

Cuando se la ofrecí, movió la cabeza.

—Peter, tal vez pase mucho tiempo hasta que puedas comer algo —le dije—. Anoche apenas cenaste.

El sonido del timbre resonaba por toda la casa y allí estábamos nosotros hablando de comida. Pero al final Peter cogió la tostada y empezó a comérsela. Con la otra mano volvió a llenar la taza de café y, aunque estaba muy caliente, comenzó a dar grandes sorbos.

Corrí a abrir la puerta. Al otro lado había por lo menos seis hombres y una mujer. Podía oír el ladrido de los perros procedente de alguno de los vehículos de la flota de coches y furgonetas aparcados en el camino de entrada.

—¿La señora Carrington?

—Sí.

—Soy Tom Moran, ayudante de la fiscal. ¿Está en casa el señor Carrington?

—Sí —dijo Peter, que me había seguido hasta el vestíbulo.

—Señor Carrington, tengo una orden que me autoriza a registrar las casas y terrenos de su propiedad. —Se la tendió a Peter y añadió—: Queda usted detenido por el asesinato de Susan Althorp. Tiene derecho a guardar silencio. Todo lo que diga podrá ser usado en su contra ante un tribunal. Tiene derecho a disponer de un abogado mientras le interroguen. Si decide responder a las preguntas, podrá dar por terminado el interrogatorio cuando lo desee. Sé que puede permitirse un abogado, de modo que no entraré en los detalles para solicitar un abogado de oficio.

Yo sabía que aquello podía pasar desde el día anterior. Pero presagiar un acontecimiento y luego ver que de hecho sucede es la diferencia entre una pesadilla y la realidad. Dos detectives pasaron junto a mí y se situaron a ambos lados de Peter. Al darse cuenta de lo que se disponían a hacer, Peter me entregó la orden de registro y luego tendió las manos hacia delante. Oí el sonido de las esposas al cerrarse. Peter estaba pálido como la cera, pero se mantenía tranquilo.

Uno de los detectives volvió a abrir la puerta delantera. Estaba claro que iban a llevarse a Peter inmediatamente.

—Permítame que coja su abrigo —le dije a Moran—. Fuera hace frío.

Jane y Gary Barr acababan de llegar.

—Yo iré a buscarlo, señora Carrington —propuso Jane con voz temblorosa.

—¿Adónde se llevan a mi marido? —pregunté a Moran.

—A la cárcel del condado de Bergen.

—Os seguiré en mi coche —le dije a Peter.

—Señora Carrington, le aconsejo que espere un poco —dijo Moran—. Vamos a tomar las huellas digitales del señor Carrington y a hacerle algunas fotos. Durante ese tiempo no podrá verlo. Tenemos prevista una reunión con el juez Harvey Smith para esta tarde a las tres, en el tribunal del condado de Bergen. En ese momento se fijará la fianza.

—Kay, llama a Vincent y dile que lo tenga todo preparado para pagarla —me dijo Peter.

Mientras los detectives inducían a Peter a ponerse en marcha, Gary Barr le echó el abrigo sobre los hombros, y Peter se agachó para darme un beso. Sentí sus labios fríos sobre mi mejilla.

—A las tres en punto —dijo con voz ronca—. Nos veremos allí, Kay. Te quiero.

Moran y uno de los detectives salieron con él. Cuando la puerta se cerró a su espalda, fui incapaz de moverme.

El ambiente cambió. Aún quedaban unos seis detectives en el vestíbulo. Mientras los observaba, todos menos la mujer se pusieron guantes de plástico: se disponían a empezar el registro. Los ladridos de los perros llegaban ahora con más fuerza: habían empezado a rastrear el terreno. Jane Barr me cogió del brazo.

—Señora Carrington, venga a la cocina conmigo —dijo.

—Tengo que llamar a Vincent. Tengo que llamar a los abogados —contesté con una voz que me sonó extraña, baja pero aguda.

—Soy la detective Carla Sepetti —se presentó la policía; su tono fue amable—. Debo pedirles a los tres que se mantengan juntos; yo me quedaré con ustedes. Si lo desean, podemos esperar en la cocina hasta que el registro de la casa haya concluido. Entonces tendremos que salir para que puedan registrar la cocina.

—Deje que Jane le prepare algo para comer, señora Carrington —me dijo Gary Barr.

«Se supone que la comida te da fuerzas en los malos momentos —pensé, desquiciada—. Intentan que coma por el mismo motivo por el que yo insistí en que Peter comiese una tostada.» Asentí y recorrí con los Barr el largo pasillo hasta la cocina; la detective Sepetti nos pisaba los talones. Pasamos junto a la biblioteca de Peter. Vi que en ella había dos detectives; uno de ellos sacaba los libros de las estanterías, y el otro examinaba el escritorio. Pensé en lo tranquilo que estaba Peter aquel día, hacía menos de cuatro meses, cuando estuve sentada en aquella habitación con él, admirando su decoración.

En la cocina intenté tomar una taza de café, pero la mano me temblaba tanto que el café se derramó en el plato. Jane apoyó su mano en mi hombro durante un segundo mientras quitaba el platito y lo reemplazaba por otro limpio. Yo sabía cuánto quería a Peter aquella mujer. Lo conocía desde que se quedó huérfano. Estaba segura de que ella también tenía el corazón en un puño.

Telefoneé a Vincent Slater. Recibió la noticia con calma.

—Era inevitable —dijo, tranquilo—. Pero esta noche estará de vuelta en casa, te lo prometo. En Nueva Jersey los jueces tienen la obligación de conceder una fianza. Estoy seguro de que pedirán millones, pero los tendremos preparados.

Los abogados debían llegar a las nueve de la mañana. Por ningún motivo en concreto, llamé a Conner Banks en lugar de a cualquiera de los otros tres.

—Contábamos con esto, Kay —aseguró—, aunque sé que para ustedes dos es muy duro. Conseguiremos una copia de la orden de arresto, y Markinson y yo estaremos en el tribunal a las tres. Nos veremos entonces.

Cuando colgué, me acerqué a la ventana. La previsión era de lluvia y granizo para el mediodía, pero mientras miraba al exterior empezaron a caer las primeras gotas. Pronto el granizo rebotó en los cristales.

—¿Puede ser que haya leído en alguna parte que los perros policía pueden realizar un rastreo cuando llueve? —le pregunté a la detective Sepetti.

—Depende de lo que anden buscando —contestó—. Si sigue lloviendo así, supongo que tendrán que suspenderlo.

—¿Y qué están buscando? —pregunté. Fui consciente de la ira en mi voz. Lo que realmente quería preguntar era si pensaban que Peter era un asesino en serie, y si esperaban encontrar más cadáveres repartidos por toda la finca.

—No lo sé, señora Carrington —dijo ella, con mucha calma.

Me volví a mirarla. Debía de rondar los cincuenta años. Su cabello, que le llegaba hasta la barbilla, tenía un ondulado natural que suavizaba un poco la redondez de su rostro. Llevaba una americana azul oscuro y pantalones negros. Las únicas joyas que le vi fueron unos pendientes en forma de equis, aunque estoy segura de que llevaba un reloj bajo la manga de la chaqueta.

Era tan absurdo fijarse en detalles como aquellos, que no tenían ninguna importancia para nadie... Me alejé de la ventana. En la cocina había un televisor pequeño, y lo encendí justo a tiempo para ver cómo Peter salía del coche patrulla y entraba en la cárcel del condado de Bergen.

—Según nuestras fuentes —decía el periodista—, mientras Carrington ha sido detenido acusado de asesinato, las pruebas en su contra siguen acumulándose. La ex doncella de la mansión, María Valdez, no solo ha confesado que mintió cuando afirmó que vio la camisa de Carrington en el cesto de la colada, sino que además dispone de pruebas de que el padre de Carrington la sobornó con cinco mil dólares.

Apagué el televisor.

—¡Oh, Dios mío! —oí decir a Jane Barr—. No me lo creo. No habría hecho eso jamás. El padre del señor Carrington era un hombre honrado. Nunca sobornó a nadie.

«¿Ni siquiera para salvar la vida de su hijo?», me pregunté. ¿Qué hubiera hecho yo en su lugar?

No estaba segura de la respuesta.

24

Elaine Carrington seguía en la cama cuando los detectives de la oficina del fiscal llamaron al timbre poco después de las seis y media. Inquieta, se puso una bata y corrió a abrir la puerta. «¿Le habrá pasado algo a Richard?», se preguntó, frenética. ¿Quizá no había pagado a tiempo las deudas de juego? Aterrada por lo que pudieran decirle, abrió la puerta de par en par.

Cuando le entregaron la orden de registro, su reacción inmediata fue algo parecido al alivio. Luego, acompañada por un detective pero sin prestarle ninguna atención, fue al estudio y encendió el televisor.

Unos minutos después, ver a Peter saliendo esposado de un coche, frente a la cárcel del condado de Bergen, la hizo encogerse. «Siempre se ha portado bien conmigo», pensó mientras lo veía apartar su rostro de los fotógrafos.

—A los veintidós años de edad, tras la repentina muerte de su padre, Peter Carrington se convirtió en la cabeza del imperio familiar —decía el presentador.

Entonces apareció en la pantalla una foto del padre y el hijo tomada poco antes de que un ataque al corazón acabase con la vida del anciano; un sentimiento de furia se apoderó de Elaine. «Por joven que fuera Peter, siempre entendió lo que había sido para mí vivir con ese miserable avaro —pensó—. Era uno de los hombres más ricos del mundo, pero discutimos de dinero incluso el día de su cumpleaños. Siempre me amenazaba con que no pagaría las facturas. "Tú lo has comprado; busca la manera de pagarlo". Esa era su gran frase. En los cinco años que estuve casada con él, se quejó hasta del último centavo que gasté», pensó amargamente.

Cuando dejaron de hablar de Peter, Elaine apagó el televisor con el mando a distancia. «Cuando me casé con él, la mansión llevaba años descuidada —recordó—. En lo único en lo que no le dolía gastar dinero era en los jardines. Un tipo ecologista.»

Se dio cuenta de que, cada vez que se ponía nerviosa o se enfadaba, su mente se llenaba de ira al recordar la tacañería del contrato prematrimonial que había tenido que firmar. Oyó un ruido en el exterior y corrió a la ventana. El granizo rebotaba en los cristales, pero además se oía otra cosa.

—¿Hay perros ahí afuera? —preguntó con incredulidad al joven detective que permanecía sentado junto a la puerta del estudio.

—Los perros que están rastreando el terreno, señora Carrington —contestó el joven con tono profesional.

—Ya encontraron el cuerpo de Susan Althorp. ¿Qué buscan ahora? ¿Creen que esta finca es un cementerio? —espetó.

El detective no respondió.

A mediodía, el equipo de registro había abandonado la mansión, y Elaine fue al piso de arriba, a su dormitorio. Mientras se duchaba y se vestía, su mente barajaba rápidamente las posibilidades que dejaba abiertas la detención de Peter. «¿Qué pasará si Peter pasa el resto de su vida en la cárcel? —se preguntó—. ¿Y si él y Kay deciden vender la casa? ¿Pueden hacerlo mientras yo siga viva? Eso vulneraría mi contrato prematrimonial, o como mínimo tendrían que indemnizarme.»

El contrato prematrimonial fue lo mejor que su abogado pudo conseguir. Diez millones de dólares cuando muriese Carrington padre; el usufructo de por vida de la finca y del más pequeño de los dos apartamentos que los Carrington tenían en Park Avenue. Unos ingresos anuales de diez millones de dólares durante el resto de su vida. Pero, por supuesto, había trampa: la disponibilidad de la casa y del apartamento, además de los ingresos, cesarían si ella volvía a casarse. «Los diez millones desaparecieron hace años, en su mayor parte debido a aquella espantosa inversión —pensó Elaine con amargura—. Debería haber recibido diez millones más.»

«Me equivoqué cuando intenté que Peter no se casase con Kay», pensó, inquieta, mientras elegía unos pantalones y un suéter de cachemira del armario. «Seguro que ella me lo tiene en cuenta. Supongo que tendría que haberles telefoneado cuando volvieron de la luna de miel, pero no me apetecía verla pavoneándose por toda la mansión.»

Volvió a encender el televisor. Según las noticias, Peter comparecería ante el tribunal a las tres de la tarde. Descolgó el teléfono. Cuando Kay respondió, dijo:

—Kay, cariño, estoy muy preocupada por ti y por Peter. Me gustaría acompañaros en la vista para la acusación formal.

Kay reaccionó de inmediato.

—No, no vengas a la vista —propuso—, pero suponiendo que a Peter le permitan volver a casa una vez pagada la fianza, estaría bien que tú y Richard vinierais a cenar. Le pediré a Vincent que también nos acompañe. Creo que esta noche Peter necesitará mirar alrededor de la mesa y tener la seguridad de que está con personas que le quieren y le apoyan.

Entonces Kay se vino abajo y se echó a llorar.

—Tengo tanto miedo por él, Elaine... Tengo tanto miedo... Sé que tú también.

—Kay, haría cualquier cosa, cualquiera, para ayudar a Peter. Nos vemos esta noche, querida.

Elaine colgó el auricular. «Kay, si supieras lo que ya he hecho para ayudar a Peter...», pensó.

25

—¿Está segura de que quiere hacerlo, señora Althorp? —preguntó Nicholas Greco—. Ahí fuera hace un tiempo espantoso.

—Eso mismo le he dicho yo, señor Greco. —Brenda, el ama de llaves, con expresión de preocupación en el rostro, ayudaba a Gladys Althorp a ponerse el abrigo.

—Voy a ir a la vista del asesino de Susan, y no quiero seguir discutiendo sobre esto. Señor Greco, iremos en mi coche. Supongo que mi chófer conseguirá dejarnos cerca de la puerta del tribunal.

«Cuando afirma que no va a seguir discutiendo sobre algo, lo dice en serio», pensó Greco. Vio que Brenda estaba a punto de seguir protestando, y le indicó con un ademán que no lo hiciera.

El chófer les esperaba fuera con un paraguas abierto. Sin hablar, Greco y el chófer tomaron a la frágil mujer cada uno por un brazo y la ayudaron a subir al coche.

Ya de camino, Gladys Althorp dijo:

—Señor Greco, cuénteme cómo funciona una vista de este tipo. ¿Durará mucho tiempo?

—No, Peter Carrington se presentará con su abogado ante el juez. Antes de eso habrá estado esperando en una celda al lado de la sala. El fiscal leerá los cargos de que se le acusa.

—¿Cómo irá vestido?

—Con un mono de la prisión.

—¿Llevará esposas?

—Sí. Una vez se lea la acusación, el juez le preguntará cómo se declara. Su abogado contestará por él. Por supuesto, dirá que es inocente.

—Contaba con ello —dijo Gladys amargamente.

Greco se dio cuenta de que su clienta se mordía el labio para evitar que le temblase.

—Señora Althorp —continuó—, esto no va a ser fácil para usted. Me hubiera gustado que la acompañase alguien de la familia.

—Mis hijos no hubieran llegado a tiempo. Los dos viven en California. Mi marido ya estaba de camino a Chicago cuando esta mañana llegó la noticia de que habían detenido a Peter Carrington. Pero ¿sabe una cosa, señor Greco? En cierto sentido, no me disgusta ser la única persona de la familia que esté presente hoy. Durante estos años, nadie ha llorado tanto por Susan como yo. Estábamos tan unidas... Hacíamos muchas cosas juntas. Desde que era niña, le encantaba ir a museos, al ballet y a la ópera conmigo. Estudió la especialidad de arte en el instituto, como yo. Cuando la eligió, bromeaba diciendo que eso haría que tuviéramos algo más en común, como si hiciera falta... Era guapa e inteligente, dulce y cariñosa, una muchacha perfecta. Charles y los chicos asistirán al juicio de Peter Carrington. Entonces yo ya no estaré. Hoy me toca representarla ante un tribunal. Casi siento que Susan está conmigo en espíritu. ¿Le parece una tontería?

—No, en absoluto —repuso Greco—. He asistido a muchos juicios, y la víctima siempre está presente cuando sus familiares y amigos declaran acerca de ella. Hoy, cuando se lea la acusación formal de asesinato, las personas que estén presentes en la sala del tribunal recordarán las fotografías de Susan que han visto en los diarios. En sus mentes, ella estará viva.

—Nunca podré expresarle mi agradecimiento por haber localizado a María Valdez. Su testimonio y la copia del cheque del padre de Peter serán pruebas concluyentes para condenar a Carrington.

—Creo que al final lo condenarán —dijo Greco—. Ha sido un honor serle útil, señora Althorp, y espero que a partir de hoy pueda vivir más tranquila.

—Yo también lo espero —dijo ella, reclinándose hacia atrás y cerrando los ojos, claramente agotada.

Veinte minutos después, el coche llegó ante el palacio de justicia.

26

A pesar de la gabardina, Conner Banks retemblaba de frío mientras recorría la distancia entre el parking y el palacio de justicia del condado de Bergen, en Hackensack, Nueva Jersey. El aparcamiento estaba a rebosar, y la plaza que por fin encontró libre quedaba muy lejos del palacio de justicia.

Apresuró el paso, y Walter Markinson, con el rostro mojado debido al granizo, le espetó:

—¡Tranquilo! Yo no corro tres kilómetros todas las mañanas, como haces tú.

—Lo siento.

—No habría estado mal que trajeses un paraguas.

—Lo siento.

Durante el trayecto desde Manhattan, habían deliberado sobre las palabras exactas de la declaración que harían a los medios de comunicación. «El señor Carrington es inocente de estos cargos, y su inocencia quedará demostrada ante el tribunal». O bien: «Nuestro cliente siempre ha mantenido su inocencia. La acusación contra su persona se basa en suposiciones, insinuaciones y el testimonio de una mujer que, después de veintidós años, contradice la declaración que hizo bajo juramento».

«Tal como se está desarrollando el caso, más nos valdría defender a Jack el Destripador», pensó Conner, apesadumbrado. Nunca se había visto inmerso en un circo mediático como ese.

«Este palacio de justicia ha acogido algunos casos bastante sensacionalistas», pensó mientras por fin llegaban a la protección que brindaba el edificio. Estaba el caso del Zapatero, aquel tipo de Filadelfia que recorrió el condado de Bergen atacando a mujeres y llevando consigo a su hijo de doce años. Su última víctima, asesinada, era una enfermera de veintiún años que había ido a la casa donde él estaba robando en aquel momento, para ayudar a una inválida que vivía en ella. Luego estaban los asesinatos de Robert Reldon. Aquel hombre atractivo y de buena familia recordaba un poco a Peter Carrington. Secuestró y mató a dos mujeres jóvenes. Durante el juicio, le pegó un puñetazo al policía que estaba quitándole las esposas fuera de la vista del jurado, saltó por la ventana, robó un coche y disfrutó de media hora de libertad. Ahora, veinte o treinta años después, el Zapatero está muerto, y Reldon sigue pudriéndose en la cárcel.

«Y es bastante probable que Peter Carrington se pase el resto de su vida como él», pensó Conner.

La vista se celebraría en el tribunal de su señoría Harvey Smith, el juez que había firmado la orden de arresto de Peter Carrington. Tal como Banks había previsto, cuando Markinson y él llegaron, la sala estaba atiborrada de público y de periodistas. Las cámaras apuntaban a una mujer sentada hacia el centro de la sala. Para su consternación, Banks se dio cuenta de que se trataba de Gladys Althorp, la madre de la víctima.

Él y Markinson atravesaron la sala a paso ligero.

Faltaban solo veinte minutos para las tres, pero Kay Carrington ya estaba allí, sentada en la primera fila, junto a Vincent Slater. A Banks la sorprendió verla vestida con un chándal. Luego entendió, o creyó adivinar, el motivo: Slater le había dicho que Carrington estaba a punto de salir a correr cuando llegaron con la orden de arresto. «Eso es lo que él llevará puesto cuando pague la fianza y se vaya a su casa —pensó Banks—. Su mujer le apoya firmemente.»

La expresión malhumorada de Markinson cambió a la actitud propia de un padre benevolente. Con el ceño fruncido y una mirada de empatía, dio unas palmaditas en el hombro de Kay mientras decía con voz tranquilizadora:

—No se preocupe. En cuanto esa tal Valdez se suba al estrado la haremos picadillo.

«Kay sabe lo mal que están las cosas —pensó Banks—. Walter no debería subestimarla.» Detectó un destello de ira en la mirada que Kay dirigió a Markinson.

Con voz baja y forzada contestó:

—Walter, no necesito que me tranquilice. Sé a qué nos enfrentamos. Pero también sé que alguien acabó con la vida de esa chica, y ese alguien debería estar ahora en esta sala en lugar de mi marido. Peter es inocente. Es incapaz de hacerle daño a nadie. Quiero estar segura de que eso es también lo que usted cree.

«Bienaventurados los que sin ver creyeron.» Las palabras del Evangelio acudieron a la mente de Conner Banks mientras saludaba a Kay y a Vincent.

—Kay, esta noche Peter estará en casa —dijo—. Eso sí te lo puedo garantizar.

Él y Markinson ocuparon sus asientos. Detrás de ellos, el sonido de las voces crecía a medida que la sala que se iba llenando de gente. Era de esperar: era uno de esos casos sonados a los que a muchos empleados del palacio de justicia les gustaba asistir.

—En pie —anunció el escribano.

Todos se pusieron en pie mientras el juez entraba a paso rápido en la sala y tomaba asiento. Banks hizo sus deberes en cuanto se enteró de quién iba a llevar la vista. Descubrió que Harvey Smith tenía fama de justo, pero a la hora de dictar sentencia era bastante duro. «Quizá lo mejor que podamos conseguir para Carrington es alargar todo lo posible el procedimiento, porque una vez le condenen irá derecho a la cárcel —pensó Banks—. Una vez pague la fianza, al menos podrá dormir en su cama hasta que acabe el juicio.»

El caso de Peter Carrington no era el único en el orden del día: otros detenidos aguardaban su propia vista. El escribano leyó los cargos mientras, uno tras otro, los detenidos comparecían ante el tribunal. «Comparativamente, son casos menores», pensó Banks. Al primero le acusaban de firmar cheques falsos. El segundo atracaba tiendas.

Peter Carrington era el tercero en la lista. Cuando le llevaron a la sala, vestido con un mono naranja y esposado, Banks y Markinson se pusieron en pie y se colocaron uno a cada lado de Peter.

La fiscal Krause leyó el cargo contra Carrington. Los chasquidos de las cámaras de fotos llenaron la sala cuando, mirando directamente al juez, con expresión grave y voz firme, Peter afirmó:

—Inocente.

Para Conner Banks, era evidente que Barbara Krause se sentía de lo más complacida por poder llevar personalmente ese caso. Cuando estaba a punto de anunciarse el importe de la fianza, Krause se dirigió al juez:

—Señoría, el acusado dispone de medios económicos ilimitados. Por tanto, el riesgo de que renuncie a la fianza y salga del país es muy alto. Solicitamos que la fianza se fije en función de sus recursos, que se le retire el pasaporte, que se le ordene llevar constantemente un localizador electrónico, que quede confinado a su casa y a los terrenos que la rodean, y que solo pueda salir de esos límites para asistir a un oficio religioso o reunirse con sus abogados, así como que tales visitas se realicen después de solicitar permiso al monitor de su brazalete electrónico y de que este haya sido debidamente notificado.

«Esta no será un hueso fácil de roer», pensó Banks mirando a Krause.

—Señor Carrington, soy consciente —intervino el juez— de que teniendo en cuenta su patrimonio da lo mismo que fije una fianza de un dólar o de veinticinco millones. Por tanto, fijo la fianza en diez millones de dólares.

Repasó la lista de condiciones que había solicitado la fiscal y las aprobó todas.

—Señoría —dijo Peter con voz alta y clara—, respetaré absolutamente todas las condiciones de la fianza. Puedo asegurarle que no veo el momento de limpiar mi nombre en el juicio y de acabar con este suplicio para mí y para mi esposa.

—¡Tu esposa! ¿Y qué pasa con la esposa a la que ahogaste? ¿Qué pasa con ella? —Las palabras fueron pronunciadas a gritos, con una voz que destilaba pasión en cada sílaba.

Banks, como todas las personas presentes en la sala, se dio la vuelta rápidamente. Un hombre muy bien vestido estaba de pie en medio de la estancia. Tenía el rostro contraído por la furia; dio un puñetazo al asiento que tenía delante.

—¡Grace era mi hermana! Estaba embarazada de siete meses y medio. Tú mataste al hijo que nuestra familia no conocerá jamás. Cuando se casó contigo, Grace no bebía, pero tú la hundiste en una depresión. Luego te libraste de ella porque no querías enfrentarte a la posibilidad de tener un hijo tarado. ¡Asesino! ¡Asesino! ¡Asesino!

—¡Saquen a ese hombre de la sala! —ordenó el juez Smith—. ¡Sáquenlo de inmediato! —repitió, golpeando con el mazo el estrado—. ¡Silencio en el tribunal!

—¡Mataste a mi hermana! —gritó desafiante el hermano de Grace Carrington mientras lo sacaban de la sala.

Tras su salida se produjo un profundo silencio, roto solamente por los sollozos incontrolables de Gladys Althorp, que, sentada, ocultaba la cara entre las manos.

27

Eran las seis de la tarde y estaba oscuro como boca de lobo cuando al fin llegamos a casa. Fuera seguía lloviendo intensamente. Un policía montaba guardia junto a la zona acordonada de la finca que los perros aún no habían rastreado.

Gracias a la rápida actuación de Vincent, Peter no tuvo que pasar la noche en la cárcel. En cuanto le telefoneé para decirle que habían detenido a Peter, hizo los trámites necesarios para que la cantidad que el juez dictaminase como fianza, fuera cual fuese, se transfiriera a un banco situado cerca del palacio de justicia de Hackensack. En cuanto la vista terminó, Vincent se fue corriendo al banco, extendió un cheque por un importe de diez millones de dólares y volvió al palacio de justicia para entregarlo en la oficina de fianzas.

Mientras estaba fuera y esperábamos a que pusieran en libertad a Peter, me permitieron quedarme con Conner Banks y Walter Markinson en la vacía sala del jurado junto a la sala del tribunal del juez Smith. Creo que ellos estaban tan anonadados y conmocionados como yo por la acusación del hermano de Grace, Philip Meredith. Además, los desgarradores sollozos de la madre de Susan Althorp dieron un toque surrealista a la escena. Observé a Peter mientras escuchaba las acusaciones de Meredith y el llanto de Gladys Althorp. No creo que la expresión de su rostro hubiera reflejado más dolor si le hubieran despellejado vivo.

Se lo dije a Markinson y a Banks.

Ellos estaban preocupados porque, a los ojos de todos los presentes en la sala, lo sucedido perjudicaba a Peter, y sabían que las noticias que los medios difundirían esa noche serían terribles. Markinson incluso se ahorró las palmaditas tranquilizadoras en mi hombro.

Entonces Conner Banks me hizo una pregunta que me dejó totalmente descolocada:

—En el pasado, ¿algún miembro de la familia Meredith amenazó a Peter con demandarle por asesinato?

Me quedé sorprendida.

—No —contesté inmediatamente, pero luego maticé mi respuesta—: Al menos, Peter no me ha hablado de ello.

—Voy a ser un poco cínico —dijo él—. Es posible que Philip Meredith sea un hermano que anhela conseguir lo que él cree que sería de justicia, o quizá pretenda que Peter confiese. En realidad, puede que intente ambas cosas. Por supuesto que sabe que lo último que necesita Peter es que se abra otra batalla legal al mismo tiempo que su juicio por asesinato.

Cuando pusieron en libertad a Peter, Markinson y Banks hablaron con él unos minutos antes de regresar a Nueva York. Le aconsejaron que intentase descansar lo máximo posible, y le prometieron que estarían en la mansión al día siguiente, a primera hora de la tarde.

Apreté la mano de Peter y de repente me di cuenta de que llevaba puesto el brazalete electrónico. Recorrimos el largo pasillo hacia el coche que nos aguardaba fuera. Yo había esperado, inocente de mí, que cuando saliéramos del palacio de justicia no hubiese periodistas. Por supuesto, me equivocaba. No faltaba ni uno. Me pregunté si serían las mismas personas que habían filmado la entrada de Peter en la cárcel esa mañana o si se trataba de una nueva hornada de periodistas y fotógrafos.

Empezaron a bombardearnos con preguntas:

—Señor Carrington, ¿tiene algo que decir sobre...?

—Kay, ¿llegó a conocer...?

Vince nos esperaba junto al coche, con la puerta abierta. Nos apresuramos a sentarnos en los asientos traseros, sin atender a las preguntas. Cuando por fin estuvimos fuera de la vista de los periodistas, Peter y yo nos abrazamos. Apenas intercambiamos una palabra en el camino de vuelta a casa.

Peter fue directamente al piso de arriba. No hacía falta que me dijese que quería darse una ducha y cambiarse de ropa. Estoy segura de que, después de la experiencia de estar en una celda, sentía la necesidad física de lavarse a fondo con litros de agua caliente.

Vincent se quedaría a cenar. Me dijo que tenía que hacer unas llamadas y se fue a su despacho, en la parte trasera de la casa.

Creía que nada podría mejorar mi humor, pero el reconfortante aroma del puchero de asado cociéndose a fuego lento en el fogón me dio verdadero ánimo, aunque solo fuera porque Peter me había dicho que era su comida favorita. Estaba en deuda con Grace por su delicadeza al recordarlo y prepararlo aquella noche.

Gary Barr estaba viendo la televisión en la cocina. La apagó en cuanto me vio, pero no fue lo bastante rápido. Estaban entrevistando a Philip Meredith. Durante un instante me sentí tentada a escuchar lo que decía, pero pronto cambié de opinión. Fuera lo que fuese, ya le había oído bastante ese día.

—¿Dónde quiere que sirva los cócteles, señora Carrington? —preguntó Gary.

Casi me había olvidado de que había invitado a Elaine y a Richard a cenar.

—En el salón delantero, supongo.

Elaine y yo no habíamos hablado de la hora por la simple razón de que no sabíamos cuándo Peter volvería a casa, pero las veces que yo había ido a la mansión, antes de casarme con Peter, el cóctel se servía siempre a eso de las siete de la tarde.

Subí deprisa la escalera para ducharme y vestirme. Me pregunté por qué Peter había cerrado la puerta entre el salón y su dormitorio, pero luego pensé que quizá había querido acostarse unos minutos. Era tarde, pero aun así me tomé tiempo para lavarme el pelo. El espejo me reveló la palidez y el cansancio de mi rostro, de modo que me empleé a fondo con el maquillaje, añadiendo sombra de ojos, un toque de colorete y lápiz de labios. Sé que a Peter le gusta que lleve el pelo suelto sobre los hombros, de modo que esa noche me lo dejé así. Pensé que mis pantalones de terciopelo negro con una camisa de seda estampada aportarían un poco de optimismo a una situación que no lo justificaba.

Cuando estuve lista, me di cuenta de que aún no había oído ningún ruido en el cuarto de Peter. Preguntándome si se habría quedado dormido, atravesé el saloncito y abrí despacio la puerta de su cuarto. Ver a Peter de pie al lado de la cama, con una expresión de sorpresa en el rostro, observando una maleta abierta, me sobresaltó.

—Peter, ¿qué sucede? —pregunté, acercándome deprisa.

Me cogió de los brazos.

—Kay, cuando he subido me he echado un poco. Quería descansar unos minutos y me quedé dormido. Sé que estaba soñando que me iba a alguna parte, y luego me desperté. Y mira.

Señaló la maleta. En su interior, perfectamente colocados, había varios pares de calcetines y ropa interior.

En los cuarenta minutos que llevábamos en casa, se había vuelto a levantar sonámbulo.

28

A las siete de la tarde, Nicholas Greco estaba disfrutando de una cena agradable con su esposa, Frances, en su casa de Syosset, en Long Island. Cualquier otro día ella no le hubiera preguntado nada sobre el caso en el que estaba trabajando, pero después de haber visto las noticias de las seis sobre la vista de Peter Carrington, quería conocer hasta el último detalle de lo sucedido en la sala del tribunal.

Le había preparado sus platos favoritos, ensalada verde, macarrones con queso, y jamón al horno. Greco se dio cuenta de que, a pesar de que deseaba dejar atrás aquel día tan agotador, su mujer merecía que la pusiera al corriente de sus impresiones sobre los acontecimientos del día.

—Si yo fuera el abogado de Carrington, intentaría conseguir una sentencia negociada —dijo—. Esa escena en la sala del tribunal causó una impresión tremenda en los presentes. Por lo que yo sé, Philip Meredith no es una persona dada a los estallidos emocionales. En el despacho le pedí a Beth que investigase sobre él mientras yo volvía a casa. Vive en Filadelfia, que es donde los Meredith han vivido durante generaciones. Procede de una buena familia pero no adinerada. Él y su hermana, Grace, recibieron una beca para estudiar en la universidad. Philip es un ejecutivo de nivel medio en una empresa de marketing, y está casado con el amor de su infancia; tres hijos, dos de ellos en la universidad. Ahora tiene cuarenta y ocho años; su hermana era seis años más joven que él.

Frances le pasó la cazuela de los macarrones.

—Sírvete más. Todo el día corriendo entre casa y Lancaster y sin comer como es debido...

Greco sonrió y, a pesar de lo que le dictaba su buen juicio, cogió la cuchara de servir. A sus cincuenta y cinco años, Frances pesaba exactamente lo mismo que a los veinticinco. Su cabello tenía el mismo tono rubio ceniza, gracias, por supuesto, a las visitas regulares al salón de belleza. A pesar de todo, a los ojos llenos de cariño de Greco, su esposa no había cambiado mucho en los últimos treinta años.

—He leído que encontraron el cuerpo de Grace Carrington en la piscina —dijo Frances mientras mordía un palito de pan—. Hace cuatro años, cuando pasó aquello, circularon todo tipo de historias. La revista *People* publicó muchas cosas al respecto. Recuerdo que destacaron que Peter Carrington había sido «sospechoso» en la desaparición de Susan Althorp. Pero estoy casi segura de que en aquel entonces la familia Meredith emitió una declaración en la que afirmaba: «La muerte de Grace no es un misterio, sino una tragedia». ¿Por qué crees que su hermano ha decidido acusarle ahora?

A Nicholas Greco le hubiera encantado llevar la conversación por otros derroteros, pero se recordó que Frances, además de su figura y el color de su pelo, también conservaba su gran curiosidad.

—Por lo que sé, los padres de Grace Carrington estaban molestos porque ella bebía demasiado, y además Peter les gustaba mucho. En aquella época no sospecharon que hubiera nada sucio en lo que sucedió, pero ahora que el padre ha fallecido y la madre tiene alzheimer y está en una residencia, puede que Philip Meredith haya decidido que ya es hora de expresar sus sentimientos.

—Bueno, si no hubieras dado con María Valdez, hoy no habría habido ninguna vista —observó Frances—. Espero que la señora Althorp valore que hayas sido capaz de hacer lo que nadie había hecho.

—Cuando la oficina del fiscal quiso entrevistarla de nuevo, María había desaparecido del mapa. El tipo con quien trabajamos en Filipinas repasó la lista de los viejos conocidos de María, y dio la casualidad de que seguía en contacto con un primo lejano. Encontrarla fue cuestión de suerte.

—A pesar de todo, fue idea tuya que la señora Althorp acusara a Peter Carrington en la revista *Celeb*. Todos mis amigos estaban convencidos de que él la demandaría. Aunque no hubieras encontrado a María Valdez, habrías hecho que Peter Carrington respondiese a preguntas bajo juramento. Y estoy segura de que, de una forma u otra, habría metido la pata.

«¿Lo habría hecho?», se preguntó Greco. Aún quedaba una parte inquietante del rompecabezas por resolver: el bolso desaparecido. ¿Lo llevaba Susan consigo cuando salió del coche de Carrington? Por algún motivo, no se quitaba esa pregunta de la cabeza.

—Gracias por ser mi fan número uno, cariño —le dijo a su esposa—. Ahora, si no te importa, hablemos de otra cosa.

Sonó el teléfono. Frances corrió a cogerlo y tras el tercer timbrazo volvió con el auricular en la mano.

—No reconozco el número —dijo a su marido.

—Entonces, deja que responda el contestador automático —dijo Greco.

El mensaje empezó: «Señor Greco, soy Philip Meredith. Sé que hoy estuvo en la sala del tribunal con la señora Althorp. He estado hablando con ella. Me gustaría contratarle para que investigase la muerte de mi hermana, Grace Meredith Carrington. Siempre he creído que la asesinó su marido, Peter Carrington, y si es posible me gustaría que descubriera pruebas que respalden mi sospecha. Espero que me devuelva la llamada. Mi número es...».

Greco cogió el teléfono de la mano de su mujer y presionó la tecla de HABLAR.

—Señor Meredith, soy Nicholas Greco —dijo.

29

Si aquella tarde alguien hubiera mirado por la ventana y nos hubiese visto tomando cócteles en el salón, estoy segura de que habría pensado cuán afortunados éramos. Por supuesto, Peter y yo no dijimos nada sobre el breve episodio de sonambulismo, nos limitamos a sentarnos el uno al lado del otro en el sofá frente a la chimenea. Elaine y su hijo, Richard Walker, ocupaban las butacas junto al hogar, y Vincent Slater, que prefería las sillas de respaldo recto, había acercado una para estar junto a nosotros.

Gary Barr servía las bebidas. Peter y yo tomamos una copa de vino, y los demás optaron por un cóctel. Sin que nadie se lo pidiera, Gary había cerrado las puertas que dividían el salón en dos habitaciones, lo que daba más intimidad a nuestra mitad, si es que en una habitación de ocho metros de largo puede haber intimidad.

Durante nuestra luna de miel, Peter me dijo que quería contratar a un decorador para que hiciera lo que yo quisiera para renovar la casa. Apenas hablaba de Grace, pero recuerdo un comentario que hizo sobre ella respecto a la decoración: «Cuando Elaine estaba casada con mi padre, cambió muchas cosas de la casa, y debo admitir que sabía lo que hacía. Tenía a un decorador estupendo a su servicio. Por supuesto, ni te imaginas lo que llegó a gastarse. Tendrías que haber oído las quejas de mi padre al respecto... Grace no cambió nada. Prefería vivir en el apartamento de Nueva York. Durante los ocho años que estuvimos casados, pasaba la mayor parte del tiempo allí».

Pensaba en todo eso mientras estábamos allí sentados, en aquella estancia tan hermosa, contemplando el fuego de la chimenea. Elaine estaba tan guapa y bien maquillada como siempre; sus ojos color zafiro miraban a Peter con compasión y cariño.

Richard Walker me gustaba. No era atractivo en el sentido tradicional, pero poseía un magnetismo que estaba segura de que atraía a las mujeres. De no ser por sus ojos, nunca habría imaginado, viendo sus rasgos duros y su complexión robusta, que había salido del vientre de Elaine Carrington. Peter me había contado que el padre de Richard, el primer marido de Elaine, había nacido en Rumanía y se había trasladado a Estados Unidos con sus padres cuando tenía cinco o seis años. En la universidad transformó su apellido para que sonase a inglés, y cuando Elaine se casó con él ya era un hombre de negocios con éxito.

«Elaine nunca se habría casado con un hombre que no estuviera forrado —me había contado Peter—, pero en cierto sentido las dos veces tuvo mala suerte. Creo que el padre de Richard era listo y bastante atractivo, pero se apostaba todo lo que ganaba. El matrimonio no duró mucho tiempo, y su marido falleció cuando Richard era adolescente. Entonces Elaine se casó con mi padre, que era tan espartano que sus amigos bromeaban diciendo que aún guardaba el dinero que le dieron el día de su primera comunión.»

Estaba claro que Richard había heredado de su padre la mayoría de sus rasgos físicos y supongo que también algo de su encanto. Mientras tomábamos el cóctel, nos contó la primera vez que había ido a la mansión a cenar, y lo imponente que le había parecido el padre de Peter.

—Peter acababa de ingresar en Princeton —me dijo—, así que no estaba en casa. Yo había obtenido la licenciatura en la Universidad de Columbia y conseguí mi primer empleo en Sotheby's. Al padre de Peter eso no le impresionó. Me ofreció trabajar en una de las divisiones de Carrington. No recuerdo cuál.

Vincent Slater, que no es precisamente un hombre conversador, se echó a reír.

—Seguramente fue en la división de corretaje. Ahí es donde empecé yo.

—Da igual, el caso es que lo rechacé —dijo Richard—, y ese fue el principio del fin de una bonita relación. Peter, tu padre siempre pensó que yo estaba perdiendo el tiempo.

—Lo sé —dijo Peter con una sonrisa. El intento de Richard por hacerle olvidar la dura realidad de aquel día estaba surtiendo algún efecto.

Luego nos sentamos a cenar, y me alegró que Peter, al ver el pollo asado que Jane Barr había preparado, dijera:

—Creí que no tendría hambre, pero esto tiene un aspecto delicioso.

Mientras cenábamos, Richard habló de la primera vez que se dio una vuelta por la mansión.

—Tu padre me dijo que echase un vistazo —comentó—. Me habló de la capilla y me acerqué a verla. Parece increíble que un sacerdote viviera allí en el siglo XVII. Me acuerdo que me pregunté si estaría encantada. ¿Qué piensas, Kay?

—La primera vez que la vi tenía seis años —dije. Al captar su expresión de sorpresa, añadí—: Se lo conté a Peter la noche de la recepción, cuando mi abuela se cayó y Peter se quedó conmigo en el hospital y luego me acompañó a casa.

—Sí, Kay era una niña aventurera —dijo Peter.

Vaciló un instante, y noté que no quería hablar de mi padre. Se lo puse fácil.

—Un sábado, mi padre vino a comprobar que la iluminación funcionaba bien. Aquella noche había una fiesta y acudirían muchos invitados. Me dejó sola un rato, y me fui a explorar.

El ambiente alrededor de la mesa cambió. Sin darme cuenta me había referido a la noche que Susan desapareció. Intenté alejarme del tema.

—En la capilla hacía frío y había mucha humedad —proseguí—, y entonces oí que entraba alguien y me escondí entre los bancos.

—¿En serio? —dijo Vincent Slater—. ¿Y no te vieron?

—No, me arrodillé. Escondí la cara entre las manos. Ya sabes cómo son de inocentes los niños: «Si no te veo, no me ves».

—¿Y sorprendiste a un par de amantes? —preguntó Vincent.

—No, a dos personas que discutían sobre dinero.

Elaine soltó una risa ronca, sarcástica.

—Peter, aquel día tu padre y yo discutimos sobre dinero por toda la casa —dijo—. No recuerdo si estuvimos en la capilla.

—La mujer prometió que sería la última vez —dije yo, desesperada por cambiar de tema.

—Sí, eso también es propio de mí —dijo Elaine.

—Bueno, la verdad es que no tiene importancia. No habría vuelto a pensar en ello si no hubieras mencionado la capilla, Richard —concluí.

Gary Barr estaba detrás de mí, a punto de llenarme la copa de vino. Un instante después noté que el vino me corría por la espalda.

30

Tal como había prometido Barbara Krause a Tom Moran, celebraron la vista cenando en Stony Hill Inn, uno de sus restaurantes favoritos en Hackensack. Mientras comían cordero a la brasa, comentaron la súbita aparición y la andanada emocional de Philip Meredith.

—Mira, si pudiéramos conseguir que Carrington admitiese que mató a su esposa y también a Susan Althorp, me sentiría tentada a ofrecerle la posibilidad de apelar —dijo Krause de repente.

—Pensaba que eso era lo último que se te ocurriría hacer, jefa —protestó Moran.

—Ya. Pero por mucho que piense que vamos a condenarlo por el caso Althorp, la cosa no está tan clara, ni mucho menos. Sigue siendo un hecho que María Valdez se ha retractado de su testimonio. Y Carrington dispone del mejor equipo de abogados que el dinero pueda comprar. Será difícil.

Moran asintió.

—Lo sé. Hoy los he visto a los dos con Carrington. Lo que cobran por un día de trabajo pagaría los aparatos de ortodoncia de mis hijos.

—Hablemos de ello —dijo Krause—. Si se confesara culpable tanto en el caso de Susan como en el asesinato de su mujer, podríamos ofrecerle treinta años, sin derecho a la condicional, en sentencias concurrentes. Seamos francos: ahora mismo no tenemos gran cosa para acusarle de la muerte de su esposa, pero él sabe que podríamos encontrar más pruebas. Al cumplir los setenta saldría de la cárcel y aún tendría mucho dinero. Si aceptase la oferta, conseguiríamos la condena y, suponiendo que tuviera una larga vida, tendría la esperanza de que lo pusieran en libertad.

»Sabes perfectamente que me encantaría juzgar este caso —continuó Krause—, pero hay otra cuestión. Ahora mismo pienso en las familias de las víctimas. Hoy las has visto y las has oído. La señora Althorp no vivirá para asistir al juicio, pero si Carrington confiesa, como mínimo lograría verle sentenciado. Y hemos de tener en cuenta otro punto. Si confiesa, la puerta para las demandas civiles queda abierta.

—No creo que los Althorp necesiten dinero —dijo Moran, tajante.

—Son millonarios pobres —contestó Barbara Krause—. ¿No es genial esta definición? Se la aplican a todos los que tienen menos de cinco millones de dólares. Lo leí en una revista. Un fallo a su favor en lo civil supondría que podrían hacer una contribución importante en nombre de Susan a un hospital o a la universidad donde estudió. Por lo que sabemos de Philip Meredith, nunca se ha comido el mundo, y tiene tres hijos a los que mantener.

—Entonces, lo de ofrecer un trato a los abogados de Carrington ¿va en serio? —preguntó Moran.

—Digamos que le estoy dando vueltas. Es como las arras de una boda, un precontrato. Por cierto, el cordero estaba delicioso. Malditas calorías. Bueno, ya que estamos, pidamos el postre.

31

Sé que la cena relajó un poco a Peter. Una vez concluyó, y después de tomar café en su biblioteca, los demás se levantaron para irse. En ocasiones Richard se quedaba en casa de Elaine, pero esta vez nos dijo que volvía a Manhattan para tomar una copa en el teatro Carlyle, donde había quedado con una joven artista después de la función.

—Creo que tiene mucho talento —dijo Richard—. Y además es muy guapa. Ambas cosas no suelen ir juntas.

—No te enamores, Richard —le dijo Elaine con aspereza—. Y si decides montarle una fiesta en la galería, que sea ella la que pague el champán.

Vincent arqueó las cejas y miró a Peter, que respondió con una breve sonrisa. Peter y yo les acompañamos a la puerta. Los coches de Richard y de Vincent estaban aparcados justo delante de la mansión. Los hombres abrieron sus paraguas, y Elaine se cogió del brazo de su hijo mientras bajaban corriendo los escalones.

Peter cerró la puerta y, cuando nos dimos la vuelta para subir la escalera, apareció Gary Barr.

—Señora Carrington, vamos a retirarnos. Quería decirle una vez más cuánto siento lo de su blusa. No entiendo cómo pude ser tan torpe. No creo que haya tenido un accidente como ese en todos los años que llevo sirviendo.

Por supuesto, cuando me derramó el vino encima, yo acepté sus disculpas, subí al piso de arriba y me cambié rápidamente de blusa. Creo que Peter ya había oído bastantes disculpas, porque antes de que yo pudiera tranquilizar de nuevo a Gary, dijo bruscamente:

—Creo que la señora Carrington ha dejado claro que entiende que se trató de un desafortunado accidente. Me gustaría no volver a hablar de ello. Buenas noches, Gary.

Yo solo había visto en contadas ocasiones ese lado severo, e imponente, de Peter, y en cierto sentido me alegré de estar presente. Los meses siguientes, hasta la celebración del juicio, serían humillantes y terribles para él. Peter me había mostrado su vulnerabilidad porque confiaba en mí. Pero en aquel momento me di cuenta de que el papel que yo estaba asumiendo, más de protectora que de esposa, era indigno de la esencia de aquel hombre.

Mientras subíamos la escalera, por algún absurdo motivo recordé una tarde en casa después de la universidad, quizá diez años atrás. Maggie y yo estábamos viendo en la televisión la película antigua *Atrapa a un ladrón*, con Grace Kelly y Cary Grant. Durante una de las pausas publicitarias, me contó que Grace Kelly había conocido al príncipe Raniero cuando estaba haciendo esa película en Mónaco.

«Kay, leí un artículo sobre el día en que el príncipe fue a visitarla a Filadelfia, a casa de sus padres. Fue entonces cuando le pidió a su padre la mano de su hija. Al día siguiente, la madre de Grace le dijo a un periodista qué persona más agradable era Raniero y qué fácil era olvidar que era un príncipe. Una periodista de la sección de sociedad comentó con acidez: «¿Sabe la señora Kelly que casarse con un rey no es lo mismo que casarse con un príncipe más?».

En un mismo día había visto al Peter acosado en el tribunal, luego al Peter observando una maleta que no recordaba haber empezado a llenar y, hacía un momento, a un Peter imperial, harto de escuchar las disculpas de su sirviente. «¿Quién es el Peter completo?», me pregunté mientras nos preparábamos para acostarnos.

Me di cuenta de que no tenía respuesta.

32

A la mañana siguiente el tiempo apenas había cambiado. La temperatura había subido y ya no granizaba, pero seguía lloviendo, un diluvio constante y triste.

—Parece que nuestros perros tendrán otro día libre —observó Moran cuando entró en el despacho de Krause pocos minutos después de las nueve de la mañana—. No serviría de nada que rastrearan los terrenos de los Carrington con este tiempo.

—Lo sé. Solo sería malgastar el dinero de los contribuyentes —asintió Krause—. Además, no vamos a encontrar nada. He estado examinando las pocas pruebas que sacaron de la mansión y de la casa de la madrastra. El registro no ha servido de nada. Pero supongo que en realidad no esperábamos encontrar gran cosa después de veintidós años. Si Peter Carrington fue lo bastante listo para deshacerse de su camisa después de matar a Susan, es muy probable que allí no tuviera nada más de lo que tenga que preocuparse.

—Supongo que si hubiera habido algo más, lo habríamos encontrado la primera vez —observó Moran, encogiéndose de hombros.

—Solo hay una cosa que me intriga. Echa un vistazo a esto —dijo Krause tendiéndole un papel. Era un boceto de un paisaje.

Moran lo observó atentamente.

—¿Qué tiene de especial?

—Estaba en un archivador en un cuarto del piso más alto de la mansión. Al parecer, con el paso de los años la familia ha destinado un par de habitaciones a desván, ese sitio donde almacenas las cosas que no quieres ver todo el tiempo. Los chicos me dijeron que con lo que hay en esos cuartos podría amueblarse un piso: desde sofás y sillas y alfombras y objetos de porcelana y cuberterías de plata y cuadros y un poco de todo, hasta cartas de familiares que se remontan al siglo XIX.

—Supongo que nunca han oído hablar de las subastas de cochera o de eBay —comentó Moran—. Un momento, ahora veo qué es esto. Es un dibujo de la zona exterior de la finca de los Carrington, el lugar donde se encontró el cuerpo de la chica, aunque en el boceto hay vegetación.

—Exacto. En realidad, es una copia de un boceto original.

—¿Y?

—Fíjate en el nombre que figura en la esquina.

Moran acercó el papel a la lámpara de la mesa de Barbara Krauser.

—¡Jonathan Lansing! El paisajista, el tipo que se dio un chapuzón en el Hudson poco después de que Susan Althorp desapareciera. El padre de la actual señora Carrington.

—Correcto. Los Carrington lo despidieron pocas semanas después de la desaparición de Susan, y aparentemente se suicidó. Digo «aparentemente» porque nunca encontraron su cuerpo.

Moran miró a su jefa.

—¿No estarás apuntando que existe una relación entre él y Susan Althorp?

—No. Tenemos al tipo que la mató. Lo que veo es que Lansing fue quien propuso que la valla se moviera quince metros hacia el interior de la finca. Viendo este dibujo, no parece que Lansing pretendiera dejar vacía la zona entre la valla y la acera. Este boceto muestra que quería colocar algunas plantas perennes al otro lado de la valla.

146

—Entonces lo despidieron y la familia se limitó a plantar hierba —dijo Moran.

—Eso parece —asintió Barbara Krause. Metió de nuevo el boceto en el archivo—. No sé... —dijo, más para sí misma que para Moran—. No sé...

33

El martes por la mañana, el día después de la vista, Philip Meredith cogió el tren de Filadelfia a Nueva York. Consciente de que su foto aparecería en la portada de los periódicos, tuvo la precaución de ponerse gafas de sol oscuras. No tenía ganas de que cualquier extraño lo reconociera y quizá lo abordara. No quería la compasión ajena. No había puesto los ojos en Peter Carrington desde el funeral de su hermana. Había ido al palacio de justicia simplemente por el placer de verle esposado y acusado de asesinato. Su estallido de ira le sorprendió tanto como a cualquiera de los presentes en la sala.

Pero ahora que había sucedido, quería seguir adelante con su acusación. Si Nicholas Greco había logrado encontrar a un testigo clave contra Peter Carrington en el caso Althorp, quizá pudiera encontrar la prueba que demostrase que también Grace había sido asesinada.

Se bajó del tren en Penn Station, en la calle Treinta y siete con la Séptima Avenida, y hubiera preferido recorrer a pie la distancia hasta la oficina de Greco en Madison Avenue, entre las calles Cuarenta ocho y Cuarenta y nueve. Pero el hecho de que estuviera diluviando lo decidió a ponerse a la cola de la parada de taxi. Ese tiempo hacía que recordase el día que enterraron a Grace. Por supuesto, no hacía frío —era a primeros de septiembre—, pero llovía. Ahora ella estaba enterrada en la parcela de la familia Carrington, en el Gate of Heaven Cemetery, en el condado de Westchester. Esa era otra cosa que quería hacer, llevar sus restos a Filadelfia. «Debería estar con las personas que la querían —pensó—, con sus padres y sus abuelos.»

Por fin llegó a la cabeza de la cola. Se subió al siguiente taxi disponible y dio la dirección. Hacía mucho que no estaba en Manhattan, y le sorprendieron los embotellamientos. El viaje le costó nueve dólares, y se dio cuenta de que al taxista no le gustó que no añadiese propina al billete de diez dólares que le dio.

«Entre el precio del tren y de los taxis de ida y de vuelta, este día me está saliendo caro, antes incluso de hablar con Greco», pensó Philip. Él y su esposa, Lisa, ya habían discutido por ello.

«Cuando te oí en el tribunal casi me dio un ataque —le dijo ella—. Sabes que yo quería a Grace, pero llevas cuatro años obsesionado con este tema. Contratar a un detective privado cuesta un dinero que no tenemos, pero, por el amor de Dios, hazlo. Pide un prestamo si es necesario, pero acaba con todo esto sea como sea.»

El 342 de Madison, un edificio estrecho, solo tenía ocho pisos; el despacho de Greco estaba en el cuarto; era una suite con un pequeño vestíbulo. La recepcionista le dijo a Meredith que le esperaban y enseguida le acompañó al despacho privado de Greco.

Después de un saludo cordial y un comentario breve sobre el tiempo, Greco entró de lleno en el tema.

—Cuando me telefoneó a casa anoche, dijo que podría tener alguna prueba de que la muerte de su hermana no fue un accidente. Hábleme de ello.

—«Prueba» quizá sea una palabra excesiva —admitió Meredith—. El término que debería haber utilizado es «motivo». Iba más allá de la preocupación de Peter por que Grace tuviera un niño deficiente. Estamos hablando de que el motivo para matar a Grace fue un montón de dinero.

—Le escucho —dijo Greco.

—Su matrimonio nunca fue perfecto. Peter y Grace eran diferentes. A ella le gustaba la vida social neoyorquina, y a él no. Según su contrato prematrimonial, Grace hubiera recibido unos veinte millones de dólares en caso de divorcio, a menos, y esta es una condición muy importante, que diera a luz a un hijo de Peter. Entonces, en caso de divorcio, hubiera recibido veinte millones anuales para que el niño pudiera tener la educación propia de un Carrington.

—Cuando su hermana murió, Peter Carrington se ofreció a someterse al detector de mentiras, y lo superó —dijo Greco—. Sus ingresos se calculan en ocho millones de dólares semanales. A usted y a mí, esas cifras exorbitantes nos parecen increíbles. Sin embargo, ni siquiera esa gran suma que, según el contrato prematrimonial, hubiera debido pagar a su esposa en caso de divorcio es motivo suficiente para matar a su hijo nonato. Aun en el caso de que el niño hubiera padecido el síndrome de alcoholismo fetal, la familia tenía los recursos necesarios para darle los mejores cuidados.

—A mi hermana la mataron —dijo Philip Meredith—. Durante los ocho años que estuvo casada con Peter, tuvo tres abortos. Estaba desesperada por tener un hijo. Nunca se hubiera suicidado estando embarazada. Sabía que era alcohólica, y había empezado a acudir a Alcohólicos Anónimos. Estaba decidida a dejar la bebida.

—Las pruebas demostraron que, cuando la encontraron, el nivel de alcohol en sangre superaba tres veces el límite legal. Son muchas las personas que no logran superar su adicción, señor Meredith. Estoy seguro de que usted lo sabe.

Philip Meredith vaciló, y luego se encogió de hombros.

—Voy a contarle algo que juré a mis padres que nunca revelaría. Pensaban que esto perjudicaría irrevocablemente el recuerdo que la gente tenía de Grace. Pero mi padre está muerto, y mi madre, en una residencia. Como le dije, tiene alzheimer y no sabe nada de lo que está pasando.

Meredith bajó el tono de voz, como si temiera que alguien más le oyese.

—Cuando murió, Grace tenía una aventura. Tuvo mucho cuidado, en el sentido de que se aseguró de que el niño era hijo de Peter. Grace quería dar a luz y divorciarse de Peter. El hombre con el que estaba liada no tenía dinero, y a Grace le encantaba el estilo de vida al que la fortuna de los Carrington la había acostumbrado. Creo que la noche de la fiesta la primera copa que tomó contenía alcohol con el objetivo de que siguiera bebiendo, porque una vez se la tomó ya no pudo parar.

—Grace estaba borracha cuando Carrington llegó a casa. ¿Quién podría haber manipulado la bebida?

Philip Meredith miró fijamente a Greco.

—Vincent Slater, por supuesto. Haría cualquier cosa por los Carrington, y quiero decir *cualquier cosa*. Es uno de esos sicarios que se apega al dinero y que hace siempre la voluntad de su amo.

—¿Añadió alcohol a la bebida de su hermana con la idea de emborracharla para luego poder ahogarla? Eso es ir demasiado lejos, señor Meredith.

—Grace estaba embarazada de siete meses y medio. Si de repente se hubiera puesto de parto, habría habido muchas posibilidades de que el niño sobreviviera. Ya había tenido alguna falsa alarma de parto. No había tiempo que perder. Peter no llegaría a casa hasta la mañana siguiente. Creo que Slater añadió vodka a la soda de mi hermana con el fin de emborracharla y luego, cuando se desmayara, meterla en la piscina. Cuando Peter llegó a casa, agarró la copa que mi hermana tenía en la mano y la arrojó a la moqueta; fue el mismo tipo de reacción espontánea que la que yo tuve ayer en el tribunal. Imagino que aún se arrepiente de haberse puesto así. Si hubiera tenido tiempo para pensar, habría desempeñado su papel habitual de marido benevolente y comprensivo que solía adoptar cuando Grace bebía.

—¿Me está diciendo que cree que Slater manipuló la bebida de su hermana, y que luego, cuando se desmayó, Peter la ahogó en la piscina?

—A la piscina la tiró Peter o Slater, de eso estoy convencido. No tenemos más que la palabra de Slater de que esa noche se fue a su casa. No me sorprendería que Slater hubiese ayudado a Peter a deshacerse también del cuerpo de Susan Althorp. No me sorprendería que Slater hubiera hecho desaparecer la camisa de Peter después de matar a Susan. Es así de leal, así de inmoral.

—¿Por qué no acude al despacho de la fiscalía con su teoría? Ahora su madre no puede enterarse de que ha roto la promesa que le hizo.

—Porque no quiero que nadie arrastre por el fango el nombre de mi hermana, y quizá para nada. Puedo darles un motivo y una teoría, pero inevitablemente se produciría una filtración y algún periodista se haría con la historia.

Nicholas Greco recordó la entrevista que le hizo a Slater en su casa. Aquel día pensó que Slater estaba nervioso. Ocultaba algo, algo que le daba miedo que saliera a la luz. ¿Podría ser que tuviese un papel en la muerte de Susan Althorp o de Grace Carrington, o de ambas?

—Estoy interesado en llevar este caso, señor Meredith —se oyó decir a sí mismo—. Soy consciente de sus circunstancias actuales, y estoy dispuesto a ajustar mis honorarios. Podemos incluir la condición de que, si usted recibe una compensación económica, yo recibiré una suma adicional.

34

Casi como si hubiera llegado al límite de su resistencia, vi que algo cambiaba en Peter. Los dos dormimos bien, de puro agotamiento, pero creo que también porque sabíamos que estábamos inmersos en una guerra. La primera batalla la había ganado el enemigo, y ahora teníamos que reunir fuerzas y prepararnos para lo que viniera.

Cuando bajamos a las ocho y media de la mañana, Jane Barr había dispuesto el servicio del desayuno en la mesa del comedor pequeño, y dejado zumo recién exprimido y café en la mesa lateral.

—¿Por qué no? —dijimos cuando nos ofreció unos huevos revueltos con beicon, aunque yo me hice la firme promesa de que no seguiría con ese tipo de dieta.

En la mesa no estaban los periódicos habituales de la mañana.

—Los leeremos más tarde —dijo Peter—. Ya sabemos lo que van a decir.

Jane nos sirvió café y luego volvió a la cocina para preparar el desayuno. Peter esperó a que se hubiera ido para volver a hablar

—Kay, no tengo que decirte que esto va a ser una guerra de desgaste. Los dos aceptamos que el gran jurado me procesará. Luego se fijará una fecha para el juicio, que podría ser dentro de un año o más. Usar la palabra «normal» es absurdo, pero la utilizaré de todos modos. Quiero que nuestra vida sea lo más normal posible hasta que vaya a juicio y el jurado emita un veredicto.

No me dejó hacer ningún comentario, porque prosiguió de inmediato:

—Se me permite salir de casa para hablar con mis abogados. Voy a hablar mucho con ellos, y lo haré en Park Avenue. Vince tendrá que ser mis ojos y mis oídos en las oficinas centrales. También pasaré mucho tiempo allí.

Peter dio otro sorbo al café. En el breve instante en que no dijo nada, me di cuenta de que en menos de dos semanas me había acostumbrado tanto a que Vincent Slater estuviera presente constantemente que si no lo viera alrededor de Peter me parecería raro.

—Gary puede llevarnos y traernos de Manhattan —decía Peter en aquel momento—. Tengo la intención de pedir permiso para ir a Nueva York un mínimo de tres veces a la semana. —Peter hablaba con determinación, y su expresión lo corroboraba. Luego añadió—: Kay, nunca podría hacer daño a otro ser humano. Me crees, ¿verdad?

—Te creo y lo sé —contesté.

Extendimos las manos por encima de la mesa y entrelazamos los dedos.

—Creo que me enamoré de ti en el momento en que te vi —le dije—. Estabas enfrascado en tu libro, y parecías estar muy cómodo en tu butacón. Entonces, cuando te pusiste de pie se te resbalaron las gafas.

—Y yo me enamoré de la preciosa chica cuyo pelo le caía sobre los hombros. Me vino a la mente un verso de «The Highwayman»: «Y Bess, la hija del terrateniente, la hija de ojos negros del terrateniente, estaba trenzando un nudo de amor escarlata en su pelo largo y oscuro». ¿Te acuerdas de cuando lo leíamos en el colegio?

—Claro. El ritmo del poema tiene la cadencia de los cascos de un caballo al galope. Pero piensa en esto: yo era la hija del paisajista, no del terrateniente —le recordé—. Y no tengo los ojos negros.

—Te acercas bastante.

Era curioso, pero aquella mañana mi padre no se me iba de la cabeza. Pensé en que unos días antes Maggie me había dicho que a mi padre le encantaba trabajar en la finca de los Carrington, y le gustaba especialmente la libertad que tenía para diseñar magníficos jardines sin limitaciones de presupuesto.

Mientras comíamos los huevos revueltos con beicon, repleto de pecaminoso colesterol, le pregunté a Peter sobre ese tema.

—Mi padre era un avaro al que le daban arrebatos de generosidad —dijo—. Eso es lo que intento que comprendan nuestros carísimos abogados. Si María Valdez volvió a Filipinas porque su madre estaba muy enferma, hubiera sido propio de mi padre extenderle un cheque para ayudarla a cubrir los gastos médicos. Sin embargo, ese mismo día se puso como una furia al enterarse del precio de una vajilla de porcelana que Elaine había encargado.

Recordé que Peter me había dicho que contratase a un diseñador de interiores y que hiciera lo que quisiera para redecorar la casa.

—No parece que tú seas como él —le dije—. Al menos respecto a lo que me dijiste de hacer cambios en la mansión.

—Supongo que en cierto sentido sí me parezco a él —contestó Peter—. Por ejemplo, mi padre no soportó que Elaine contratase al chef, el mayordomo, el ama de llaves y las doncellas. Al igual que mi padre, yo prefiero contar con una pareja como los Barr, que cuando llega la noche se van a su casa. Por otra parte, nunca entendí por qué mi padre se enfadaba tanto por el dinero que gastábamos en las cosas cotidianas. Supongo que le quedaba algo del Carrington que empezó sin tener más que una camisa y se hizo de oro en los pozos petrolíferos; dicen que él era el padre de todos los tacaños. Dudo que hubiera pagado por unas semillas de hierba, así que ni hablemos de acres de plantas caras.

Acabamos de desayunar, y Peter empezó a organizar el día tal como lo había pensado. Telefoneó a Conner Banks por el móvil y le pidió que le consiguiera permiso para ir a Nueva York aquella tarde, para una reunión en la sala de conferencias de su bufete. Luego se pasó varias horas al teléfono con Vincent Slater y con ejecutivos de su empresa.

Me di cuenta de que me hacía ilusión ir a la ciudad con Peter. A esas alturas, no tenía sentido que yo estuviese en las reuniones que Peter mantendría con sus abogados. Quería dedicar ese tiempo a visitar mi pequeño apartamento. Algunas de mis prendas de invierno favoritas estaban todavía allí, además de algunas fotos enmarcadas de mis padres que quería tener conmigo.

Peter obtuvo el permiso necesario para salir de casa, y partimos para Nueva York a primera hora de la tarde.

—Kay, aunque tu apartamento nos coge de camino, creo que le diré a Gary que nos lleve directamente a Park con la Cincuenta y cuatro —me dijo—. Si por casualidad nos sigue la policía o los periodistas, y alguien saca una foto del coche aparcado delante de tu casa, podrían decir que me he saltado las condiciones de la fianza. Quizá esté paranoico, pero no puedo arriesgarme a volver a la cárcel.

Yo lo entendí perfectamente, y así lo hicimos. Cuando llegamos ante el edificio de los abogados, la lluvia caía con menos fuerza. La previsión hablaba de cielos despejados, y parecía que esta vez acertaría.

Peter vestía un traje oscuro, camisa, corbata y su bonito abrigo de cachemira azul oscuro. Tenía todo el aspecto del ejecutivo que era. Cuando Gary le abrió la puerta, Peter me dio un beso rápido y me dijo:

—Recógeme a las cuatro y media, Kay. Intentaremos evitar el tráfico de la hora punta.

Mientras le veía cruzar la acera a paso rápido, no pude evitar pensar lo tremendamente incongruente que era que, menos de veinticuatro horas antes, estuviera de pie, vestido con un mono de color naranja, esposado, oyendo cómo le acusaban de asesinato.

No había vuelto a mi apartamento desde el día en que Peter y yo nos casamos. Ahora, por una parte me resultaba acogedor y familiar, y por otra, mirándolo con nuevos ojos, me daba cuenta de lo pequeño que era en realidad. Peter había estado allí varias veces durante nuestro vertiginoso noviazgo. Durante la luna de miel me aconsejó que pagase el resto del alquiler y, exceptuando mis objetos personales, vendiera todo lo que había dentro.

Yo sabía que aún no estaba preparada para hacer algo así. Sí, tenía una vida nueva, pero una parte de mí no quería cortar del todo los vínculos con mi antigua vida. Escuché los mensajes del contestador. Ninguno de ellos era importante, excepto uno que me había dejado esa misma mañana Glenn Taylor, el hombre con el que salía antes de conocer a Peter. Por supuesto, le hablé de Peter en cuanto empezamos a vernos regularmente. «Y yo que estaba a punto de llevarte a comprar un anillo», dijo, riéndose, aunque sé que solo bromeaba a medias. Luego añadió: «Kay, asegúrate de que sabes lo que haces. Carrington lleva mucho a su espalda».

El mensaje de Glenn de aquella mañana expresaba justo lo que esperaba de él: preocupación y apoyo. Decía: «Kay, siento mucho lo que le está pasando a Peter. Vaya forma de empezar un matrimonio... Sé que lo superarás, pero recuerda: si puedo ayudarte de alguna manera, solo tienes que decirlo».

Fue bonito oír su voz. Pensé en cuánto nos gustaba ir juntos al teatro, y que quizá un día él, Peter y yo podríamos salir a cenar y a ver una obra. Luego me di cuenta de que para Peter no volvería a haber noches libres a menos que lo absolvieran de los cargos. Y eso suponía también mi confinamiento, comprendí de repente, pues en aquel momento supe que nunca dejaría a Peter solo por las noches.

Saqué algunas prendas del armario y las dejé sobre la cama. Casi todas llevaban etiquetas de grandes almacenes. «Elaine no se pondría una de estas ni muerta», pensé. Durante nuestra luna de miel, Peter me dio una tarjeta American Express Platinum. «Compra hasta que te aburras», dijo con una sonrisa.

Para mi sorpresa, estaba llorando. No quería tener un montón de ropa. Si hubiera estado en mi mano, habría regalado todo el dinero de los Carrington por ver a Peter exonerado de las muertes de Susan y Grace. Incluso deseé que pudiera mudarse a ese apartamento conmigo, y luchar a su lado para pagar los préstamos, como hacía Glenn. Cualquier cosa que simplificase nuestras vidas.

Me sequé los ojos y fui a coger las fotos del tocador. Había una de mis padres conmigo en el hospital, justo después de que yo naciera. Parecían tan felices juntos, sonriendo a la cámara... Yo, un bebé de cara diminuta, envuelta en una mantita, intentaba ver por encima de su borde. Mi madre era tan joven y tan bonita..., su pelo desparramado sobre la almohada. Mi padre tenía entonces treinta y dos años, conservaba su belleza juvenil y una mirada radiante. Tenían tanto por vivir... Y sin embargo a ella le quedaban solo dos semanas de vida, antes de que aquella embolia nos la arrebatase.

Yo tenía unos doce años cuando me enteré de las circunstancias de su muerte y de que yo seguía aferrada a su pecho cuando mi padre la encontró. Recuerdo que fruncí los labios y traté de imaginar cómo debía de ser eso de que me amamantase.

La primera vez que Peter fue a mi apartamento le enseñé la foto del hospital, y él dijo: «Espero que algún día podamos sacar fotos como esta, Kay».

Luego cogió la foto en la que estaba con mi padre, la que nos hicieron poco antes de que papá se fuera con el coche a aquel lugar remoto y desapareciera en el río Hudson. Peter dijo: «Recuerdo muy bien a tu padre, Kay. A mí me gustaba saber por qué y cómo elegía determinadas plantas. Tuvimos un par de conversaciones interesantes».

Secándome aún los ojos, me acerqué a la repisa de la chimenea para llevarme también esa fotografía.

Por la noche, con el consentimiento de Peter, cogí su foto favorita de su madre, y otra donde salía él de pequeño con sus padres, y las coloqué sobre la repisa de la chimenea del salón de nuestra suite. Añadí las de mis padres que había traído del apartamento.

—Los abuelos —dijo Peter—. Algún día hablaremos de ellos a nuestros hijos.

—¿Qué debería decirles de él? —pregunté, señalando la foto de mi padre—. ¿Les diré que este es el abuelo que abandonó su vida y a su hija?

—Intenta perdonarle, Kay —dijo Peter en voz baja.

—Lo intento —susurré—, pero no puedo. No puedo.

Me quedé mirando la imagen de mi padre y yo, y aunque sé que parece una tontería, en aquel momento sentí como si él pudiera oír lo que acababa de decir y me lo reprochase.

A la mañana siguiente, tal como había pronosticado el hombre del tiempo, brillaba el sol y la temperatura había subido bastante. A las nueve, oí ladridos en el exterior, y supe que los perros rastreadores de cadáveres habían vuelto.

35

Nicholas Greco había solicitado cita para entrevistarse con Barbara Krause en la oficina de la fiscal a las tres y media de la tarde del miércoles.

—No pensaba que la vería tan pronto —dijo al llegar.

—Para serle sincera, yo tampoco —repuso ella—, pero la verdad es que usted siempre es bienvenido.

—Estoy aquí porque Philip Meredith me ha contratado para que investigue la muerte de su hermana, Grace Meredith Carrington.

Hacía tiempo que Krause había aprendido a poner cara de póquer en el tribunal, pero ante esa noticia no logró contener la sorpresa que reflejó su rostro.

—Señor Greco, si descubre cualquier cosa que pueda ayudarnos a vincular esa muerte con Peter Carrington, se lo agradecería mucho —dijo.

—No soy mago, señora Krause. El señor Meredith me ha confiado una información de la que no puedo hablar ahora. Lo que sí puedo decirle es que proporciona un motivo convincente para que Carrington deseara librarse de su esposa. Sin embargo, a pesar de ese hecho, estoy convencido de que en un tribunal ningún jurado, basándose tan solo en esta información, lo consideraría culpable más allá de toda duda razonable. Por eso me gustaría ver el archivo que usted tiene sobre el caso, y que me permitiera hablar con los investigadores que acudieron a la escena del crimen.

—Eso es fácil. Tom Moran dirigió la investigación. Ahora mismo está en un juicio, pero dentro de una hora más o menos estará libre. Si quiere, puede esperarle en su despacho mientras lee el archivo.

—Eso estaría bien.

Cuando presionaba el botón del intercomunicador para indicar a un ayudante que buscase el material requerido, Barbara Krause dijo:

—Señor Greco, hemos analizado ese archivo casi con microscopio. No descubrimos nada que pudiera constituir una prueba ante un tribunal. Por lo que ha dicho, es evidente que Philip Meredith ha estado guardando una información que podría ayudarnos en nuestro caso. Tanto si encuentra en nuestro archivo algo que le sirva como si no, le pido que anime a Meredith a ser franco con nosotros. Podría recordarle que la admisión de culpabilidad por parte de Carrington abriría la puerta a una costosa demanda civil para la familia Meredith.

—Estoy convencido de que Philip Meredith es muy consciente de eso. También creo que, al final, aunque no encuentre nada nuevo en el archivo, podré convencerlo para que les revele lo que a mí ya me ha dicho.

—Señor Greco, me ha alegrado usted el día.

Durante la hora y media siguiente, Nicholas Greco, sentado en la única silla extra que había en el reducido despacho de Tom Moran, realizó meticulosas entradas en el bloc que siempre llevaba en el maletín. Descubrió algo que le interesó especialmente: en las notas de Moran se hacía referencia a que en el bolsillo del vestido de noche de Grace Carrington se había encontrado un papel doblado, una página del ejemplar de la revista *People*, del 25 de agosto de 2002, que contenía una entrevista con Marian Howley, la legendaria estrella de Broadway. «Howley acababa de estrenar un espectáculo en el que actuaba sola», leyó en las notas. «Aunque la página estaba empapada, era identificable y contenía dos palabras escritas por la mano de Grace Carrington: "Pedir entradas". Esa página se encuentra ahora en el archivo de pruebas.»

«Grace Carrington planeaba ir a un espectáculo de Broadway —pensó Greco mientras anotaba la fecha de la revista—. Eso no es lo que piensa una mujer que tiene en mente suicidarse.»

Otra pareja había asistido a la cena la noche que Grace Carrington se ahogó: Jeffrey y Nancy Hammond, que vivían en Englewood desde hacía cuatro años. Greco tenía la esperanza de que siguieran allí. Si era así, intentaría hablar con ellos en los próximos días.

Apuntó que aquella noche Gary Barr sirvió los cócteles y la cena.

«Ese Barr es interesante», pensó Greco. Había trabajado para los Althorp de vez en cuando, incluso había sido chófer ocasional de Susan Althorp y sus amigas. Estuvo sirviendo en la cena que se celebró en la finca de los Carrington la noche que Susan desapareció y en el *brunch* del día siguiente. Y también estuvo allí y dentro de la finca, en la casa del guarda, la noche que Grace se ahogó.

«El omnipresente señor Barr. Puede que valga la pena visitarle de nuevo», decidió Greco.

Eran las cinco de la tarde, y Moran todavía no había regresado a su despacho. «Ha estado en los tribunales —pensó Greco—. Ahora querrá irse a casa. Le telefonearé mañana y fijaré una cita a una hora más conveniente.»

Recorrió el pasillo hacia el despacho de Barbara Krause para devolver el archivo sobre Grace Carrington. Moran estaba con ella. Krause miró a Greco como si se hubiese olvidado de que existía.

—Señor Greco —dijo—, me temo que tendremos que posponer cualquier conversación. Tom y yo nos vamos a la finca de los Carrington. Parece que los perros han descubierto más huesos humanos.

36

En la biblioteca, cuando leía en voz alta para los niños durante una hora, a veces les recitaba uno de mis poemas favoritos. Era «The Children's Hour», de Henry Wadsworth Longfellow, y empieza así: «Entre la oscuridad y la luz del día, cuando la noche empieza a caer...».

La luz del día empezaba a apagarse cuando oí el ladrido de los perros en el exterior; el sonido provenía de la zona occidental de la finca. Peter se había ido otra vez al despacho de los abogados en Manhattan, pero yo había decidido quedarme en casa. Me sentía agotada, y de hecho pasé buena parte del día en la cama, dormitando a ratos.

Cuando por fin me levanté eran las cuatro. Me duché, me vestí, bajé a la biblioteca de Peter y me senté a leer en su cómodo butacón, esperando que volviese a casa.

Cuando oí los ladridos, corrí a la cocina. Jane llegaba en ese momento de la casa del guarda para preparar la cena.

—Hay más coches de policía en la puerta, señora Carrington —me dijo, nerviosa—. Gary se ha acercado para ver qué sucede.

«Los perros deben de haber encontrado algo», pensé. Sin molestarme en ponerme el abrigo, salí corriendo al exterior, bajo la fría luz crepuscular, y seguí el camino que conducía a los ladridos. Los detectives estaban cercando un área en la zona del estanque más cercana a la casa; durante el verano, el estanque estaba lleno de peces. Los coches patrulla corrían por la pradera cubierta de escarcha; las luces destellaban.

—Uno de los perros ha encontrado el hueso de una pierna —me susurró Gary Barr.

—¡Un hueso! ¿Creen que es humano? —pregunté. Solo llevaba un suéter fino, los dientes me castañeteaban por el frío.

—Estoy seguro de que sí.

Oí el sonido de las sirenas que se acercaban. «Vienen más policías —pensé—. Los periodistas vendrán detrás.» ¿Quién podía estar enterrado allí? Aquella zona estuvo habitada por tribus indias. De vez en cuando se encontraban restos de sus enterramientos. Quizá habían dado con un hueso de uno de aquellos primeros nativos.

Entonces oí que uno de los adiestradores de perros decía:

—... y estaba envuelto en el mismo tipo de plástico que la chica.

Sentí que se me doblaban las piernas y oí que alguien gritaba:

—¡Sujétenla!

No me desmayé, pero un detective me cogió de un brazo y Gary Barr del otro, y me acompañaron de vuelta a casa. Les pedí que me llevaran a la biblioteca de Peter. Cuando me dejé caer en su butaca estaba temblando, de modo que Jane cogió una manta y me la echó por los hombros. Le pedí a Gary que se quedase fuera y me informase de lo que pasara. Al cabo de un rato volvió para contarme que había oído a los detectives decir que habían encontrado un esqueleto humano completo, y que alrededor del cuello llevaba una cadena con un medallón.

¡Un medallón! Yo ya había sospechado que los restos podrían ser de mi padre. Cuando oí lo del medallón, supe que era el que mi padre llevaba siempre, con la foto de mi madre dentro. En aquel momento tuve la certeza total de que los restos que habían descubierto los perros habían sido carne de mi carne y sangre de mi sangre.

37

—No necesito más pruebas de que Carrington mató a mi hermana —dijo Philip Meredith a Nicholas Greco la mañana siguiente al descubrimiento del esqueleto de Jonathan Lansing en la propiedad de los Carrington—. Mi esposa y yo lo hemos hablado. Iré a la oficina de la fiscal y se lo contaré todo. Ese tío es un asesino en serie.

A Greco no le sorprendió la llamada de Meredith.

—Me parece muy buena idea —dijo—. Y es posible que no sea necesario hacer pública ninguna información sobre la relación que su hermana mantenía con otro hombre. Si conseguimos que Carrington admita su muerte, la gente asumirá que intentaba evitar el nacimiento de un niño enfermo.

—Pero sus abogados también sabrán esto, ¿no?

—Por supuesto. Pero, como usted sin duda entenderá, mientras estén intentando negociar la mejor sentencia para su cliente, no querrán que el público sepa que un hombre con la inmensa fortuna de los Carrington asesinaría a nadie para ahorrarse dinero.

—Y una vez admita que mató a Grace, ¿podré demandarle por lo civil?

—Sí.

—Ya sé que parece que lo que más me interesa es el dinero, pero tener a mi madre en la residencia cuesta diez mil dólares mensuales, y necesito ayuda. No quiero tener que llevarla a otra parte.

—Lo entiendo.

—Gracias por estar dispuesto a ayudarme, señor Greco. Supongo que a partir de ahora la fiscalía llevará el caso.

«Este podría ser el trabajo más corto que he tenido nunca», pensó Nicholas Greco mientras, amablemente, le daba la razón a Philip Meredith. Pero cuando devolvió el auricular a su sitio, se reclinó en su silla. En internet había conseguido una copia de la página de la revista *People* que habían encontrado en el cuerpo de Grace Carrington la noche que se ahogó.

Grace llevaba puesto un traje de noche premamá de satén cuando la encontraron en la piscina. «¿Por qué guardó la página en un bolsillo de la chaqueta en vez de dejar la revista abierta sobre la mesa?», se preguntó Greco.

A veces, cuando Greco visualizaba una situación, se preguntaba: «¿Qué habría hecho Frances?». En este caso supo la respuesta. No se habría arriesgado a que se viese un bulto innecesario en el bolsillo de una chaqueta de noche de satén. En casa, si Frances viera en una revista un artículo que quería leer, pondría algo como punto de libro o dejaría la revista boca abajo sobre la mesa, abierta por esa página.

En el archivo de la fiscalía no se mencionaba que la revista estuviera entre las pruebas reunidas por los investigadores. «Tengo que enterarme de en qué fecha salió ese ejemplar a los quioscos o se envió por correo —pensó Greco—. Y estoy impaciente por reunirme con los forasteros que asistieron a la cena, la pareja de Englewood, Nancy y Jeffrey Hammond.»

«Voy a llegar al fondo de este caso aunque para ello me salte mi norma básica, que es jamás trabajar *pro bono* —pensó Nicholas Greco sonriendo para sí—. Como mi madre me decía siempre: "El obrero es digno de su salario".»

38

Cinco días después de que encontraran los restos de mi padre, la policía me entregó el medallón que llevaba colgado al cuello. Lo habían fotografiado y analizado en busca de posibles pruebas, pero luego decidieron dármelo. En el laboratorio le quitaron la suciedad acumulada en veintidós años, hasta que el material original, la plata, salió a la luz. El medallón estaba cerrado, pero la humedad se había colado en el interior, y la foto de mi madre estaba oscurecida, aunque sus rasgos aún se distinguían. En el funeral de mi padre me colgué la cadena y el medallón.

Por supuesto, culparon a Peter de la muerte de papá. Vincent Slater había llevado a Peter a Manhattan y le había traído de vuelta la tarde que se descubrieron los restos, y llegaron pocos minutos después de que los desenterrasen. Slater llamó inmediatamente a Conner Banks, que contactó con la fiscal Krause. Ella le dijo que había hablado con el juez Smith, que había programado una vista de emergencia para aquella tarde a las ocho. También le dijo que, aunque aún no pretendía obtener una orden de detención contra Peter tras este homicidio recién descubierto, bien pudiera darse el caso. Esa noche pensaba solicitar que el juez aumentase la fianza y alterase los términos para que solo se le permitiera salir de la finca en caso de urgencia médica.

Banks dijo a Vincent que se reuniría con él y con Peter en el tribunal. Yo quería ir con ellos, pero Peter se negó en redondo.

Intenté que se diese cuenta de que, después de aquel disgusto tan terrible, mi segunda reacción era de infinito arrepentimiento por todos los años que había estado enfadada con mi padre. Le dije que toda la ira que había sentido al creerme abandonada se había convertido en compasión por mi padre, acompañada por el deseo furioso de descubrir quién lo mató. Sentada en el regazo de Peter, envuelta aún en la manta, con la puerta de la biblioteca cerrada, le dije que sabía que él era inocente, que lo sabía con todos los huesos de mi cuerpo, con cada fibra de mi ser.

Maggie me telefoneó en cuanto escuchó las noticias en la televisión local. Peter me dijo enseguida que la invitase a venir. Afortunadamente, Maggie llegó cuando él y Vincent ya se habían ido al palacio de justicia. Entonces le dije a Jane Barr que ya podía irse a su casa. El descubrimiento del cuerpo de papá la había impactado.

—Su padre era un hombre encantador, señora Carrington —dijo, llorando—. Y pensar que ha estado ahí enterrado todos estos años...

Le agradecía su aprecio por mi padre, pero no quería seguir hablando del tema. Le dije a Gary que se fuese a casa con ella.

Maggie y yo nos sentamos en la cocina. Ella preparó té y tostadas; era lo que más nos apetecía a las dos. Mientras dábamos sorbos al té y mordisqueábamos las tostadas, las dos éramos muy conscientes de que en el jardín la policía seguía examinando el terreno, y oíamos ladrar a los perros mientras los llevaban de un extremo al otro del parque.

Aquella noche Maggie tenía el aspecto que correspondía a sus ochenta y tres años. Yo sabía que se preocupaba por mí, y la entendía. Maggie pensaba que era una locura creer en la inocencia de Peter, y no quería que siguiera viviendo en la misma casa que él. Nada de lo que le dijese podría tranquilizarla.

Vincent me telefoneó a las nueve en punto para decirme que habían aumentado la fianza de Peter en otros diez millones, y que el banco de Manhattan ya había enviado un mensajero con un cheque certificado por ese importe.

—Es mejor que te vayas, Maggie —le dije—. No me gusta que conduzcas de noche, y sé que no quieres encontrarte con Peter.

—Kay, no pienso dejarte sola con él. ¡Cielo santo! ¿Por qué estás tan ciega y te comportas como una tonta?

—Porque hay otra explicación para todo lo que ha sucedido, y porque estoy decidida a encontrarla. Maggie, en cuanto sepamos cuándo nos devolverán el cuerpo de papá, celebraremos un funeral privado. Supongo que tienes el título de propiedad de la tumba.

—Sí, está en la caja fuerte. Lo cogeré. No lleves a tu marido al funeral, Kay. Si Peter Carrington estuviera allí fingiendo llorarle, estarías sacándole la lengua a tu padre.

Hacía falta valor para decir eso sabiendo que podía conseguir que no volviese a dirigirle la palabra.

—A Peter no le permitirán asistir al funeral de papá —aseguré—, pero si se lo permitieran, estaría a mi lado.

Mientras nos dirigíamos a la puerta principal, dije:

—Maggie, escúchame. Tú pensabas que a papá lo despidieron porque bebía. Eso no era verdad. Pensabas que se suicidó porque estaba deprimido. Eso tampoco era verdad. Sé que cuando papá desapareció te encargaste de vender la casa y deshacerte de todo lo que había dentro.

—Llevé a mi casa los muebles del salón, el dormitorio y el comedor —repuso Maggie—. Eso ya lo sabes, Kay.

—Y almacenaste la mayor parte de las cosas en el desván. Pero ¿qué más te llevaste a casa? ¿Qué fue de los archivos de trabajo de mi padre?

—Solo hay uno. Tu padre nunca guardaba las cosas. Les dije a los de la mudanza que pusieran el archivo en el desván, pero era un mueble muy alto y lo dejaron tumbado en el suelo. Encima pusieron mi viejo sofá, bocabajo.

«No me extraña no haberlo visto nunca», pensé.

—Me gustaría ver su contenido cuanto antes —dije.

Nos detuvimos frente al armario de los invitados y cogí su abrigo. La ayudé a ponérselo, se lo abotoné y le di un beso.

—Vuelve a casa con cuidado —le advertí—. Puede que aún quede algo de hielo en la carretera. Acuérdate de cerrar el seguro del coche. Y acuérdate de lo que te voy a decir: cualquier día de estos tú y Peter seréis los mejores amigos del mundo.

—¡Ay, Kay! —suspiró ella mientras abría la puerta y salía—. No hay peor ciego que el que no quiere ver.

39

Durante los últimos días, Pat Jennings no entendía qué le pasaba a su jefe, Richard Walker. El lunes llegó a la galería con esa conocida mirada de alivio que normalmente indicaba que su madre había pagado sus deudas de juego. Aquel mismo día su hermanastro, Peter Carrington, fue acusado de asesinato. Al día siguiente, un martes, Walker habló de él con toda libertad: «Cenamos con Peter después de que volviera a casa», le dijo a Pat.

Pat le preguntó acerca de la antigua doncella, María Valdez.

«Naturalmente, Peter está deprimido por lo que ha sucedido —explicó Walker—. Es despreciable que esa mujer haya cambiado su versión de los hechos, y que ahora ensucie la memoria de mi padrastro. Espero que me llamen a testificar. Podría hablarles por propia experiencia de los ramalazos de generosidad que tenía el viejo. Recuerdo una cena con veintiún invitados, él y mi madre. Alguien se acercó a la mesa para hablar de una causa benéfica, y Carrington sacó el talonario y le extendió un cheque por diez mil dólares, allí mismo. Luego al camarero le dejó una propina miserable.»

Walker también le habló de la esposa de Peter, Kay. «Es una chica maravillosa —la elogió—. Justo lo que Peter ha necesitado estos años. Por lo que he visto, a pesar de tener tanto dinero nunca ha sido muy feliz.»

El miércoles por la mañana, Walker entró en la galería con

una joven artista muy guapa, Gina Black. Como a sus predecesoras, presentó a Gina como una persona con un talento brillante y cuya carrera se dispararía bajo la tutela de Walker.

«Ya, ya...», pensó Pat.

Se había enterado del hallazgo de los huesos en los terrenos de la finca el miércoles por la noche, cuando estaba viendo las noticias con su marido. El hecho de que se trataba del cuerpo del padre de Kay se lo reveló Walker al día siguiente por la mañana.

—Aún no van a dar detalles a la prensa —le confió—, pero llevaba una cadena y un medallón con una fotografía de la madre de Kay. Mi madre está de los nervios. Estaba en su apartamento de Nueva York cuando oyó la noticia en la televisión. Me dijo que cuando la policía empezó a registrar el terreno con los perros, antes de que lloviera, preguntó a los detectives si pensaban que la finca era un cementerio.

—Dos cuerpos en el mismo terreno —dijo Pat—. No viviría allí ni aunque me pagasen.

—Ni yo —admitió Walker mientras pasaba por delante de la mesa de Pat en dirección a su despacho—. Estaré un rato hablando por teléfono. Retén las llamadas que pueda haber.

Jennings observó cómo Walker cerraba la puerta con firmeza y oyó el clic del cerrojo. «Llamará a su corredor de apuestas —pensó Pat—. Dentro de nada volverá a estar hasta el cuello de deudas. Me pregunto si su madre acabará por cerrar el grifo y decirle que se busque la vida.»

Alargó el brazo para coger el ejemplar del *New York Post* que había guardado en el archivador de debajo de su mesa. En el autobús había ojeado la página seis, pero ahora leyó la noticia línea a línea. «Pobre Kay Carrington... —pensó—. ¿Cómo debe de ser estar casada con un hombre que no hay duda de que es un asesino en serie? Supongo que vivirá con el miedo de no despertarse al día siguiente.»

En la hora que siguió solo recibió una llamada telefónica, la de una mujer que dijo llamarse Alexandra Lloyd. Había telefoneado la semana anterior y Walker no le devolvió la llamada. Le preguntó si había recibido su mensaje.

—Sí, desde luego que lo recibió —dijo Jennings con firmeza—. Pero se lo recordaré.

—Por favor, anote mi número de nuevo. ¿Le dirá que es muy importante?

—Por supuesto.

Media hora después, cuando Walker abrió la puerta de su despacho, Pat vio que tenía el rostro arrebolado por la emoción. «Hoy no correrá un solo caballo por el que no haya apostado», pensó.

—Richard —dijo—, la semana pasada dejé una nota en la mesa de tu despacho diciéndote que había llamado una tal Alexandra Lloyd. Acaba de volver a llamar y ha dicho que es importante que te pongas en contacto con ella.

Extendió la mano con el papel donde había anotado el teléfono de la mujer. Richard lo cogió, lo rompió y regresó a su despacho. Esta vez cerró de un portazo.

40

—El golpe que mató a Jonathan Lansing fue tan fuerte que le hundió la parte posterior del cráneo —dijo Barbara Krause mientras leía el informe de la autopsia—. Me pregunto qué siente ahora Kay Carrington cuando mira a su marido.

Tom Moran se encogió de hombros.

—Si no se pone nerviosa al quedarse sola en casa con ese tío por la noche, me pregunto si está en sus cabales.

—Esta vez podemos estar seguros de que Carrington contaba con la ayuda de alguien —dijo Krause—. No pudo dejar el coche de Lansing en ese lugar perdido de la mano de Dios y luego volver a casa haciendo autoestop. Alguien tuvo que llevarle.

—He examinado nuestro archivo de cuando Lansing desapareció, y entonces se consideró un posible suicidio. La compañía de seguros sospechaba que era un fraude. Enviaron a sus investigadores para que recorrieran la zona donde se encontró el coche. Un tío como Peter Carrington no pasa desapercibido. Tiene cierto carisma. Me da igual si llevaba ropas donadas por el Ejército de Salvación: alguien tuvo que verlo. Nadie que corresponda con la descripción de Carrington subió a un autobús ni alquiló un vehículo en esa zona. Como mucho, si condujo el coche de Lansing hasta allí, le esperaba alguien para recogerlo.

—Se suponía que a Lansing lo habían despedido por sus problemas con la bebida —dijo Krause—, pero imaginemos que hubo otro motivo. Supongamos que alguien temiera que Lansing fuera una amenaza. Lo echaron dos semanas después de la desaparición de Susan. Supuestamente se suicidó otras dos semanas después. A esas alturas la policía había examinado a fondo los terrenos con los perros, también la zona de la propiedad que queda al otro lado de la verja.

Krause tenía la copia del diseño paisajístico de Lansing sobre la mesa.

—La pregunta es: ¿lo entregó después de que Susan fuera enterrada allí? Si es así, firmó su propia sentencia de muerte. —Echó un vistazo a su reloj—. Vale más que te pongas en marcha. El funeral de Lansing es a las once en punto. Abre bien los ojos para ver quién asiste.

41

Dispuse la celebración de la misa por el funeral de mi padre en la iglesia más cercana al cementerio MaryRest, donde está enterrada mi madre. Se encuentra en Malwah, un pueblo a unos veinte minutos al noroeste de Englewood. Había albergado la esperanza de que el lugar y la hora del funeral se mantuviesen en secreto, pero cuando llegamos a la iglesia un ejército de fotógrafos nos esperaba.

A Maggie y a mí nos recogió el chófer de la funeraria. Mientras avanzaba por el pasillo vi caras conocidas: Vincent Slater, Elaine, Richard Walker, los Barr. Sabía que asistirían, pero no quise llegar con ellos. No formaba parte de su mundo cuando mi padre murió. Durante esas últimas horas, quería separarme de ellos. Quería tener a mi padre para mí.

Sumida en mi dolor, me aislé incluso de Maggie. Sabía que ella había querido a mi padre, y que se alegró mucho cuando él se casó con mi madre. Creo que Maggie, después de la muerte de mi madre, animó a papá a que saliera con otras mujeres, pero, conociéndola, estoy segura de que en el fondo la complació que él no pudiera o no quisiera hacerlo.

Por otro lado, delante de mí Maggie siempre había criticado a mi padre por su afición a la bebida, aunque creo que exageraba aquellas historias para intentar encontrar un sentido a su desaparición.

La iglesia estaba medio llena, sobre todo por amigos de Maggie; supe así que no había sido capaz de guardar su promesa de no decir dónde se celebraría el funeral. Pero entonces vi las lágrimas en sus ojos y la compadecí. Una vez me dijo que nunca asistía a un funeral sin revivir la muerte de mi madre.

Me senté en el primer banco de la iglesia, a unos centímetros del ataúd, y acaricié con los dedos el colgante que había pasado tantos años junto al cuerpo de mi padre. No dejaba de pensar, una y otra vez, que debía haber sabido que él era incapaz de suicidarse. Nunca me habría abandonado.

Maggie se echó a llorar cuando la solista cantó el «Ave María», como en el entierro de mi madre.

«Ave, Ave, Ave, María.» «¿Cuántas veces habré oído esta canción?», me pregunté. Esa canción era la misma de siempre. Mientras las últimas notas hermosas se disolvían en el silencio, empecé a pensar en aquel episodio en la capilla de la mansión, tantos años atrás. ¿Podría ser que la escena entre el hombre y la mujer tuviera mayor importancia de lo que yo pensaba?

Aquel pensamiento pasó por mi cabeza y luego se esfumó. Acabó la misa. Seguí el ataúd de papá por el pasillo.

Una vez fuera de la iglesia, los periodistas se agolparon a mi alrededor. Uno de ellos me preguntó:

—Señora Carrington, ¿le molesta que su esposo no pueda estar con usted en este día tan difícil de su vida?

Miré directamente a la cámara. Sabía que si retransmitían el funeral por la televisión, Peter lo estaría viendo.

—A mi esposo, como ustedes saben, no se le permite salir de nuestra propiedad. Es inocente de la muerte de Susan Althorp, inocente de la muerte de su primera esposa, inocente de la muerte de mi padre. Invito a Barbara Krause, fiscal del condado de Bergen, a que recuerde el principio legal y moral que impera en este país: toda persona es inocente hasta que se descubra que es culpable. Señora Krause, imagine que mi marido es inocente de esos crímenes y luego vuelva a considerar todos los hechos relativos a estas tres muertes. Le aseguro que eso es lo que yo voy a hacer.

Aquella noche, cuando nos acostamos, Peter lloró mientras yo le abrazaba.

—No te merezco, Kay —susurró—. No te merezco.

Tres horas después, me desperté. Peter ya no estaba en la cama. Embargada por una terrible premonición, atravesé corriendo el salón y entré en el otro dormitorio. Tampoco estaba allí. Entonces oí el chirrido de unos neumáticos en el camino de entrada. Corrí a la ventana a tiempo de ver el Ferrari de Peter acelerando hacia la puerta.

Quince minutos después, los coches patrulla, alertados por el sistema de monitorización global que hacía el seguimiento de su pulsera electrónica, lo rodearon: estaba arrodillado en el césped helado de la casa de los Althorp. Cuando un policía se dispuso a arrestarle, Peter se levantó de un salto y le dio un puñetazo en la cara.

—Estaba sonámbulo —le dije a Conner Banks a la mañana siguiente, después de que Peter lo convocara—. Si no, nunca habría salido de la finca.

Una vez más, Peter apareció en la sala del palacio de justicia vestido con un mono naranja. En esta ocasión, además de las esposas llevaba cadenas en los tobillos. Escuché, atónita, la relación de los cargos: violación de la fianza... agresión a un agente... riesgo demostrado de fuga.

El juez no tardó en llegar a una decisión. Retiró la fianza de veinte millones de dólares; Peter se quedaría en la cárcel.

—Es sonámbulo —insistí a Banks y a Markinson—. Es sonámbulo.

—Baja la voz, Kay —me apremió Banks—. En este país el sonambulismo no es una disculpa. De hecho, en este país hay dos personas que están cumpliendo cadena perpetua porque mataron a alguien durante un episodio de sonambulismo.

42

La impactante grabación de la policía, donde se veía a Peter Carrington arrodillado en el césped de la casa de los Althorp, y luego agrediendo al primer policía que se le acercó, hizo que Nicholas Greco se plantease si tenía sentido acudir a la cita con Nancy y Jeffrey Hammond, la pareja invitada a la cena la noche que Grace Carrington se ahogó.

Cuando Nancy Hammond escuchó el mensaje que Greco le dejó en el contestador, le telefoneó para explicarle que habían estado fuera, visitando a unos parientes en California, y le invitó a que fuera a verlos.

La pareja vivía en una bonita calle de Englewood, donde la mayoría de las casas eran antiguas y tenían amplios porches y contraventanas, el tipo de casas que se construyeron a finales del siglo XIX. Greco subió los cinco escalones desde la acera y llamó al timbre.

Nancy Hammond abrió la puerta, se presentó y le invitó a entrar. Era una mujer menuda que aparentaba cuarenta y pocos años; el cabello plateado le enmarcaba el rostro y suavizaba sus angulosos rasgos.

—Jeff acaba de llegar a casa —dijo—. Ahora mismo baja. Ah, aquí está —añadió.

Jeffrey Hammond estaba bajando por la escalera desde el primer piso.

—¿Así es como me presenta mi mujer? —dijo, enarcando las cejas—. ¿«Aquí está»?

Greco se dijo que estaba cerca de los cincuenta. Le recordó al astronauta John Glenn; Hammond, como Glenn, era calvo y tenía marcadas patas de gallo, fruto de muchas sonrisas. Si algo molestaba a Greco era ver a un hombre que no aceptaba la inevitabilidad de su ADN. Era capaz de reconocer una peluca a un kilómetro, y a sus ojos aún era peor un hombre con largos mechones de pelo peinados sobre una reluciente calva.

Greco se había informado a fondo sobre aquella pareja, y descubrió que eran lo que cabría esperar de las amistades de Grace Carrington. Tenían sólidas bases familiares: el padre de ella había sido senador de estado; el bisabuelo de él, miembro del gabinete presidencial. Ambos eran personas bien educadas, y tenían un hijo de dieciséis años que estaba en un internado. Jeffrey Hammond recaudaba fondos para una fundación privada. Nancy Hammond trabajaba a tiempo parcial, realizando funciones administrativas, en la oficina del congresista local.

Greco les había explicado, tanto en el mensaje grabado como en la conversación telefónica, por qué quería hablar con ellos. Mientras les seguía al salón, fue tomando nota mental de los detalles de la casa. Era evidente que uno de los dos era músico. Un gran piano con libros de partituras dominaba el salón. La superficie del piano estaba cubierta de fotos familiares. En la mesita del café había varias revistas bien organizadas: *National Geographic, Time, Newsweek*. Greco se dio cuenta de que tenían aspecto de que las habían leído. El sofá y las sillas eran de buena calidad pero necesitaban un tapizado nuevo.

Su impresión general fue la de un hogar agradable habitado por personas inteligentes. En cuanto se sentaron, fue directamente al grano.

—Hace cuatro años, ustedes declararon ante la policía sobre la conducta de Grace Carrington durante la cena que compartieron con ella la noche en que murió.

Jeffrey Hammond miró a su esposa.

—Nancy, yo pensaba que Grace parecía totalmente sobria cuando llegamos. Tú no estabas de acuerdo.

—Estaba nerviosa, incluso agitada —dijo Nancy Hammond—. Grace estaba embarazada de siete meses y medio, y había tenido algunos falsos dolores de parto. Hizo esfuerzos por mantenerse alejada del alcohol. Lo pasó mal. La mayoría de sus amigos estaban en la ciudad y no dejaban de entrar y salir de su apartamento. A Grace le encantaban las fiestas. Pero el médico le había dicho que hiciera mucho reposo, y creo que en la mansión se sentía más segura que en Nueva York. Como es lógico, allí se aburría mucho.

—Está claro que usted la conocía muy bien —comentó Greco.

—Estuvo ocho años casada con Peter. Durante ese tiempo fuimos socias del mismo gimnasio en Englewood. Siempre que Grace estaba en la mansión, entrenaba en aquel gimnasio. Nos hicimos amigas.

—¿Confiaba en usted?

—«Confiar» es una palabra demasiado fuerte. Solo en una ocasión bajó la guardia y definió a Peter como un genio rico y una persona anodina, poco aventurera.

—Entonces, ¿no cree que estuviera deprimida?

—A Grace le preocupaba su dependencia de la bebida. Sabía que tenía un problema. Quería desesperadamente tener ese hijo, y nunca se olvidaba de que ya había tenido tres abortos. Mi impresión es que cuando nosotros llegamos ya se había bebido una copa, y luego, de una manera o de otra, disimuladamente cayeron otras.

«Había varios motivos por los que quería que su hijo viviese», pensó Greco. Uno de ellos, y no el menos importante, podía ser que el bebé era su billete para una asignación anual de veinte millones de dólares durante el resto de su vida. Se volvió hacia Jeffrey Hammond y le preguntó:

—¿Qué piensa usted, señor Hammond?

Jeffrey Hammond pareció reflexionar.

—No paro de darle vueltas a esa noche —dijo—. Estoy de acuerdo en que Grace parecía nerviosa cuando llegamos, y luego, tristemente, a medida que avanzaba la velada se le empezó a trabar la lengua y a evidenciar problemas de equilibrio.

—¿Alguien intentó impedir que siguiera bebiendo?

—Cuando me di cuenta, era demasiado tarde. Fue al bar y, sin esconderse, se sirvió un vodka solo. Antes de la cena afirmó que solo había bebido soda con un chorrito de lima.

—Eso fue de cara a la galería —dijo Nancy Hammond con sequedad—. Como la mayoría de los alcohólicos, seguro que tenía una botella escondida en alguna parte. Quizá en el tocador.

—¿Esperaba que su marido llegase a tiempo para la cena? —preguntó Greco.

—Recuerde que aquella cena no fue un encuentro planificado —dijo Jeffrey Hammond—. Grace llamó a Nancy el día antes para saber si estábamos libres. A primera hora de la tarde nos dijo que se acercaba el cumpleaños de Richard Walker, así que consideramos la ocasión su fiesta de cumpleaños. En la mesa no había cubiertos para Peter.

—¿Habló Grace de un artículo que había leído en la revista *People* sobre la actriz Marian Howley? —preguntó Greco.

—Sí —respondió rápidamente Nancy Hammond—. De hecho, cuando llegamos tenía la revista abierta por aquella página, y la dejó abierta. Comentó qué actriz tan maravillosa era Marian Howley, y dijo que iba a conseguir entradas para su nueva obra, que había coincidido con Howley en algunas fiestas benéficas, y que tenía un gusto exquisito. Después de la cena, cuando estábamos tomando café, volvió a hablar de ella, repitió lo mismo, como hacen los borrachos, sobre el gusto tan estupendo que tenía aquella actriz. Luego arrancó la página de la revista, se la metió en el bolsillo de la chaqueta, y dejó caer la revista al suelo.

—Yo no la vi hacerlo —dijo Jeffrey Hammond.

—A esas alturas los demás no le hacíais ni caso. Eso pasó tan solo unos segundos antes de que Peter llegase, y entonces se lió la gorda. Unos minutos después, nos fuimos.

Greco se sentía decepcionado. Había llegado con la esperanza de descubrir algo más, de enterarse de si la página arrugada que llevaba Grace Carrington en la chaqueta tenía alguna importancia especial. Se puso en pie para marcharse.

—No quiero robarles más tiempo —dijo—. Han sido ustedes muy amables.

—Señor Greco —dijo Nancy Hammond—, durante estos últimos cuatro años he creído que la muerte de Grace fue un accidente, pero después de ver esas imágenes de Peter Carrington pegándole al policía delante de la casa de los Althorp, he cambiado de opinión. Ese hombre es un psicópata, y puedo imaginarlo cogiendo a Grace cuando se quedó dormida en el sofá, llevándola a la piscina y tirándola. Ojalá pudiera decirle algo que le responsabilizara de su muerte.

—Sí, ojalá —dijo Jeffrey Hammond con firmeza—. Es una desgracia que casi con toda probabilidad Nueva Jersey vaya a abolir la pena de muerte.

Greco se disponía a mostrar su adhesión cuando vio algo que le sorprendió: la angustia en los ojos de Hammond. Con aquel instinto que raras veces le fallaba, Greco concluyó que acababa de descubrir la identidad del hombre que fue el amante de Grace Carrington.

43

Después de la vista, la fiscal me permitió ir a la celda donde retenían a Peter antes de devolverlo a la cárcel.

Seguía con las esposas puestas en las manos y los pies, y estaba de pie en medio de la celda. Tenía la cabeza gacha, los ojos cerrados, y al verlo se me rompió el corazón. Su cuerpo parecía tan delgado que daba la sensación de haber perdido diez kilos en una noche. El cabello despeinado y la barba incipiente destacaban mucho en la palidez de su rostro.

En una esquina de la celda había una taza de váter sucia, y un olor desagradable flotaba en la zona cerrada donde estaba la celda.

Peter debió de notar mi presencia, porque levantó la cabeza y abrió los ojos. Con voz firme, pero con una mirada que imploraba comprensión, me dijo:

—Kay, anoche intenté escapar. Soñé que tenía que encontrar algo, y luego pensé que alguien me atacaba. Kay, anoche le pegué a un policía. Le hice daño. Quizá soy...

Le interrumpí.

—Sé que no estabas intentando huir, Peter. Conseguiremos que lo entiendan.

Peter había dado un paso atrás, como si tuviera miedo de que lo rechazara. Pero entonces avanzó hasta los barrotes y levantó las manos para entrelazar sus dedos con los míos. Me di cuenta de que le habían quitado la pulsera electrónica. «Ya había cumplido su misión», pensé amargamente; había alertado a la policía de que Peter había salido de la finca. Un dinero bien invertido por el estado de Nueva Jersey.

—Kay, quiero que nos divorciemos y que sigas con tu vida.

Ahí fue cuando me vine abajo totalmente, cuando empecé a sollozar sin control, furiosa conmigo misma porque con eso solo empeoraba la situación de mi marido.

—Oh, Peter, Peter... No digas eso, ni siquiera lo pienses.

Él me hizo callar.

—Kay, dentro de nada vendrán a buscarme. Escúchame: no quiero que estés sola en casa. Dile a tu abuela que se instale contigo.

Meneé la cabeza.

—¡No!

Entonces entró el ayudante del sheriff.

—Lo siento, señora Carrington, pero tiene que irse —me dijo.

Intentando aún apagar mis sollozos, le aseguré a Peter:

—Me enteraré de cuándo puedo venir a verte. Yo...

—Kay, tienes que ocuparte de esto inmediatamente. Quiero que le digas a Vincent que contrate a una empresa de seguridad hoy mismo. Quiero que vigilen constantemente la casa. Si no es así, no te quedes sola en ella.

Era la petición de un marido protector. Peter temía que me pasara algo.

Me lo quedé mirando fijamente. El policía apoyó su mano bajo mi codo para acompañarme fuera de la zona de arresto. No me moví. Tenía algo que decir, y me parecía perfectamente adecuado que el policía me escuchase.

—Peter, cuando acabe esta pesadilla voy a montar para ti una fiesta de bienvenida espectacular.

Él me recompensó con una sonrisa triste.

—Oh, Kay... Quiera Dios que llegue a creer que eso podría pasar.

A la mañana siguiente, el equipo de abogados de Peter se reunió en la mansión. Walter Markinson y Conner Banks estaban allí, por supuesto. Los otros dos asesores principales habían llegado en avión: Saul Abramson de Chicago y Arthur Robbins de Boston.

Vincent Slater ocupó su lugar habitual en la mesa del comedor. Los Barr habían dispuesto, como siempre, café, pastitas y botellas de agua en la mesa auxiliar. Todo seguía igual, excepto que Peter no estaba en la cabecera de la mesa. Yo ocupé su lugar.

Si la semana anterior el ambiente estaba cargado, ese día era insoportable. Conner Banks fue el primero en romper el hielo.

—Kay, por si esto le aporta algún consuelo, el informe policial de la otra noche indicaba que Peter estaba desorientado y confuso, que la expresión de su mirada era vacía y que, una vez le hubieron esposado, no reaccionó cuando le dijeron que se moviera. En el coche patrulla Peter preguntó qué había pasado y por qué estaba allí. Incluso dijo: «No se me permite salir de mi propiedad. No quiero meterme en líos». Le hicieron análisis y no hallaron drogas en su organismo, de modo que por lo menos no creen que estuviera actuando.

—No lo hacía.

—Tenemos que conseguir su historial médico completo —dijo Markinson—. ¿Tiene antecedentes de sonambulismo?

Antes de que yo pudiera decir nada, Vincent Slater respondió:

—Sí.

La frente y el labio superior de Slater estaban perlados de sudor. «Los caballos sudan; los hombres transpiran; las damas brillan.» Cuando yo era una adolescente, Maggie solía recitarme ese viejo dicho si llegaba a casa después de un partido de tenis y decía algo sobre el sudor. Recordarlo en ese momento me hizo pensar que era a mí a la que se me iba la cabeza.

—¿Qué sabe acerca del sonambulismo de Peter? —preguntó Markinson a Slater.

—Como usted sabe, llevo trabajando para la familia Carrington desde que me licencié en la universidad. La madre de Peter murió cuando él tenía doce años. En aquella época yo tenía veinticuatro años, y el señor Carrington padre me asignó la tarea de ser una especie de hermano mayor de Peter. En lugar de llevarlo y traerlo con el coche del colegio privado, le llevaba y le ayudaba a instalarse. Cosas así. Cuando Peter tenía vacaciones, su padre solía estar de viaje, y si a Peter no le habían invitado a casa de un amigo, yo le llevaba a esquiar o a navegar.

Escuché, con desazón, la historia del chico para el que contrataron a alguien que se ocuparía de él en aquellos momentos en que la mayoría de los jóvenes volvían con sus familias. Me pregunté si Slater había disfrutado con ese trabajo, o si simplemente le sirvió para congraciarse con el padre de Peter y luego con el propio Peter.

—Esto es algo de lo que jamás habría hablado, excepto ahora, con la esperanza de ayudar a Peter —dijo Vincent—. Fui testigo de al menos tres episodios de sonambulismo.

—¿Qué edad tenía Peter entonces? —Banks disparó la pregunta.

—La primera vez, trece años. Fue aquí, en esta casa. Se había ido a dormir, y yo estaba viendo la tele en la habitación que ahora uso como despacho. Oí un ruido y fui a ver qué pasaba. Peter estaba en la cocina, sentado ante la mesa con un vaso de leche y unas galletas. Su padre me había advertido de que ya había tenido algunos episodios de sonambulismo, y de inmediato me di cuenta de que estaba siendo testigo de uno de ellos. Se bebió la leche, se comió las galletas, dejó el plato y el vaso en la pila, y salió de la cocina. Pasó a unos centímetros de mí sin verme. Le seguí escalera arriba y le vi acostarse de nuevo.

—¿En algún episodio manifestó violencia? —preguntó Conner Banks.

—Durante unas vacaciones escolares, cuando Peter tenía dieciséis años, él y yo fuimos a esquiar a Snowbird. Teníamos una suite de dos dormitorios. Habíamos estado esquiando todo el día, y nos fuimos a dormir a eso de las diez. Cosa de una hora después, le oí moverse por el cuarto y me asomé a su habitación.

Llevaba puesto el equipo de esquiar completo. Me di cuenta de que no debía despertarle, de modo que le seguí para comprobar que no le pasaba nada. Bajó al piso inferior. Aún quedaba gente en el bar, pero él no les prestó atención y salió al exterior. Yo me había puesto una cazadora gruesa sobre el pijama, de modo que le seguí... descalzo. Sus esquís estaban guardados en un armario con llave, pero él llevaba la llave y los sacó.

—¿Sacó los esquís estando dormido? —preguntó Markinson, incrédulo.

—Sí. Luego caminó hacia el telesilla. No podía dejar que se fuera. Sabía que el telesilla estaba cerrado, pero no sabía lo que era capaz de hacer. Recuerden que yo iba descalzo. Corrí tras él y le llamé por su nombre.

Tenía miedo de oír lo que Vincent estaba a punto de decir.

—Peter se dio la vuelta y me atacó del mismo modo que atacó al policía anoche. Logré hacerme a un lado, pero la punta de su esquí me golpeó en la frente, justo encima del ojo —dijo Slater, señalándose una cicatriz sobre el ojo izquierdo—. Esta cicatriz es la prueba de lo que pasó esa noche.

—Después de eso, ¿hubo algún episodio más de sonambulismo? —Esta vez la pregunta la formuló Arhtur Robbins, el abogado procedente de Boston.

—Que yo sepa, no. He contado esto porque quizá señale un patrón que podría resultar útil para la defensa de Peter.

—¿Lo trató un médico después de ese incidente en la estación de esquí? —preguntó Conner Banks.

—Sí, un doctor ya mayor del Englewood Hospital. Eso fue hace veinticinco o veintiséis años, así que dudo que siga vivo, pero quizá sus archivos médicos se conserven en alguna parte.

—Por lo que sé del tema, el sonambulismo es más frecuente en los hombres y empieza durante la adolescencia —dijo Markinson—. No obstante, no estoy seguro de que contarle a la fiscal que Peter tuvo un episodio violento de sonambulismo hace veintiséis años pueda ayudar a nuestro cliente.

—Hubo otro episodio la semana pasada —intervine yo—. Fue justo después de que Peter volviera a casa tras la primera vista incoatoria.

Les expliqué que se acostó un rato y que, cuando fui a ver cómo estaba, lo encontré de pie delante de una maleta abierta y llena parcialmente de ropa, encima de la cama.

No les hablé del episodio de sonambulismo que tuvo la noche que volvimos de nuestra luna de miel. No podía expresar con palabras el hecho de que tuviera el brazo metido en la piscina como si estuviera empujando o sacando un objeto. Razoné que estábamos pagando generosamente a los abogados por defender a mi esposo, pero también que mi información podría llevarles a pensar que había sido responsable de la muerte de Grace.

Temía que, aunque trabajasen para conseguir su absolución, lo creyeran culpable.

44

—Los abogados se quedan a almorzar —dijo Jane Barr a su marido cuando este volvió de hacer los recados que le había encargado—. ¿No crees que después de tres horas seguidas ya es suficiente? La señora Carrington tiene un aspecto horrible. Me temo que esa chica se está poniendo enferma.

—Ha tenido que soportar mucha presión —afirmó Gary Barr mientras colgaba el abrigo en el armario situado junto a la puerta de la cocina.

—He preparado caldo de pollo —dijo Jane innecesariamente. El aroma a pollo, cebollas y apio inundaba la cocina—. Hornearé unas galletas y prepararé una ensalada y queso. Ninguno de ellos es vegetariano.

Gary Barr conocía a su mujer. Durante las dos últimas semanas, desde que se descubrieron los restos de Susan Althorp, Jane había estado atando cabos. La observó mientras se acercaba a la pila y limpiaba la lechuga. Se puso detrás de ella.

—¿Te encuentras bien? —preguntó con timidez.

Jane se dio la vuelta; su rostro crispado por la culpabilidad y la ira.

—En este mundo nunca ha habido un ser humano tan bueno como Peter Carrington, y ahora mismo está en la cárcel porque...

—No lo digas, Jane —ordenó Gary Barr, ahora era su rostro

el que reflejaba ira—. No lo digas y no lo pienses. Porque no es cierto. Te juro por mi alma que no es cierto. Me creíste hace veintidós años. Harías bien en seguir creyéndome ahora, porque, si no, podríamos acabar viviendo bajo el mismo techo que Peter Carrington, y no me refiero a esta casa.

45

—En el archivo no encontré ninguna mención a la revista que Grace Carrington había estado leyendo justo antes de su muerte —dijo Nicholas Greco a Barbara Krause mientras tomaba asiento en el despacho de esta.

—Por lo que sé, la tiraron —contestó Krause—. Grace había arrancado una página para acordarse de pedir entradas para un espectáculo de una sola actriz que acababa de estrenarse en Broadway.

—Sí, eso creo. Me he reunido con los Hammond, la pareja que estuvo en la cena aquella noche, y hablamos de eso.

—Nosotros les interrogamos en su momento —añadió Krause—. En sus declaraciones, ambos confirmaron que Grace había estado bebiendo y que Peter llegó a casa y montó una escena. Los Hammond se fueron poco después de eso. Es una lástima que durante años Philip Meredith no nos dijera que Grace estaba liada con otro hombre, aunque ella nunca le revelase su nombre.

Greco tenía claro que Barbara Krause no compartía su sospecha de que Jeffrey Hammond hubiera sido «el otro hombre» con el que Grace había pensado casarse, y en ese sentido no tenía nada que compartir con ella. No había necesidad de involucrar a Hammond en ese asunto. Por lo menos todavía no. Suponía que aquel hombre ya estaría viviendo su propio infierno si creía que Peter Carrington se había enterado del asunto y que ese conocimiento podría haber añadido un motivo más para matar a su esposa.

—El señor Hammond está completamente seguro de que la revista estaba sobre la mesa cuando se fueron —dijo Greco a Krause—. Esta mañana me tomé la libertad de telefonear a la señora Barr, el ama de llaves. Ella recuerda claramente que no tiró la revista, y dice que ella y su marido se retiraron a su casa antes de que los Hammond se marchasen. Por la mañana, fue ella la que encontró el cuerpo de Grace en la piscina. Llamó al 911 antes incluso de despertar a Peter Carrington.

—Carrington tuvo tiempo de deshacerse de la revista antes de que llegara el coche patrulla, pero ¿qué sentido tendría hacerlo? —preguntó Krause—. Sería de lo más fácil conseguir otro ejemplar. No entiendo qué significa esto.

Greco se dio cuenta de que la fiscal empezaba a enojarse. Se puso en pie inmediatamente.

—No pretendo robarle más tiempo —dijo—. Solo quería estar seguro de haber entendido bien los hechos.

—Por supuesto. —Krause se levantó y le tendió la mano—. Señor Greco, ha sacado usted un conejo de la chistera. No me importa decirle que estamos siguiendo todas las pistas posibles para localizar al amante de Grace Carrington. En caso de que lo encontremos, su testimonio no será suficiente para acusar a Carrington del asesinato de Grace, pero está claro que le dará un buen motivo. Cuanto más sepamos de esta situación, más posibilidades tendremos de que Peter confiese y podamos negociar una sentencia.

«Todo esto no tiene que ver con quién era el amante —pensó Greco—. Tiene que ver con la revista.» Había ido al despacho de Krause por un solo motivo: confirmar que la revista había desaparecido justo antes o después de que Grace Carrington se hubiese ahogado.

46

«En este momento Kay me necesita muchísimo, pero se está distanciando de mí —pensó Maggie mientras daba vueltas sin rumbo fijo en torno a la casa—. Si me hubiera hecho caso y no se hubiese casado con Peter Carrington... Gracias a Dios que está en la cárcel, allí no puede hacerle daño. Me pone enferma ver la grabación que le hizo la policía cuando estaba frente a la casa de los Althorp, y sobre todo cómo saltó y agredió a aquel agente. Espero que lo tengan encerrado el resto de su vida.

»Son las nueve en punto. Kay suele levantarse temprano... La llamaré. Ayer, cuando le telefoneé estaba con los abogados, pero luego no me devolvió la llamada.»

Angustiada por la distancia creciente entre ella y su nieta, Maggie marcó el número del móvil de Kay. No hubo respuesta. «Quizá vuelva a estar con los abogados —pensó—. Probaré a llamar al fijo.» Esta vez respondió Jane Barr.

—La señora Carrington se ha quedado en la cama esta mañana —anunció—. Subí para asegurarme de que estaba bien, y me dijo que no había pasado buena noche. Los abogados no vendrán hoy.

—Dígale que, tanto si le gusta como si no, iré a cenar —dijo Maggie con firmeza.

Mientras colgaba el auricular, sonó el timbre de la puerta. A través del cristal pudo ver a dos hombres. Cuando la vieron, ambos levantaron las placas que los identificaban como detectives de la oficina del fiscal.

A regañadientes, Maggie abrió la puerta y les invitó a entrar.

—Señora O'Neil —comenzó amablemente el detective de más edad—, sabemos que cuando Jonathan Lansing desapareció, los muebles de su casa fueron trasladados aquí. Por casualidad, ¿no habría archivos de su despacho entre las cosas que se trajeron? Y, caso de ser así, ¿aún los conserva?

Maggie pensó en su desván atestado de trastos.

—Doné toda su ropa —dijo, esquiva—. Los muebles los aproveché. Eran mejores que los míos y, después de todo, Kay, su hija, vivía conmigo. Contribuyeron a darle un hogar mejor.

«Me pregunto si creen que robé los muebles —pensó inquieta—. Quizá debería haber pagado algún impuesto.»

—Por supuesto, es fácil entenderlo —dijo el detective más joven con tono tranquilizador—. ¿Había entre esas cosas algún registro laboral o archivos personales de Jonathan Lansing que haya conservado?

—Eso mismo me preguntó Kay. Uno de esos archivadores viejos, de acero y con tres cajones, que estaba en la habitación que Jonathan usaba como despacho, está ahora en el suelo del desván, con mi sofá viejo encima. Kay dice que vendrá a echarle un vistazo, pero tendré que llamar a alguien fuerte para que despeje la habitación y quede sitio para el sofá; y luego tendrá que poner de pie el archivador.

—Si nos permite examinar el contenido de ese archivador, será un placer colocarlo donde a la señora Carrington le resulte accesible. No está obligada a darnos su consentimiento, pero nos gustaría verlo.

—No veo que haya nada malo en ello —dijo Maggie.

Condujo a los detectives al piso de arriba, donde se disculpó por el desorden y el polvo.

—Siempre tengo intención de subir y deshacerme de muchas cosas —explicó mientras, con un pequeño esfuerzo, ellos despejaban la zona en torno al archivador y lo ponían de pie—, pero ya saben lo que suele pasar. Para algunas cosas nunca llega el momento. Kay dice que lo guardo todo, y tiene razón.

Los detectives no respondieron. Cada uno había cogido una carpeta del cajón superior y hojeaba el contenido.

Maggie los observaba cada vez menos tranquila, preguntándose si habría hecho lo correcto al dejarles subir. «Quizá tendría que haberlo consultado con Kay —pensó—. No quiero darle otro motivo para que se enfade conmigo. Por otra parte, si Peter Carrington mató a su padre, y esta gente descubre alguna prueba, sería una locura que Kay desperdiciase un solo minuto más preocupándose por su marido.»

—Mira esto —dijo el detective mayor a su compañero al tiempo que le entregaba un papel. Era una copia de una nota y de un esbozo de un paisaje que Jonathan Lansing había enviado a Peter Carrington. La nota decía:

> Querido Peter:
> Me parece una lástima no acabar el proyecto. Como seguramente ya sabes, tu padre y yo hablamos de trazar un diseño sencillo para los terrenos del otro lado de la verja. Dado que ya no trabajo para él, y dado que creo que la señora Elaine Carrington no quiere que mantenga el contacto con tu padre, me preguntaba si serías tan amable de entregarle este diseño. Incluyo la tarjeta de un paisajista al que conozco y que podría ejecutar este proyecto de acuerdo con las especificaciones de tu padre.
> He disfrutado mucho de nuestras conversaciones, y te deseo lo mejor.
>
> JONATHAN LANSING

Mientras el detective joven leía la nota, el de más edad miró a Maggie y le dijo:

—Nunca se disculpe por guardar demasiadas cosas, señora O'Neil.

47

Conner Banks estaba sentado a la mesa frente a su cliente, en la pequeña habitación reservada para las charlas entre los abogados y los reos de la cárcel del condado de Bergen. Había sido el miembro del equipo de abogados elegido para repasar con Peter Carrington las opciones de que disponían.

—Peter, la situación a la que nos enfrentamos es la siguiente —dijo—. Las buenas noticias son que aunque ha sido una «persona de interés» en la muerte de su primera esposa, Grace, ese es un tema aparte. No podrán sacarlo a colación en este juicio porque no pueden conectarlo con las muertes anteriores. Sin embargo, los restos de Susan Althorp y de Jonathan Lansing se descubrieron en los terrenos de su finca, y eso significa que la fiscalía intentará relacionar los casos. Aun así, lo esencial es que creemos que no podrán demostrar su culpabilidad más allá de una duda razonable.

—¿Dónde estaría la «duda razonable» con todo lo que tengo en contra? —preguntó Peter con voz tranquila—. Soy la última persona que vio a Susan Althorp viva. María Valdez testificará que la camisa que yo juré poner en el cesto de la colada nunca estuvo allí y que mi padre le pagó para que mantuviese la boca cerrada. Ahora me dice que el padre de Kay me envió una nota con un boceto paisajístico, un diseño para la zona que queda al otro lado de la verja, donde encontraron el cuerpo de Susan. Si yo hubiera sido culpable de la muerte de Susan, habría estado aterrorizado, porque realizar ese proyecto habría supuesto que encontrarían su cuerpo. Eso me daría un motivo para librarme de Jonathan Lansing. No veo ninguna salida a esta situación.

—Peter, estoy de acuerdo con que las cosas pintan mal, pero escúcheme. Alguien pudo haber interceptado esa carta. No tienen ninguna prueba de que usted la recibiera.

—Tienen pruebas de que mi padre le dio cinco mil dólares a María Valdez.

—Peter, respecto al tema de si la camisa estaba o no en el cesto, es su palabra contra la suya, y no olvide que María Valdez está negando su primera declaración, que hizo bajo juramento. Los jurados se muestran escépticos con quienes cambian su testimonio. Y sí, su padre le dio un cheque, pero buscaremos otros casos que demuestren su generosidad espontánea para demostrar que pudo sentir compasión y ayudar a María porque ella le dijo que su madre estaba enferma.

—El jurado no se lo creerá —dijo Peter.

—Peter, recuerde que solo tenemos que conseguir que uno de los miembros del jurado dude de su culpabilidad lo suficiente para tener un jurado dividido. Si no logramos la exculpación total, al menos le aseguro que eso podremos conseguirlo.

—Un jurado dividido... No es esperar mucho.

Peter Carrington miró a los ojos a su abogado, apartó la vista y luego, haciendo un esfuerzo evidente, volvió a mirarlo.

—No me creía capaz de ejercer la violencia contra un ser humano —dijo eligiendo con cuidado cada palabra—. Lo que le hice a ese agente de policía me demostró lo contrario. ¿Le ha contado Vincent Slater que cuando yo tenía dieciséis años le agredí?

—Sí.

—¿Qué pasaría si, a pesar de todos sus esfuerzos, no consigo un jurado dividido y no me absuelven?

—En ese caso, la fiscalía pediría, y seguramente conseguiría, dos cadenas perpetuas consecutivas. Nunca saldría de la cárcel.

—Supongamos que me relacionan de alguna manera con la muerte de Grace. ¿Qué me pasaría entonces?

—Sin duda, le caería otra cadena perpetua. Pero, Peter, no hay manera de demostrar que la mató.

—Conner, hágame caso. Lo de «no hay manera» ya no vale. Hasta ahora he creído en mi inocencia a pie juntillas. Ya no estoy tan seguro. Sé que nunca haría daño voluntariamente a otro ser humano, pero a ese policía le hice bastante daño la otra noche. Hace años le hice algo parecido a Vince. Quizá también lo haya hecho en otras ocasiones.

Conner Banks sintió que se le secaba la boca.

—Peter, no tiene que responder a la siguiente pregunta, piénselo bien antes de hacerlo. ¿Cree realmente que en un estado alterado de conciencia podría haber matado a Susan Althorp y a Jonathan Lansing?

—No lo sé. La otra noche pensaba que estaba buscando el cuerpo de Susan en el césped de la casa de sus padres. Tenía que asegurarme de que estaba muerta. ¿Era un sueño o estaba reviviendo algo que pasó? No estoy seguro.

Banks había visto la expresión de Carrington en el rostro de otros clientes, personas que sabían que, casi con total seguridad, se enfrentaban a pasar el resto de su vida en la cárcel.

—Hay algo más —dijo Peter bajando la voz y titubeando—. ¿Les ha dicho Kay que la noche que volvimos de nuestra luna de miel me vio sonámbulo junto a la piscina, con el brazo metido en el agua, debajo de la lona?

—No, no lo contó.

—De nuevo, puede que solo fuera una pesadilla, o puede que estuviese repitiendo algo que pasó de verdad. No lo sé.

—Peter, en el tribunal nada de esto saldrá a la luz. Plantearemos el caso para obtener una duda razonable.

—¡Olvídese de la duda razonable! Quiero que mi defensa se base en que, si cometí esos crímenes, estaba sonámbulo y no era consciente de lo que hacía.

Banks lo miró fijamente.

—¡No! ¡Ni hablar! Con esa defensa no tendría ninguna puñetera posibilidad de que le absolvieran. Sería como entregarle su cabeza a la fiscal en una bandeja.

—Y yo le digo que no tengo ninguna puñetera posibilidad de que me absuelvan con la defensa que están preparando. Aunque la hubiera, mírelo desde mi punto de vista. Mi juicio aparecerá en todos los medios de comunicación. Tenemos la oportunidad de que el mundo entienda que, si una persona padece sonambulismo, y comete un crimen sin saber lo que hace, no es responsable de ello.

—¡No puede hablar en serio!

—Nunca en toda mi vida he hablado más en serio. He pedido a Vince que examine las estadísticas. Según la ley británica y la canadiense, un crimen cometido durante un episodio de sonambulismo se denomina «automatismo no insano». Según el sistema legal de esos países, un acto no hace a un hombre culpable a menos que su mente sea culpable. Si en el momento del delito existe una falta de control mental, de tal modo que el delito se hubiera realizado de forma automática, la ley permite basar la defensa en ese automatismo.

—Peter, escúcheme. Puede que eso sea cierto en la ley británica y la canadiense, pero aquí las cosas no funcionan así. Si me presentara ante el tribunal con esa defensa, sería un estúpido. En este país tenemos dos casos en los que se acusó a dos hombres de haber matado, durante una crisis de sonambulismo, a dos personas a las que querían mucho. Uno de ellos mató a golpes a su mujer y luego arrojó su cuerpo a la piscina. El otro condujo durante kilómetros hasta llegar a la casa de sus suegros. Se llevaba muy bien con ellos, pero estaba sometido a mucho estrés. Golpeó brutalmente a su suegro y apuñaló a su suegra hasta matarla. Se despertó cuando regresaba a su casa, se dirigió a la comisaría más cercana y dijo que debía de haber sucedido algo terrible, porque estaba cubierto de sangre y tenía el vago recuerdo de haber visto el rostro de una mujer.

—Vince ya me habló de esos casos, Conner. No olvide que he

sido una «persona de interés» desde que tenía veinte años. Aunque me absolvieran, todo el mundo me trataría como el desgraciado que se burló del sistema y se libró a pesar de haber matado a alguien. No podría seguir viviendo así. Si no me defiende sobre esa base, encontraré a alguien que lo haga.

Tras un largo silencio, Banks preguntó:

—¿Ha hablado de esto con Kay?

—Sí.

—Supongo que ella está de acuerdo...

—A regañadientes, pero sí. Y también está de acuerdo en otra condición.

—¿Cuál?

—Dejaré que esté conmigo durante el proceso judicial. Pero después de que me condenen, sé que eso es lo que probablemente sucederá, se divorciará de mí y empezará una vida nueva por su cuenta. Si no hubiera estado de acuerdo en eso, le habría negado el derecho a volver a visitarme.

48

Quizá suene extraño, pero, pasados los dos primeros días, agradecí estar sola por la noche. Si Peter no podía estar conmigo, prefería estar sola. En Jane y Gary Barr había algo que me ponía nerviosa. Jane siempre estaba pendiente de mí. Sabía que le preocupaba verme tan abatida, pero no me gustaba sentirme observada como un insecto bajo un microscopio.

Después de la visita de los detectives, Maggie vino a casa corriendo y llorando, e intentó explicarme que jamás les habría permitido subir al desván si se le hubiera ocurrido que eso me iba a molestar.

Le debo demasiado, y la quiero demasiado, para hacer que se sintiera peor de lo que ya se sentía. Tal como me explicaron los abogados, aunque mi padre había dirigido la carta a Peter, no había ninguna prueba de que no la hubiese abierto otra persona. Durante el registro de la casa encontraron otra copia de aquel boceto en los archivos de mi padre.

Conseguí tranquilizar a Maggie diciéndole que no la estaba evitando, y logré que comprendiera por qué no podía permitir que viviese conmigo. Al final admitió que estaría más a gusto en su propia casa, en su propia butaca, en su propia cama. Le dije que yo estaba segura en la mansión: siempre había guardias de seguridad en la puerta y recorriendo a pie los terrenos. Nada dijimos acerca del hecho de que, como Peter estaba en la cárcel, ella no tenía que temer por mi seguridad personal.

Mis visitas a Peter me rompían el corazón. Se estaba convenciendo hasta tal punto de que era culpable de las muertes de Susan y de mi padre que empezó a adoptar una actitud de desapego frente a su propia defensa. El gran jurado había decidido acusarle de los dos asesinatos, y el juicio se había fijado para octubre.

Los abogados, sobre todo Conner Banks, se reunían con él en la cárcel, de modo que yo los veía menos que antes. Empecé a saber de las personas con las que había trabajado en la biblioteca, y de otros amigos, tanto de la zona como de Manhattan. Todos tenían mucho cuidado cuando hablaban conmigo, se mostraban solícitos pero incómodos, sin saber qué decir.

«Kay, siento tanto lo de tu padre... Hubiera asistido al funeral de haber sabido dónde se celebraba...»

«Kay, si hay algo que pueda hacer, no sé, tal vez te apetezca salir a cenar o ir al cine...»

Yo sabía lo que cruzaba por la mente de aquellas buenas personas: es difícil abordar este tipo de cosas desde un punto de vista racional. Yo era la señora Carrington, esposa de uno de los hombres más ricos del país, y era también la señora Carrington, esposa de un doble —o quizá incluso triple— asesino.

Di largas a todas las propuestas de quedar con gente. Sabía que incluso un sencillo almuerzo resultaría incómodo para todos. Glenn era la única persona a la que lamentaba no ver. Habló con tanta naturalidad cuando me llamó...

—Kay, debes de estar pasando un calvario —dijo.

Una vez más, fue bonito oír su voz. No quise fingir.

—Sí, la verdad es que sí.

—Kay, puede que suene estúpido, pero he estado intentando imaginar qué haría si estuviera en tu lugar. Y tengo la respuesta.

—¿Y?

—Cenar con un viejo amigo como yo. Mira, sé que eso es lo que siempre he sido para ti, y está bien. Tú serás la que lleve la conversación.

Y lo decía en serio. Glenn sabía que para mí nunca hubo un «nosotros». En realidad, imagino que para él tampoco lo hubo. Yo seguía pensando lo mismo. Me hubiera encantado salir a cenar con él, pero intenté imaginar cómo me sentiría si estuviera en el lugar de Peter y me enterase de que mi esposo se había ido a cenar con una antigua novia...

—Glenn, suena de maravilla, pero no es buena idea —dije, y luego me sorprendí a mí misma añadiendo—: al menos aún no.

¿En qué momento comencé a creer que Peter tenía razón, que había cometido los crímenes de que le acusaban mientras estaba sumido en un estado alterado de conciencia? Empecé a razonar que, si él lo creía, ¿cómo podía no aceptarlo yo? Y, por supuesto, pensar eso me partía el alma en dos.

Imaginé a mi padre durante las últimas semanas de su vida. Perfeccionista como era, debía de haber estado ansioso por ver acabada la parte pendiente de su diseño para la finca de los Carrington, incluso aunque no pudiera terminarlo él.

Según el informe policial, le golpearon tan fuerte en la cabeza, que tenía el cráneo hundido. ¿Fue Peter quien levantó algún objeto pesado y le propinó el golpe?

Entonces me vinieron a la mente buenos recuerdos de mi padre, recuerdos que siempre había intentado alejar porque creía que me había abandonado.

Recuerdos como: mañanas de domingo cuando, después de la iglesia, me llevaba a Van Saun Park para dar un paseo en poni.

... Los dos cocinando juntos en la casa. Él diciéndome que Maggie no sabía cocinar y que mi madre tuvo que aprender algunas recetas para sobrevivir. «Papá, Maggie sigue sin saber cocinar», pensé.

... La nota que le escribió a Peter: «He disfrutado mucho de nuestras conversaciones, y te deseo lo mejor».

... Aquel día en que me colé en esta casa y subí a la capilla.

Durante ese tiempo sola, subía a la capilla casi todos los días. No había cambiado. Allí estaba la misma estatua desportillada de la Virgen María, la mesa que debió de servir de altar y las dos filas de bancos. Compré una vela eléctrica para ponerla a los pies de la imagen. Me sentaba allí durante diez o quince minutos, medio rezando, medio recordando la breve discusión que había oído aquel día, hacía veintidós años y medio.

Fue allí donde empezó a echar raíces una posibilidad en mi mente. Nunca se me había ocurrido que Susan Althorp podía haber sido la persona a la que oí pedir dinero. Su familia era rica. Siempre había leído que ella tenía una fortuna a su nombre.

Pero ¿y si hubiera sido Susan? Entonces, ¿quién era el hombre que le espetó: «Esa es la misma canción de siempre»? Cuando ella se fue de la capilla, el hombre silbó las últimas notas de la canción. Aunque yo era una cría, me di cuenta de lo furioso que estaba.

Fue en aquella capilla donde echó raíces mi desesperada esperanza de que quizá pudiera encontrar una respuesta que resolviera los crímenes de los que se acusaba a Peter.

Tenía miedo de que Peter intuyera lo que estaba pensando. Si me creía, y se convencía de que era inocente, su siguiente pensamiento sería que el verdadero culpable podía seguir cerca. Y entonces empezaría a preocuparse por mí.

Tal como estaban las cosas, aunque Peter colaboraba activamente preparando su propia defensa, me daba cuenta de que los abogados le habían convencido de que era inútil esperar otra cosa que no fuera un veredicto de «culpable». Durante mis visitas, me animaba a que me distanciase de él, a que me divorciara. «Kay, en cierto modo estás tan prisionera como yo —decía—. Sé perfectamente que no puedes ir a ninguna parte sin que la gente te mire y hable de ti.»

Le quería tanto... Estaba encerrado en una celda diminuta y se preocupaba de que yo me refugiara en una mansión. Le recordé que teníamos un trato. Podía visitarle en la cárcel y estar con él durante el juicio. «Así que no estropees el poco tiempo que podemos pasar juntos hablando de que te abandone», le dije. Por supuesto, yo no tenía ninguna intención de cumplir mi parte del trato. Si le condenaban, yo sabía que jamás me divorciaría de él, ni le abandonaría, ni dejaría de creer en su inocencia.

Pero él no dejaba de sacar el tema.

—Por favor, Kay, te lo ruego, sigue con tu vida —me dijo durante una visita a finales de febrero.

Yo tenía algo que decirle, algo que había descubierto hacía unos días, y quería encontrar un buen momento para contárselo. Entonces me di cuenta de que nunca habría un buen momento, pero que ese era el momento correcto.

—Estoy siguiendo con mi vida, Peter —aseguré—. Vamos a tener un bebé.

49

El trabajo a tiempo parcial que Pat Jennings había aceptado en la Walker Art Gallery la había hecho famosa. Ahora que Peter Carrington no solo estaba acusado de asesinato, sino que aparecía en un vídeo saltándose las condiciones de la fianza y agrediendo a un policía, todos los amigos de Pat estaban ansiosos por enterarse de los chismorreos que pudiera contarles sobre cualquier miembro de la familia Carrington.

Pat guardaba silencio absoluto excepto con Trish, su mejor amiga durante los últimos veinte años. Cuando estudiaban en la universidad les asignaron el mismo dormitorio, y les pareció muy divertido que cada una hubiera optado por que la conociesen con una variante del nombre que compartían, Patricia.

Trish trabajaba en las oficinas del selecto centro comercial Bergdorf Goodman, situado en la Quinta Avenida con la calle Cincuenta y siete, a solo una manzana de la galería. Una vez a la semana, las dos mujeres se reunían para un almuerzo rápido y, con absoluta confianza, Pat la ponía al día de los últimos rumores de los que se había enterado.

Le contó que le parecía que Richard Walker tenía una relación amorosa con una joven artista novel, Gina Black.

—Le organizó un cóctel en la galería y fueron cuatro gatos. Cuando ella entra en la galería me doy cuenta de que está loca por él. Lo siento por ella, porque apuesto a que la cosa no dura.

Por lo que él comenta, creo que ha tenido un montón de novias. Piensa que se casó dos veces y que ninguno de los dos matrimonios le duró lo suficiente para cambiar los manteles. Seguro que sus esposas se cansaron de ver que era un donjuán y un ludópata.

A la semana siguiente, Pat habló de Elaine Carrington.

—Richard me ha dicho que su madre pasa la mayor parte del tiempo en su apartamento de Nueva York. Está resentida porque cree que Kay, la nueva esposa de Peter Carrington, no quiere que vaya a la mansión a menos que ella la invite.

»No creo que Richard haya ido mucho a Nueva Jersey —prosiguió—. Me dijo que entiende lo difícil que debe de ser para Kay, sabiendo que casi con toda probabilidad su marido mató a su padre, aunque no lo recuerde. Richard me dijo que cree que debió de pasar lo mismo que cuando Peter agredió al policía. Bueno, las dos hemos visto el vídeo en la tele. Estaba claro que Peter Carrington estaba totalmente fuera de sí. Daba miedo.

—Desde luego —asintió Trish—. ¡Qué triste casarse con un tío con tanto dinero y luego enterarse de que está pirado! Aparte de esa artista, ¿tiene alguna pista nueva sobre la vida amorosa de Richard?

—Bueno, hay algún indicio, sí, pero no estoy segura de que sea nada nuevo. Hay una mujer que le ha estado llamando; debe de ser una de sus ex. Se llama Alexandra Lloyd.

—Alexandra Lloyd..., un nombre curioso —comentó Trish—. A menos que se lo haya inventado. Quizá se dedique al espectáculo. ¿La has visto alguna vez?

—No. Apuesto a que es artista. De todos modos, él pasa de sus llamadas.

Tres días después, como Pat Jennings no podía aguantar hasta la siguiente reunión con Trish, la telefoneó.

—Richard está hecho polvo —susurró al auricular—. Sé que ha perdido dos grandes sumas en las carreras. Su madre vino a verlo esta mañana. Cuando llegué, estaban en su despacho, con la puerta cerrada, ¡y no veas la que tenían liada! Él le decía que necesitaba dinero, y ella le gritaba que no tenía. Entonces él dijo algo sobre que ella sabía perfectamente de dónde sacarlo, y ella gritó: «¡Richard, no me hagas recurrir a eso!».

—¿Y qué quería decir? —preguntó Trish, sin aliento.

—No tengo ni idea —admitió Pat—, pero me encantaría saberlo. Si lo descubro, te llamo.

50

La enfermera que recibió a Nicholas Greco en la puerta del dormitorio de Gladys Althorp le rogó que no se quedara mucho rato.

—Está muy débil —le dijo—. Hablar la cansa.

La enfermera reposaba en una cama de hospital que habían colocado al lado de la enorme cama de su dormitorio. Tenía las manos sobre la colcha, y Greco se dio cuenta de que no llevaba la alianza que siempre le había visto.

«¿Tiene los dedos demasiado delgados para evitar que la alianza se le caiga, o es un último rechazo hacia su marido?», se preguntó Greco.

Gladys Althorp tenía los ojos cerrados, pero los abrió un instante después de que Greco llegase al lado de la cama. Sus labios se movieron, y su voz era muy débil cuando le saludó.

Greco fue directo al grano.

—Señora Althorp, no quería molestarla, pero hay algo que me gustaría investigar. Podría tener que ver con quién ayudó a Peter Carrington a ocultar el cuerpo de Susan.

—Oí las sirenas de la policía la noche que vino aquí. Le pedí a la enfermera que me llevase hasta la ventana. Les vi arrastrándolo hasta el coche... y... —El pecho de Gladys Althorp empezó a subir y bajar bruscamente debido al esfuerzo para respirar.

La enfermera acudió presurosa a su lado.

—Señora Althorp, por favor, no intente hablar. Limítese a respirar despacio.

«No debería haber venido», pensó Greco. Puso la mano sobre la de la enferma, muy pálida, y le dijo:

—Lo siento muchísimo. No debería haberla molestado, señora Althorp.

—No se vaya. Ha venido para algo. Cuénteme.

Greco sabía que lo mejor era ser directo.

—Me gustaría mucho saber los nombres de las mejores amigas de su hija, aquellas con las que iba a las fiestas cuando el embajador Althorp les proporcionaba un chófer.

Si a Gladys Althorp le sorprendió la pregunta, no lo demostró.

—Eran tres. Fueron a la Elisabeth Morrow School con Susan.

La señora Althorp hablaba más despacio, dándose tiempo para respirar hondo entre cada palabra.

—La mejor amiga de Susan era Sarah Kennedy. Se casó con Stuart North. Vernie Bauer y Lenore Salem eran las otras dos. Me temo que no puedo... —Suspiró y cerró los ojos.

—Señor Greco, creo firmemente que no debe hacerle más preguntas —dijo la enfermera.

«Ahora Susan tendría solo cuarenta años», pensó Greco. Las otras chicas debían de ser de la misma edad, año más o menos. Calculó que sus padres tendrían entre sesenta y tantos y setenta y tantos años. Quería preguntar a la madre de Susan si las familias de aquellas mujeres seguían viviendo en la zona, pero en lugar de ello asintió a las palabras de la enfermera y se dio la vuelta para irse. Entonces vio que Gladys Althorp volvía a abrir los ojos.

—Esas chicas estuvieron en el funeral de Susan —dijo Gladys Althorp. Las comisuras de sus labios se curvaron en un intento de sonrisa—. Solían llamarse las cuatro mosqueteras...

—Entonces, ¿aún viven por aquí? —preguntó Greco rápidamente.

—Sarah sí. Cuando se casó con Stuart, compraron la casa de al lado. Aún viven en ella.

Cuando Greco salió de la casa de los Althorp, dudó que volviera a ver a Gladys Althorp. Por una parte, se sentía fatal por haberla molestado incluso aquellos breves minutos. Sin embargo, por otra, cada vez le producía más inquietud la facilidad con que las piezas habían encajado, y eso le hacía pensar que había piezas importantes del puzle que aún no estaban en su lugar.

Algunos hechos sueltos habían empezado a llamar su atención. Había llegado a la conclusión de que Peter Carrington tuvo que contar con ayuda para ocultar el cuerpo de Susan hasta que los perros acabaran su búsqueda.

Y si Peter mató a Jonathan Lansing, tuvo que contar con alguien que le siguiera hasta aquel lugar cerca del Hudson donde dejó el coche de Lansing.

Y el ejemplar desaparecido de la revista *People*, que había estado sobre la mesa la noche en que murió Grace Carrington, tenía su importancia. Greco creía que sabía lo que había pasado. Nancy Hammond vio a Grace arrancar una página de la revista. Su esposo, Jeffrey, afirmó que no la había visto hacerlo. Nancy Hammond comentó que en aquel instante la atención de los otros invitados se centró en la llegada repentina de Peter a casa. «Cree que es la única que vio a Grace arrancar la página y metérsela en el bolsillo», pensó Greco.

Quien se llevó luego la revista, ¿creía que la página seguía dentro?

Si era así, eso respondería un montón de preguntas.

Sin embargo, abriría también un nuevo interrogante. Peter Carrington no sabía nada de la revista. Según el testimonio de todos ellos —Elaine, su hijo Richard, Vincent Slater y los Hammond—, después de quitarle la copa a Grace y reprenderla por su conducta, Peter subió directamente al piso de arriba.

Greco miró el reloj: eran las cinco en punto. Cogió el móvil y marcó el número de Información. Había temido que el número de teléfono de Stuart y Sarah North no figurase en el listín, pero sí estaba. Una voz grabada dijo: «Estamos marcando el 201-555-1570 para usted. Si desea enviar un mensaje de texto... ».

En casa de los North descolgaron tras el segundo timbrazo. El tono de voz de la mujer que respondió era cálido. Greco se presentó y le explicó que acababa de visitar a Gladys Althorp.

—Me contrató para reabrir la investigación sobre la muerte de Susan. ¿Es usted Sarah Kennedy North?

—Sí. Y usted debe de ser el investigador que localizó a la doncella. El embajador nos habló de usted.

—Quizá sea una petición imposible, pero estoy en mi coche, justo delante de casa de los Althorp. Sé que usted vive en la puerta de al lado. ¿Podría hacerle una visita de unos pocos minutos? La señora Althorp me dijo que usted es la mejor amiga de Susan. Me gustaría mucho hacerle algunas preguntas sobre ella.

—Yo *era* la mejor amiga de Susan. Por supuesto que puede venir. La primera casa a la derecha de la de los Althorp.

Tres minutos después, Nicholas Greco subía por el camino de entrada a la casa de los North. Sarah North le estaba esperando con la puerta entreabierta.

Era una mujer alta, tenía los ojos bastante separados, cabellos pelirrojo oscuro, y la complexión propia de una atleta. Iba vestida de manera cómoda, con un suéter y unos tejanos. La cálida sonrisa con la que le invitó a entrar en el estudio que había junto al vestíbulo parecía sincera. La impresión inmediata que tuvo Greco acerca del interior de la casa era que la habían amueblado con gusto y dinero.

—Mi marido no llega a casa hasta las seis y media —explicó Sarah cuando se sentó en el sofá y señaló a Greco la silla que estaba al lado—. Su despacho está en el centro de Manhattan, e insiste en ir y volver en coche. Estoy segura de que usted sabe lo que se tarda en las horas punta.

—Creo que a principios del siglo xx a Englewood se la conocía como «el dormitorio de Wall Street».

—Es verdad, y hasta cierto punto sigue siendo así. ¿Cómo está la señora Althorp?

—Me temo que no muy bien. Señora North, he localizado a la doncella cuyo testimonio puede contribuir a condenar a Peter Carrington, pero no estoy satisfecho. Hay algunas cosas que no encajan, y ahora sospecho que contó con un cómplice. Me interesa saber cosas sobre el año anterior a la muerte de Susan. Sé que en ocasiones su padre contrataba a un chófer para que las llevase, a ella y a sus amigas, de un sitio a otro. ¿No tenían edad para conducir?

—Sí, claro que sí, pero si íbamos a una fiesta lejos de aquí, el embajador insistía en que a Susan la llevaran en coche. A mis padres la idea les encantaba, claro. No querían que fuésemos en coche con adolescentes que podían haber bebido unas copas de más y liarse a correr por la carretera. Por supuesto, pasábamos la mayor parte del tiempo en la universidad, donde el embajador no podía controlar lo que hacíamos. Pero así eran las cosas en casa.

—Sin embargo, la noche de la fiesta en la finca de los Carrington, permitió que fuera Peter Carrington quien llevara a Susan a casa.

—A él le encantaba Peter. Confiaba en él. Sentía que Peter era distinto. En verano, cuando los demás estábamos en el club jugando al tenis o al golf, Peter, con su camisa y su corbata, estaba en el despacho, con su padre.

—Así pues, cuando les acompañaba un chófer, en el coche iban Susan, usted y dos chicas más...

—Sí. Susan se sentaba delante, con Gary, y Vernie, Lenore y yo íbamos detrás.

—¿Gary? —Greco no quería que Sarah sospechase que era precisamente de aquel hombre de quien quería conocer más datos.

—Gary Barr. Él y su esposa ayudaban en las cenas cuando los

Althorp tenían invitados. Y además era el chófer que nos llevaba de un lado a otro.

—¿Cómo se comportaba? ¿Era agradable?

—Oh, sí. Susan decía que era su «colega».

—¿Existe alguna posibilidad de que hubiera un... —Greco vaciló antes de añadir— interés romántico? ¿Podría ser que Susan estuviera prendada de él, como decíamos en mi época?

—¡De Gary! ¡Oh, no, nada de eso! Decía que la hacía sentirse bien, pero quería decir segura, a salvo.

—Señora North, espero que entienda que cuando le hago estas preguntas que usted, como amiga de Susan, puede no querer responder, no intento meterme donde no me llaman. Creo que Peter Carrington contó con la ayuda de alguien para esconder el cuerpo de Susan. ¿Me puede decir algo sobre Susan que me ayude a comprender por qué aquella noche se fue de su casa después de avisar a sus padres de que ya había llegado?

—Me he pasado veintidós años intentando entenderlo —dijo Sarah North con franqueza—. No parecía lógico que Peter ayudase a Susan a engañar a sus padres. De hecho, hasta que oí las sirenas de la policía la noche que se presentó en casa de los Althorp, yo dudaba de que fuese culpable. Pero aquella noche nos pusimos la bata y salimos corriendo a ver qué pasaba. Vi al policía al que golpeó. Le pegó fuerte. Tiene sentido que pasara algo así si agredió a Susan mientras estaba sonámbulo.

—¿Ustedes estuvieron en la fiesta en la finca de los Carrington aquella noche?

—Estábamos todos.

—¿Hasta qué hora se quedaron?

—Hasta las doce y media o una menos cuarto. Yo tenía que estar en casa a la una.

—Pero aquella noche Susan tenía que ser Cenicienta. Sus padres le dijeron que volviera a casa a medianoche.

—Durante la cena de aquella noche me di cuenta de que su padre estaba enfadado con ella. Creo que la estaba castigando.

—¿En qué sentido?

—No lo sé.

—¿A Susan le molestaba la actitud de su padre?

—Sí. De hecho, aquella noche Susan no era la de siempre. Aunque había que conocerla bien para darse cuenta.

—El embajador tiene fama de tener un carácter fuerte, ¿no es cierto, señora North?

—Cuando éramos niñas le llamábamos el «diploNOcus». Siempre le oíamos gritar a Susan y a sus hermanos. Es muy duro.

—¿Alguna vez se ha preguntado qué hubiera hecho de haber visto a Susan escabullirse de casa?

—La habría matado —dijo Sarah North, y se quedó de piedra al oír lo que había dicho—. Por supuesto, no literalmente.

—Por supuesto —afirmó Greco. Se levantó para irse—. Ha sido usted muy amable. ¿Puedo volver a llamarla si lo considero necesario?

—Claro. No creo que ninguno de nosotros esté satisfecho hasta que se aclare tanto la muerte de Susan como la de su padre.

—¡Su padre! ¿Se refiere al padre de la señora Carrington?

—Sí —dijo Sarah North con expresión de angustia—. Señor Greco, Kay Carrington vino a verme. Me preguntó el mismo tipo de cosas que usted. Le prometí que no le diría a nadie que había venido.

—Tiene mi palabra de que no se lo diré a nadie, señora North.

Mientras Nicholas Greco volvía a su coche, se dio cuenta de que estaba muy preocupado. Se encontró formulándose las dos preguntas que siempre se planteaba cuando intentaba resolver un caso: «¿Y si suponemos que... ?» y «¿Qué pasaría si...?».

¿Y si suponemos que Peter Carrington es totalmente inocente de las tres muertes?

¿Qué pasaría si hay alguien ahí fuera, alguien relacionado con los Carrington, que es el verdadero asesino? ¿Qué haría esa persona si se enterase de que la joven esposa de Peter Carrington está haciendo preguntas que pueden conseguir que la verdad salga a la luz?

«Puede que Kay Carrington no quiera hablar conmigo, pero voy a reunirme con ella —pensó Greco mientras subía al coche—. Debo advertirla.»

51

El hecho de estar esperando un hijo alegró y entristeció a Peter al mismo tiempo.

—Es maravilloso, Kay, pero tienes que descansar mucho. La presión a la que vives sometida podría perjudicaros a ti y al bebé. ¡Oh, Dios! ¿Por qué ha pasado todo esto? ¿Por qué no puedo estar en casa contigo, cuidando de ti?

Peter también había decidido que la defensa que había elegido le ayudaría a explicar su actitud a nuestro hijo.

—Kay, cuando nuestro hijo crezca, quiero que entienda que los crímenes que probablemente cometí tuvieron lugar cuando no tenía el más mínimo control de mis actos.

Presionó a los abogados para que solicitasen al tribunal que se le sometiera a prueba en un centro de alteraciones del sueño. Quería dejar constancia de que tenía tendencia al sonambulismo y que mientras estaba en ese estado no era consciente de sus actos.

Este tema se convirtió en una batalla entre él y su equipo de abogados.

—Pretender que el sonambulismo pueda ser su defensa es lo mismo que decir: «No culpable por enajenación mental» —dijo Conner Banks—. Es como escribir en algún lugar donde cualquiera pueda leerlo: «Soy culpable. Lo hice, pero puedo explicarlo todo».

—Presenten la solicitud —dijo Peter.

Eso supuso pasar otro día en el palacio de justicia ante el juez Smith. Presioné la mano sobre mi abdomen, buscando consuelo en aquel ser diminuto que crecía en mi interior, mientras veía al padre de mi hijo entrar en el tribunal una vez más, esposado y con grilletes en los pies, vestido con el mono naranja de presidiario.

Conner Banks hizo el alegato.

—Señoría —comenzó—, sé que estas son circunstancias extraordinarias, y no negaré que el señor Carrington salió de su finca, lo cual, a primera vista, es una violación de las condiciones de su fianza.

Vincent Slater estaba sentado a mi lado; sé que no aprobaba la petición de Peter.

—Sin embargo, señoría —prosiguió Banks—, creo que incluso los informes policiales detallaron explícitamente el estado de confusión en que se encontraba Peter Carrington en el momento de su detención. Las pruebas realizadas posteriormente han demostrado que no había ni alcohol ni drogas en su organismo. Para nuestra defensa es imperativo que se evalúe adecuadamente al señor Carrington en una clínica especializada en trastornos del sueño, en el Pascack Valley Hospital. Eso requeriría que nuestro cliente permaneciera en esa clínica durante una noche, para monitorizar sus patrones de sueño.

—«Imperativo para nuestra defensa» —me susurró Vincent—. Esas son las palabras en las que se van a cebar los medios de comunicación.

—Le rogamos, señoría, que permita esta prueba. Si se nos concede el permiso, estamos dispuestos a ofrecer veinticinco millones de dólares como fianza. Admitimos que el sheriff no tiene la responsabilidad de escoltar al acusado mientras este lleva a cabo su proceso de defensa, y por tanto compensaríamos al estado por los salarios de los oficiales del sheriff asignados a su escolta. También estamos dispuestos a pagar a una compañía privada de seguridad que contratará a varios oficiales de policía jubilados para que contengan al señor Carrington en caso de que intente escapar, lo cual le aseguro que no sucederá.

»Señoría, una de cada doscientas personas es sonámbula. El peligro potencial que tiene un sonámbulo para sí mismo y para otros es algo que la población en general no ha admitido o comprendido. Seguramente muchos de los presentes en esta sala no saben que a los sonámbulos no se les permite servir en las fuerzas armadas de Estados Unidos. Se teme que puedan ser un riesgo para sí mismos o para otros debido al acceso que tendrían a armas y a vehículos y a que no son conscientes de sus actos mientras están en ese estado.

La voz de Conner Banks adquirió firmeza y potencia mientras pronunciaba estas últimas palabras. Luego, cuando volvió a hablar después de una breve pausa, su tono fue más apacible.

—Permita a Peter Carrington demostrar, de una vez por todas, que sus ondas cerebrales indican que es víctima de ese trastorno del sueño que es el sonambulismo. Concédale esa oportunidad.

El rostro del juez Smith se mantuvo imperturbable. Yo no sabía qué esperar. Pero sabía qué estaba sintiendo Peter, y era satisfacción. Estaba transmitiendo su mensaje. Empezaba a colaborar en su propio caso frente a los medios de comunicación.

Me daba cuenta de que Banks y Markinson estaban preocupados. Durante el receso posterior a la petición, se acercaron a hablar conmigo.

—El juez no nos concederá esta petición, y hemos dado un paso en falso. No hay una sola persona en esta sala que no crea que esto no es más que una nueva variante de la defensa basada en la enajenación mental.

El juez regresó a su estrado. Empezó diciendo que, en casi veinte años que llevaba como juez de lo penal, nunca había recibido una petición que incluyese ese tipo de circunstancias. Dijo que, si bien al estado le preocupaba el riesgo de fuga, la fiscalía no discutía el informe policial que indicaba que el señor Carrington se encontraba sumido en un estado inusual cuando lo detuvieron en el césped de los Althorp. Dijo que, siempre que estuviera presente un miembro de la defensa, así como algunos vigilantes de seguridad privados dispuestos a contener a Peter en caso de intentar fugarse, aprobaba la permanencia de Peter durante veinticuatro horas en una clínica para trastornos del sueño.

Peter consideró la decisión del juez como una victoria. No así sus abogados. Yo sabía que aunque los expertos confirmaran una causa médica para su sonambulismo, eso no supondría una diferencia en el veredicto durante el juicio. De modo que, en ese sentido, no era ninguna victoria.

Acabada la vista, quise hablar con Banks y Markinson, y les pedí que se reunieran conmigo en casa. Una vez más me dieron permiso para visitar a Peter en la celda antes de irme.

—Sé que consideras esto una victoria pírrica —me dijo.

—Solo hay una victoria, Peter —le dije ardientemente—. Queremos que vuelvas a casa. Y eso es lo que vamos a conseguir.

—Oh, cariño, pareces Juana de Arco. En todo menos en la espada. —Durante un instante su sonrisa fue sincera, un recuerdo de la mirada que veía en sus ojos cuando estábamos en nuestra luna de miel.

Quería contarle que estaba investigando a fondo todos los aspectos de las pruebas relativas a las muertes de Susan y de mi padre, y que partía de la premisa de que quizá fue Susan la persona a la que oí aquel día en la capilla. Pero sabía que expresar esos pensamientos con palabras tendría un efecto negativo: conseguiría que Peter se preocupara por mí.

En lugar de eso, le conté que había estado recorriendo el segundo piso de la mansión.

—Peter, esas habitaciones son una versión refinada del desván de Maggie —le dije—. ¿Quién era el coleccionista de arte?

—Creo que mi abuela, aunque mi bisabuela tuvo su parte de culpa. Todo lo que vale la pena está en las paredes de los pisos de abajo. Hace mucho que mi padre pidió una tasación de todo.

—¿Quién coleccionaba porcelana? Ahí arriba hay un montón de objetos de porcelana.

—La mayor parte la reunió mi bisabuela.

—Hay un servicio de Limoges que es una preciosidad. Todavía está en su embalaje. Desenvolví unas cuantas piezas. Tiene un dibujo precioso. Esa es la vajilla que me gustaría usar en nuestras fiestas.

El guardia apareció en el pasillo.

—Señora Carrington...

—Lo sé —dije, y miré a Peter—. Por supuesto, si no te gusta ese dibujo, buscaremos otro. Hay un montón para escoger.

Cuando pasé junto al guardia vi su mirada de compasión. Vino a ser como si me gritase: «Señora, ese tío va a comer en vajilla de porcelana tanto como yo». Ojalá lo hubiera dicho en voz alta. Le habría dicho que, cuando Peter volviera a casa, le invitaría a cenar.

Conner Banks y Walter Markinson ya estaban en la mansión cuando Vincent me dejó con el coche. Más tarde, ese mismo día, habría una reunión con la junta directiva de Carrington Enterprises, y Vincent representaría a Peter. Ahora Peter se refería a Vincent como «mis ojos y mis oídos». Por supuesto, no tenía voto, pero mantenía informado a Peter de cuanto sucedía en la polifacética empresa.

Como era habitual, Jane Barr había hecho pasar a los abogados al comedor, donde me reuní con ellos. Decidí transmitirles mi creciente sospecha de que Susan Althorp podía ser la mujer a la que oí discutir en la capilla hacía veintidós años.

Ellos no sabían nada de aquella incursión que hice en la casa cuando tenía seis años, pero cuando se enteraron, su reacción me dejó de piedra. Me miraron horrorizados.

—Kay, ¿sabe lo que está diciendo? —preguntó Banks.

—Estoy diciendo que quizá la mujer de la capilla fuera Susan, y que es posible que estuviera chantajeando a alguien.

—Quizá chantajeaba a su esposo —dijo Markinson, tajante—. ¿Tiene la más mínima idea de lo que haría un fiscal con esa información?

—¿De qué está hablando? —pregunté, totalmente confusa.

—Estamos hablando —dijo Conner Banks con gravedad—

de que, si su suposición es correcta, acaba de ofrecernos un motivo para que Peter matase a Susan.

—¿Alguna vez le ha contado a Peter que oyó esa conversación en la capilla? —preguntó Markinson.

—Sí, claro. ¿Por qué?

—¿Cuándo se lo dijo, Kay? —preguntó Banks.

Empezaba a sentirme como si estuviera siendo interrogada por dos fiscales hostiles.

—Se lo dije la noche de la recepción benéfica a favor de la alfabetización que se celebró en esta casa. Mi abuela se cayó. Peter fue conmigo al hospital y esperó hasta que ella se recuperó, y luego me llevó a casa. Entró unos minutos y hablamos.

—Esa recepción, si no me equivoco, se celebró el seis de diciembre —dijo Markinson, repasando sus notas.

—Correcto. —Empezaba a ponerme a la defensiva.

—Y usted y Peter Carrington se casaron el ocho de enero, menos de cinco semanas después, ¿no?

—Sí. —Me di cuenta de que empezaba a sentirme decepcionada y furiosa—. Por favor, ¿pueden explicarme adónde quieren ir a parar? —pregunté.

—Kay, queremos ir a parar —dijo Conner Banks con un tono grave que reflejaba su preocupación— al hecho de que todos nos hemos preguntado acerca de su romance acelerado. Y ahora acaba de darnos un motivo. Si la que se encontraba aquel día en la capilla era Susan Althorp, y estaba chantajeando a Peter, en el mismo momento en que usted le dijo que había oído la conversación, se convirtió en una amenaza. No podía correr el riesgo de que usted hablase de aquel episodio con cualquiera que supiera sumar dos y dos. Recuerde que la recepción tuvo lugar justo después de que la revista *Celeb* publicase aquella historia bomba sobre él. Al casarse con usted a toda prisa, la invalidaba como testigo en caso de que las cosas llegasen a los tribunales. Podría invocar el derecho matrimonial ante el tribunal y, aparte de eso, seguramente hizo lo posible por que se enamorase de él hasta el punto de que nunca le traicionara.

Mientras escuchaba, me enfurecí hasta tal punto que, de haber tenido a mano algo que pudiera tirarles a la cabeza, lo habría hecho. En lugar de eso, grité:

—¡Fuera de aquí! ¡Lárguense y no vuelvan! Preferiría tener al fiscal defendiendo a mi marido que a cualquiera de ustedes. Ni siquiera creen que si realmente mató a Susan y a mi padre lo hizo mientras no era consciente de sus actos. Afirman que su boda conmigo fue un puro cálculo, una manera de cerrarme la boca. ¡Váyanse al infierno!

Se levantaron para irse.

—Kay —dijo Banks con voz pausada—, si va al médico, y él descubre que tiene cáncer, pero aun así le dice que está perfectamente, es un embustero. La única manera de defender a Peter es conocer todos los factores que podrían influir en un jurado. Acaba de darnos una información que, afortunadamente, no estamos obligados a compartir con la fiscal porque es algo que hemos descubierto nosotros. Solo se lo contaríamos a la fiscal si quisiéramos usarlo como prueba de la defensa en el juicio. Obviamente, no lo haremos. Pero, por el amor de Dios, no se le ocurra contarle a nadie más lo que acaba de decirnos.

Eso me desinfló.

—Ya lo he hecho —dije—. La noche que Peter volvió a casa después de la vista.

—¿Contó a alguien que la mujer a la que oyó aquella noche en la capilla podía ser Susan? ¿Quién le oyó decirlo?

—Estaban Elaine y Richard y Vincent Slater. No dije que pensaba que podía ser Susan. De hecho, les dije que no sabía quién era. Elaine incluso bromeó diciendo que quizá fuera ella y el padre de Peter, porque se habían pasado todo el día discutiendo sobre el dinero que ella había gastado en la fiesta.

—Eso es un alivio. Pero no vuelva a mencionar a nadie su visita a la capilla. Si alguien saca el tema, subraye que no tiene ni idea de quién estaba allí, porque la verdad es que no lo sabe.

Vi que los dos abogados intercambiaban una mirada.

—Tendremos que hablar de esto con Peter —dijo Banks—.

Me gustaría convencerle de que no acudiese a esa clínica a hacerse la prueba. La única posibilidad que tiene de volver a casa es la que le ofrecería la «duda razonable».

Yo les había confiado que estaba embarazada. Mientras salían por la puerta, Markinson dijo:

—Ahora que sabe que va a ser padre, quizá nos deje tomar el control de su defensa para que podamos intentar que le absuelvan.

52

Nicholas Greco estaba sentado en la recepción de Joined-Hands Fund, una ONG que había sido creada en beneficio de las víctimas de desastres naturales. Jeffrey Hammond era vicepresidente de la organización y, según las investigaciones de Greco, su principal responsabilidad no era repartir dinero, sino reunirlo.

Las oficinas de la fundación estaban en el nuevo Time Warner Center, en Columbus Circle, Manhattan, un lugar carísimo que, sin duda, se sumaba a los gastos generales, pensó Greco. Hammond ganaba ciento cincuenta mil dólares al año, un salario principesco para el estadounidense medio, pero no para alguien que tenía un hijo en una escuela privada que costaba cuarenta mil dólares anuales.

La esposa de Jeffrey, Nancy, tenía un trabajo a tiempo parcial en la oficina de un congresista de Nueva Jersey. Aunque no sabía cuánto cobraba, Greco sabía que sería poco. También sabía que el salario del congresista era demasiado bajo para permitirse ser generoso con su personal. No era de extrañar que, sin una fortuna propia, muchos miembros del Congreso compartieran apartamento en Washington.

Todo esto pasó por la mente de Greco mientras aguardaba allí sentado, hasta que la joven y alegre recepcionista le invitó a entrar en el despacho de Hammond. «El noventa y nueve por ciento de las recepcionistas nacieron alegres», pensó mientras avanzaba por el pasillo.

Ese día, las arrugas en torno a los ojos de Jeffrey Hammond brillaban por su ausencia. Su saludo resultó cálido pero forzado, y su mano estaba sudada cuando se la estrechó y le invitó a sentarse. Luego se aseguró de que la puerta de su despacho estuviera bien cerrada y se acomodó en su butaca giratoria.

—Señor Hammond, le pedí que nos viéramos en su despacho porque creía más oportuno no discutir delante de su esposa el tema que quiero plantearle.

Hammond asintió sin decir nada.

—He hecho los deberes, por decirlo de alguna manera, y he descubierto que Grace Carrington respaldó generosamente su organización benéfica.

—La señora Carrington era muy generosa con muchas organizaciones —dijo Hammond con una voz cuidadosamente neutra.

—Por supuesto. Sin embargo, fue presidenta de su organización durante dos años, y contribuyó a recaudar gran cantidad de dinero, todo lo cual fue muy beneficioso para el cargo que usted ocupa. Para ser francos, su trabajo depende del éxito que tenga en conseguir donativos, ¿no es cierto?

—Me gusta pensar que mi trabajo consiste en recaudar dinero que puede beneficiar a muchas personas, señor Greco.

«Quizá», pensó Greco.

—Peter Carrington no asistía a las numerosas cenas formales a las que acudía su esposa, ¿verdad? —preguntó.

—Peter las detestaba. No le importaba lo que Grace donase en esos eventos, mientras él no tuviera que estar presente.

—Y, durante varios años, usted la acompañó a muchas de esas reuniones.

—Sí.

—¿Qué pensaba de eso la señora Hammond?

—Pensaba que formaba parte de mi trabajo. Lo entendía.

Greco suspiró.

—Creo que nos estamos yendo por las ramas. Me temo que no sería usted muy buen espía, señor Hammond. La expresión inescrutable no figura en el registro de su rostro. Cuando le visité en su casa y hablamos de la muerte de Grace Carrington, le miré a los ojos y vi en ellos angustia.

Hammond miró por encima del hombro de Greco.

—Es cierto —dijo con voz monótona—. Grace y yo estábamos muy enamorados. En muchos sentidos éramos iguales: buena familia, buenas escuelas y poco dinero. Ella nunca quiso a Peter. Le gustaba bastante, y Dios sabe que disfrutaba de su fortuna. Había aceptado su problema con la bebida y tenía intención de superarlo. De hecho, acudió a Alcohólicos Anónimos. Si se hubiera divorciado de Peter, habría recibido una prima de veinte millones de dólares, una suma impresionante para usted y para mí, pero con esos ingresos Grace no habría podido mantener el estilo de vida que tanto le gustaba: el jet privado, el *palazzo* en la Toscana, el apartamento en París, todas esas cosas que a Peter Carrington le importan tan poco, exceptuando el jet, que usa para los viajes de negocios.

—Entonces, ¿pretendían tener una aventura duradera?

—No. Yo decidí que debíamos terminar. Sé qué opinión tendrá usted de mi conducta, pero, lo crea o no, nunca quise ser un gigoló. Amaba a Grace con todo mi corazón, pero también era consciente de lo injustos que estábamos siendo con Peter y Nancy.

Jeffrey Hammond se mordió el labio, se levantó y se acercó a la ventana, dándole la espalda a Greco. Al cabo de un momento, siguió hablando:

—Llamé a Grace y le dije que lo nuestro tenía que acabar. Ella me colgó el teléfono, pero me llamó a la mañana siguiente. Me dijo que iba a pedirle el divorcio a Peter, que, al fin y al cabo, no era su dinero lo que ella quería para el resto de su vida. Bromeó que estaba a punto de dejar a un tío que daba dinero para juntarse con otro que lo reunía. En aquel momento Peter estaba en uno de sus largos viajes. Mi hijo estaba terminando la secundaria. Acordamos esperar un mes antes de contarles a Peter y a Nancy lo que habíamos decidido. Antes de que se cumpliera ese tiempo, Grace descubrió que estaba embarazada.

—¿Planeó divorciarse de Peter antes de saber que estaba embarazada? —preguntó Greco—. Eso sí que es cambiar de opinión.

—Fue decisión de Grace. Había sido desgraciada, y supongo que decidió que aquella vida de lujo no compensaba su soledad y su falta de realización. Pero, claro, al enterarse de que estaba embarazada todo cambió. En el pasado había tenido tres abortos, y ya había renunciado a la esperanza de tener un hijo. Pero se dio cuenta de que, cuando diera a luz al hijo de Peter Carrington, no solo tendría un hijo, como deseaba, sino que además podría divorciarse de Peter y seguir con el estilo de vida al que se había acostumbrado. Así que antes de eso yo estuve a punto de decirle a Nancy que quería divorciarme, y Grace estuvo a punto de decírselo a su marido. Pero entonces decidimos esperar.

—¿Existe alguna posibilidad de que el hijo que esperaba Grace fuera de usted?

—No, ninguna. Tomamos todas las precauciones posibles para evitar que eso sucediera.

—¿Cree que su esposa sospechaba de su relación con Grace?

—Hacia el final sí, creo que sí —admitió Hammond.

—Yo diría que sí. Su mujer parece una persona muy astuta. Sin embargo, ¿nunca le dijo nada al respecto, ni antes ni después de la muerte de Grace Carrington?

—Nunca. Cuando llevábamos casados poco tiempo, Nancy me contó que su padre había tenido un par de aventuras. A ella le parecía que su madre hacía lo correcto cuando fingía no darse cuenta de nada. A eso de los cincuenta años, su padre dejó de tener líos amorosos y él y su mujer disfrutaron de una buena vida juntos. Creo que, después de la muerte de Grace, Nancy esperaba que nuestra relación mejorase.

—¿Grace bebió mucho durante el embarazo?

—Al principio sí, pero estaba intentando dejarlo. Durante el mes antes de morir no bebió una sola copa.

—Y luego, en presencia de otras personas, la noche de la cena, se le fue la cabeza. Señor Hammond, si, tal como ha apuntado, su mujer estaba al corriente de su aventura, ¿es posible que aquella noche añadiera alcohol a la bebida de Grace?

—Es poco probable, pero supongo que es posible. Alguien lo hizo, eso seguro. Grace nunca se habría arriesgado a beber alcohol delante de Elaine y de Vincent Slater. Cualquiera de los dos se lo habría dicho a Peter, y ella lo sabía.

—Me dijo que ustedes se fueron a su casa unos minutos después de que Peter subiese a acostarse. ¿Estaban abiertas las puertas del camino?

—Sí. Rara vez las cerraban, ni siquiera de noche. Dudo incluso de que Peter y Grace se acordasen de conectar el sistema de alarma la mayoría de los días.

Greco se preguntó si eso era verdad, o si Hammond estaba apuntando, por algún motivo personal, lo fácilmente accesibles que eran la finca y la casa.

—¿Sobre qué hora se fueron ustedes a casa?

—Poco después de las once. Como ha visto, vivimos bastante cerca de los Carrington, aunque no en la zona de las mansiones.

—¿Qué hicieron al llegar a casa?

—Yo subí a acostarme. Nancy no estaba cansada y se quedó leyendo en el piso de abajo.

—¿Recuerda a qué hora se acostó su esposa?

El rostro de Jeffrey Hammond se puso rojo como la grana.

—No tengo ni idea —contestó—. Habíamos tenido una buena pelea, y yo me acosté en el cuarto de mi hijo. Él se había quedado a dormir en casa de un amigo.

—Ha sido usted tremendamente sincero conmigo, señor Hammond —dijo Greco—. Francamente, me pregunto por qué.

—Le diré por qué.

De repente la voz de Jeffrey Hammond se revistió de aquella furia controlada que Greco percibió cuando afirmó que la pena de muerte debía mantenerse en Nueva Jersey.

—Yo amaba a Grace. Podríamos haber sido muy felices juntos. Quiero que encuentren a su asesino. Si hay algo que no tengo es un motivo para matarla. Creo que eso usted ya lo sabe, así que no tengo que preocuparme por la posibilidad de que me consideren sospechoso de su muerte. Quizá ella se levantó, salió fuera y perdió el equilibrio en el borde de la piscina. Sé que eso es posible. Pero si alguien la mató, quiero que encuentren a esa persona y que la condenen, incluso si eso supone admitir públicamente mi relación con Grace, con todo lo que eso implica. Quiero a mi hijo, pero no lo bastante para permitir que alguien acabe con la vida de una mujer hermosa y escape de su castigo.

—¿Cree que Peter Carrington mató a Grace?

—Sí y no. No por el tema del dinero, eso jamás le habría importado. En ese sentido Peter no se parece a su padre. Tampoco creo que la matara por orgullo, en un arrebato de marido engañado. No imagino a Peter capaz de eso. Cuando le quitó la copa de la mano estaba más decepcionado que furioso. Por lo que sé ahora, pudo haberla matado estando sonámbulo. Después de ver las imágenes en que aparece agrediendo al policía, creo que es bastante posible.

—¿Cree también que es posible que su esposa regresara a la mansión, despertase a Grace, le propusiera que salieran a tomar el aire y luego la empujara a la piscina?

—Nancy jamás habría hecho algo así —dijo Hammond con vehemencia—. Tiene la mente demasiado clara para perder el control de esa manera. Nunca se arriesgaría a ir a la cárcel, porque eso significaría estar separada de mí y de su hijo para siempre. La ironía es que ahora ella siente por mí lo que yo sentía por Grace. Tiene la esperanza de que, con el tiempo, vuelva a enamorarme de ella.

—¿Lo hará, señor Hammond?

—Ojalá pudiera.

53

Después de que Banks y Markinson se fueran, subí al piso de arriba y me eché a descansar. Eran casi las cinco de la tarde. Sabía que en la puerta había un guardia de seguridad, y otro patrullando por la finca. Había enviado a Jane a su casa diciéndole que no me encontraba bien y que más tarde me calentaría un plato de su sopa casera. Gracias a Dios, no puso trabas. Supongo que se dio cuenta de que quería estar sola.

Sola en esta enorme mansión, de la que, hacía cientos de años y en otro país, sacaron a un sacerdote a rastras y lo mataron a puñaladas en el jardín. Tumbada en la cama de nuestra suite, yo también sentía como si me hubieran apuñalado.

¿Era posible, me pregunté, que mi esposo, Peter Carrington, me hubiera metido prisa para casarnos porque necesitaba estar seguro de que jamás testificaría contra él?

¿Era posible que sus declaraciones de amor no fueran más que los cálculos de un asesino de sangre fría que, en lugar de correr el riesgo de matarme, prefirió casarse conmigo?

Recordé la imagen de Peter, encerrado en su celda, mirándome con unos ojos que brillaban de amor. ¿Se estaba burlando de mí, de Kay Lansing, la hija del paisajista, que había cometido la estupidez colosal de pensar que él se había enamorado de ella la primera vez que la vio?

«No hay peor ciego que el que no quiere ver», me recordé.

Descansé la mano sobre el vientre, un gesto que casi se había convertido en un acto reflejo cuando me enfrentaba a pensamientos o situaciones indeseadas. Estaba segura de que el bebé era un niño, no porque prefiriese un niño a una niña, sino porque lo sabía. Estaba segura de que llevaba dentro de mí al hijo de Peter.

«Peter me quiere», me dije. «No hay otra respuesta.»

«¿Me estoy engañando a mí misma? No. No. No.»

«"Aférrate a lo que tienes, porque en eso consiste la felicidad." ¿Quién dijo eso? No me acuerdo. Pero voy a aferrarme al amor que siento por Peter y a lo que creo. Debo hacerlo, porque cada fibra de mi ser me dice que es así. Esto es lo real.»

Por fin sentí que me calmaba. Supongo que incluso me adormilé un rato, porque el sonido del teléfono en la mesita de noche me despertó sobresaltada. Era Elaine.

—Kay —me dijo, y oí que le temblaba la voz.

—Sí, Elaine. —Tenía la esperanza de que, si estaba en su casa, no se le ocurriera venir a verme.

—Kay, tengo que hablar contigo. Es tremendamente importante. ¿Puedo ir a verte dentro de cinco minutos?

No tenía más remedio que aceptar. Me levanté y me lavé la cara con agua fría; me retoqué las pestañas con rímel y los labios con una barra color pastel y bajé la escalera. El hecho de que me arreglase para ver a la madrastra de Peter puede parecer una tontería, pero sentía que se avecinaba una guerra entre Elaine y yo para decidir cuál era el territorio de cada una. Peter estaba en la cárcel, yo era una recién llegada, y ella se había acostumbrado a entrar y salir de la mansión como si fuera de nuevo su casa.

Sin embargo, cuando Elaine llegó aquella tarde no había nada en ella de la señora de la casa que intenta restablecer su posición. Estaba blanca como el papel y le temblaban las manos. No cabía duda de que estaba nerviosa, terriblemente incómoda. Vi que llevaba una bolsa de plástico debajo del brazo.

No me dio tiempo ni de saludarla.

—Kay, Richard está metido en un grave problema. Ha vuelto a apostar. Tengo que conseguirle un millón de dólares ahora mismo.

¡Un millón de dólares! Aquello era más de lo que yo habría ganado si hubiese trabajado toda la vida en la biblioteca.

—Elaine —protesté—, antes que nada, no dispongo de semejante cantidad de dinero, y es inútil que se lo pida a Peter. Me dijo que hacías una estupidez al acudir siempre en su ayuda. Dijo que el día que te niegues a pagar sus deudas de juego será el día que Richard se verá obligado a luchar contra su ludopatía.

—Si Richard no paga esta deuda, no vivirá lo bastante para acabar con su adicción —dijo Elaine. Era evidente que estaba al borde de la histeria—. Escúchame, Kay. Llevo protegiendo a Peter casi veintitrés años. Le vi volver a casa la noche que mató a Susan. Andaba sonámbulo, y tenía la camisa manchada de sangre. No sabía en qué tipo de problemas se había metido, pero sí que tenía que protegerle. Saqué la camisa del cesto de la colada para que la doncella no la viera. Si crees que estoy mintiendo, mira esto.

Dejó caer la bolsa que llevaba en la mano sobre la mesita del café y sacó algo de ella. Era una camisa de hombre. La sostuvo ante mis ojos. Había manchas oscuras en el cuello y alrededor de los tres primeros botones.

—¿Entiendes qué es esto? —me preguntó.

Me invadió un mareo que hizo que me hundiese en el sofá. Sí, entendía qué era lo que tenía en la mano. No dudé ni por un instante que era la camisa de Peter y que las manchas oscuras eran la sangre de Susan Althorp.

—Ten listo el dinero para mañana por la mañana, Kay —dijo Elaine.

De repente me vino a la mente la imagen de Peter agrediendo a Susan. La autopsia reveló que la joven había recibido un fuerte impacto en la boca. Peter había agredido al policía de esa misma manera. «¡Dios mío! —pensé—. ¡Dios mío, no hay esperanza para él!»

—¿Viste volver a Peter a casa aquella noche? —pregunté.

—Sí.

—¿Estás segura de que iba sonámbulo?

—Totalmente. Pasó a mi lado en el pasillo y ni me vio.

—¿A qué hora llegó?

—A las dos.

—¿Qué hacías en el pasillo a esas horas?

—El padre de Peter seguía quejándose de lo que había costado la fiesta, así que decidí irme a una de las otras habitaciones. Fue entonces cuando vi a Peter subiendo por la escalera.

—Y luego entraste en el cuarto de baño de Peter para recoger la camisa. Imagina que te hubiera visto, Elaine. ¿Qué habría pasado?

—Le habría dicho que sabía que era sonámbulo y que quería comprobar que había vuelto a la cama sano y salvo. Pero no se despertó. Gracias a Dios que cogí la camisa... Si la hubieran encontrado en el cesto de la colada a la mañana siguiente, le habrían detenido y condenado. Seguramente aún estaría cumpliendo condena.

Elaine empezó a parecer más serena. Supongo que se dio cuenta de que le conseguiría el dinero. Dobló con cuidado la camisa y volvió a meterla en la bolsa de plástico, como si fuera la dependienta de unos grandes almacenes que acabase de hacer una venta.

—Si realmente querías ayudar a Peter, ¿no habría sido mejor que te deshicieras de la camisa? —le espeté.

—No, porque es una prueba de que lo vi aquella noche.

«Una especie de póliza de seguro —pensé—. Algo que guardar para un día de necesidad.»

—Te conseguiré el dinero, Elaine —le prometí—, pero solo si me das la camisa.

—Te la daré, Kay. Siento hacer esto. He protegido a Peter porque le quiero. Ahora tengo que proteger a mi hijo. Por eso estoy aquí haciendo un trato contigo. Cuando tengas un hijo, lo entenderás.

«Quizá ya lo entiendo», pensé. No le había dicho a nadie que estaba embarazada, solo a los abogados. Era demasiado pronto, y además no quería que la noticia se filtrase a la prensa. «Por supuesto, ahora no pienso decirle nada a Elaine sobre el bebé», pensé amargamente. No cuando estaba negociando para comprar la camisa manchada de sangre que demostraba que su padre era un asesino.

54

Vincent Slater había asistido a una comida de negocios en Manhattan y no llegó a casa a tiempo para responder a la petición urgente de Kay. Ella le había dejado un mensaje en el contestador: «Si no vuelves esta misma tarde, recuerda llamarme a primera hora de la mañana».

Eran las once y media de la noche cuando Slater escuchó el mensaje. Sabía que Kay se acostaba bastante pronto, así que no podía llamarla a aquellas horas. Pero ¿qué podía ser tan urgente? Aunque por lo general dormía de un tirón, aquella noche se despertó varias veces.

Su teléfono sonó a las siete de la mañana. Era Kay.

—No quiero que hablemos por teléfono —dijo ella—. Pero acuérdate de pasar a verme de camino a la ciudad.

—Ya me he levantado y estoy vestido —dijo él—. Voy para allá.

Cuando llegó a la mansión, Kay le llevó a la cocina, donde había estado tomándose un café.

—Quería verte antes de que Jane llegara a las ocho —dijo—. Hace un mes, en nuestra primera mañana aquí después de la luna de miel, Peter y yo salimos a correr temprano. Antes de salir, preparé café, fue estupendo estar solos los dos, los señores Recién-Casados. Parece que hayan pasado años.

Bajo la clara luz de la mañana, a Slater le pareció que Kay había perdido peso. Se le marcaban más los pómulos, sus ojos parecían más grandes. Temiendo lo que tuviera que contarle, le preguntó qué había pasado para que estuviera tan inquieta.

—¿Que qué ha pasado? No gran cosa. Solo que, según parece, la cariñosa madrastra de Peter lleva años protegiéndole y ahora es ella la que necesita una ayudita.

—¿Qué quieres decir, Kay?

—Está dispuesta a venderme un objeto que podría perjudicar muchísimo a Peter si cayera en manos de la persona equivocada, es decir, de la fiscal. El precio es un millón de dólares, y los necesita hoy.

—¿Qué objeto? —cortó Slater—. Kay, ¿de qué me estás hablando?

Kay se mordió el labio inferior.

—No puedo decirte de qué se trata, así que no me preguntes nada. Necesita el dinero hoy porque su maravilloso hijo Richard ha perdido todas sus apuestas y está hasta el cuello de deudas. Sé que Peter abrió una cuenta corriente a nombre de nosotros dos. ¿De qué cantidad disponemos? ¿Lo suficiente para extenderle un cheque?

—Kay, no estás usando la cabeza. Para cobrar un cheque hacen falta unos días. La única manera de que disponga de ese dinero rápidamente es hacer una transferencia directa a su cuenta. ¿Estás segura de que quieres hacerlo? Ya sabes qué piensa Peter de las apuestas de Richard. No querrá respaldar ese vicio. Quizá Elaine se esté tirando un farol.

—¡No es un farol! ¡No lo es! —gritó Kay, luego se cubrió la cara con las manos mientras las lágrimas se deslizaban por sus mejillas.

Sorprendido, Slater la observó mientras ella, impaciente, se enjugaba las lágrimas y se esforzaba por controlar sus emociones.

—Lo siento. Es que...

—De acuerdo, Kay —dijo él para tranquilizarla—. De acuerdo. Cálmate. Le enviaré el dinero hoy mismo.

—No quiero que Peter se entere —dijo Kay en voz baja pero controlada—. Al menos aún no. Esta noche acudirá a esa clínica para los trastornos del sueño. Ya tiene bastante de que preocuparse para encima cargar con esto.

—De momento no tiene por qué enterarse. Tengo poderes para hacer transferencias. Una vez hayamos enviado el dinero, no podrás recuperarlo. ¿Te dará ese objeto antes de la transferencia?

—Lo dudo mucho. Deja que me termine el café y luego la llamo. No quiero que note que estoy preocupada cuando hable con ella.

Slater observó cómo Kay abrazaba con las manos la taza de café, como si quisiera calentárselas. Estuvieron sentados a la mesa unos pocos minutos, sin hablar, dando sorbos al café. Entonces Kay se encogió de hombros.

—Ya estoy bien —dijo.

Marcó el número de teléfono de Elaine y esperó mientras el aparato sonaba una y otra vez al otro extremo de la línea.

—Me produce cierta satisfacción saber que voy a despertarla —dijo amargamente—. Cuando entró en casa ayer por la tarde parecía a punto de venirse abajo, pero cuando le prometí que hoy tendría el dinero, se animó rápidamente. ¡Ah, aquí está!

Slater observó cómo la expresión de Kay se endurecía mientras hablaba con Elaine. Por lo que podía oír de la conversación dedujo que Elaine no iba a desprenderse de lo que fuera que tuviera hasta que la transferencia se hubiera realizado.

«¿Qué puede ser?», se preguntó.

«Elaine seguía viviendo en la mansión la noche que desapareció Susan —pensó Slater—. La suite principal está justo a la vuelta de la esquina del antiguo cuarto de Peter.»

¿Podía haber visto llegar a Peter a casa aquella noche vestido con una camisa ensangrentada?

«Sí, podía», concluyó, asintiendo ligeramente.

Slater recordó los episodios de sonambulismo de que había sido testigo años atrás, cuando acompañaba a Peter de vacaciones. Solo una vez se produjo un incidente, cuando en la estación de esquí despertó a Peter demasiado rápido y este le agredió. Las otras tres o cuatro veces que le había visto sonámbulo, cuando

Peter regresaba a su cama se quedaba profundamente dormido de inmediato. Slater dedujo que Elaine pudo haber ido a su cuarto y haber sacado la camisa del cesto de la ropa sucia sin que Peter se diera cuenta.

Kay colgó el auricular.

—No se fía de mí. Dice que su banquero la telefoneará en cuanto el dinero esté en su cuenta, y que solo entonces vendrá a traerme el objeto del que te hablaba.

—¿Es la camisa que Peter llevaba aquella noche? —preguntó Slater.

—No voy a responder a eso. No puedo.

—Lo entiendo. Muy bien, me voy a Nueva York. Tengo que firmar algunos papeles para hacer la transferencia.

—¡El dinero! Esa es la causa de la mayoría de los crímenes, ¿no? El amor o el dinero. Susan necesitaba dinero, ¿verdad?

Slater se la quedó mirando.

—¿Cómo es posible que sepas eso?

—¡Oh, claro que *no* lo sé! —repuso ella, girando la cara para desviar la mirada. Luego, con tono sorprendido, dijo—: ¡Oh, Gary, no le he oído entrar!

—Me detuve para hablar con el guardia frente a la verja, señora Carrington. Le ofrecí una taza de café, y luego vine directamente a la casa.

«Lo que quiere decir que ha entrado por la puerta principal —pensó Slater—. Es listo. Si estaba en el vestíbulo, ¿cuánto habrá oído?» Sabía que Kay estaba pensando lo mismo.

Kay se puso en pie.

—Te acompaño a la puerta, Vince.

Caminó en silencio hasta que llegaron al vestíbulo, y luego, con un susurro, dijo:

—¿Crees que ha oído lo que estábamos diciendo?

—No lo sé, pero no tenía por qué entrar por la puerta principal. Creo que vio mi coche, nos vio hablando por la ventana de la cocina y luego retrocedió y usó una excusa para intentar enterarse de algo.

—Eso es lo que pienso yo también. Llámame cuando hayas hecho la transferencia y yo... —Kay vaciló antes de añadir—: completaré la transacción.

Al mediodía, Slater llamó a Kay para decirle que el millón de dólares ya estaba en la cuenta de Elaine.

A las doce y media, Kay le telefoneó de nuevo, parecía enfadada e inquieta.

—No me lo va a dar. Dice que lo vendió demasiado barato. Que su contrato prematrimonial es una miseria. Quiere que hablemos de una cantidad suficiente para cubrir sus necesidades futuras.

55

—Esta es una manera de salir de la cárcel del condado de Bergen. —Peter Carrington observó a Conner Banks mientras, esposado, con grilletes en los pies, y escoltado por dos policías y cuatro guardias de seguridad privados, entraban en el vestíbulo del Pascack Valley Hospital y subían al piso superior, donde estaba el Centro de Trastornos del Sueño.

—No es la manera que yo elegiría —dijo Conner.

—Es evidente que piensa que esto es una idiotez —dijo Peter.

—No quería decir eso. Lo que quiero decir es que me gustaría que volviera a casa en vez de tener que venir aquí.

—Bueno, pues parece que esta noche me quedaré aquí. Siento las molestias.

Eran las ocho de la tarde. Banks se había informado sobre lo que podía esperarse de ese experimento. Peter se entrevistaría con un especialista en el sueño, respondería a una serie de preguntas y le llevarían a un dormitorio en la zona de pruebas. Harían un polisomnograma de su ritmo cardíaco, las ondas cerebrales, la respiración, los músculos oculares, el movimiento de las piernas y los cinco estadios del sueño. Por la mañana volverían a llevarlo a la cárcel.

En la parte exterior de la puerta de la habitación donde estaría Peter habían instalado un cerrojo y una cadena especiales. Banks y otros tres guardias ocuparían sillas en el pasillo, mientras el cuarto, acompañado por un técnico del hospital, observaría el monitor de vídeo donde se veía el interior del dormitorio, con Peter en la cama. Los oficiales del sheriff montaban guardia frente a la puerta.

A la una de la mañana, el pomo de la puerta giró. Los guardias se pusieron en pie de un salto, pero la cadena instalada en el exterior impidió que la puerta se abriese más de dos centímetros. El tironeo del otro lado duró más de un minuto; luego la puerta volvió a cerrarse.

Banks corrió a ver el monitor. Peter estaba sentado en la cama. Miraba a la cámara con rostro inexpresivo y mirada perdida. Mientras Banks lo observaba, Peter intentó volver a conectarse el tubo respiratorio, y luego se echó y cerró los ojos.

—Estaba sonámbulo, ¿no? —preguntó al técnico.

—Acaba de ser testigo de un episodio clásico de sonambulismo —contestó este.

56

A la mañana siguiente, Vincent Slater recibió una llamada a las siete en punto; esta vez era Conner Banks.

—Tenemos un problema —dijo Banks sin preámbulos—. Anoche Peter se levantó sonámbulo, mientras estaba en la clínica, e intentó abrir la puerta de su habitación. Podría considerarse una violación de las condiciones estipuladas en el tribunal. En cuanto la fiscal se entere, habrá otra vista. Krause intentará que no se fije una fianza.

Slater sacó las piernas de la cama, se sentó en el borde, y preguntó:

—¿Qué quiere que haga?

—Nada, excepto rezar para que el juez vea las cosas como nosotros, es decir, que Peter no sabía lo que hacía. Si no, ya puede despedirse de otros veinticinco millones de dólares.

—¡No puede permitir que eso suceda!

—¿Acaso no cree que haré todo lo que pueda? Vince, le he dicho desde el principio que esta defensa basada en el sonambulismo es una estupidez. No hay ninguna probabilidad de que el juez se lo trague. No le gustó permitir que Peter fuera a la clínica, incluso con los guardias. Lo que más me preocupa es que interprete esto como un intento de potenciar la defensa de Peter ante el tribunal. Si el juez lo ve desde ese ángulo, su dinero ayudará al estado de Nueva Jersey a reducir su déficit presupuestario.

—¿Ha hablado con Kay sobre esto? —preguntó Slater.

—No quería molestarla todavía. La última vez que la vi fue el lunes, y estaba muy alterada.

—Yo la vi ayer, y todavía estaba mal. Deje que sea yo quien hable con ella.

—Estoy seguro de que la fiscal solicitará una vista preliminar para la fianza de Peter —dijo Banks—. Será mejor que advierta a Kay. Querrá estar presente. Ya le comunicaré a qué hora tendrá lugar.

«Advertir a Kay —pensaba Slater mientras se duchaba y se vestía—. Ayer me obligó a enviar un millón de dólares a la cuenta de Elaine porque cree que esta tiene algo que podría perjudicar a Peter. Luego Elaine se negó a dárselo. Chantaje sobre chantaje.»

«Tiene que ser la camisa», pensó.

¿Podría ser otra cosa?

Decidió que ese día no tenía sentido ir al despacho de Manhattan. Si iba a celebrarse una vista de fijación de fianza, no pensaba perdérsela. En lugar de ir a la ciudad, trabajaría en su despacho de la mansión y luego llevaría a Kay a la vista.

No era fácil telefonear a Kay y contarle lo que había sucedido en el centro de trastornos del sueño, pero se quitó la tarea de en medio. Una hora después atravesaba la verja de entrada de la finca de los Carrington. El guardia de seguridad hizo un gesto amigable con la mano. El guardia apostado delante de la mansión le saludó con la cabeza mientras pasaba con el coche por delante y aparcaba detrás de la casa. Para entrar, usó la llave de su despacho privado. Acababa de entrar cuando sonó su móvil.

Era Nicholas Greco, que solicitaba reunirse con él cuando mejor le viniese.

—Señor Greco —dijo Vincent—, no veo ningún motivo por el que tengamos que reunirnos hoy o cualquier otro día. Peter Carrington ha sido acusado de asesinato porque usted localizó a esa doncella que, por razones que ella sabrá, ahora afirma que mintió en la declaración jurada que hizo hace veintidós años.

¿Por qué podría estar interesado en intercambiar impresiones con usted?

—Señor Slater, ahora mismo no trabajo para nadie. Por mi propia naturaleza, no me gusta dejar cabos sueltos en los casos que investigo. Entiendo que Peter Carrington pueda admitir ante un juez que es posible que cometiera esos crímenes mientras no tenía conciencia de sus actos. Pero ¿no podría haber otra respuesta? En su calidad de amigo íntimo y asistente, le ruego que me conceda media hora. Quiero explicarle algo.

Sin responder, Vincent Slater colgó el auricular de golpe.

—¿Quién era, Vince?

Se dio la vuelta. Kay estaba en la puerta.

—Nadie importante, Kay —dijo—. Uno de esos vendedores que, a saber cómo, consiguen números privados.

57

Cuando los agentes del sheriff informaron a la fiscal Barbara Krause de que Peter Carrington había intentado huir de la habitación de la clínica forzando la puerta cerrada, ella solicitó de inmediato otra vista preliminar para la fianza, tal como esperaba Conner Banks, y le fue concedida.

Esa tarde, a las dos y media, Krause y los abogados, junto con Peter Carrington, comparecieron de nuevo ante el juez Smith. Como en anteriores ocasiones, la sala estaba repleta de periodistas y de docenas de espectadores.

Me senté junto a Vincent Slater y detrás de Markinson y Banks. Resulta difícil decir cómo me sentía. Tal vez la mejor manera de expresarlo es decir que me sentía apagada. En unos pocos días, al abrir la posibilidad de que Susan fuera la mujer a la que oí hablar en la capilla hacía tantos años, yo había establecido, según los abogados de Peter, un motivo para que él la matase. Había visto la camisa manchada que Peter llevaba la noche que Susan desapareció, y le había pagado un millón de dólares a su madrastra para que me la diese. Era chantaje, pero no tenía otra opción. Y luego, después de pagar esa cantidad, me había chantajeado más. Había visitado a la mejor amiga de Susan Althorp y me había enterado de que Susan se refería a Gary Barr como su «colega». Estaban sucediendo tantas cosas... y yo seguía intentando encontrarles un sentido.

Observé cómo Peter, mi marido, mi amor, entraba en el tribunal, herido emocionalmente y humillado, cargado de esposas y grilletes, y posaba a la fuerza para que todo el mundo lo viera en las noticias de la noche.

La expresión de la fiscal cuando se levantó a hablar, era a la vez de triunfo y enojo. Con cada palabra que pronunciaba, yo la odiaba más y más.

—Señoría, esta es la segunda vez que este hombre, acusado de dos asesinatos, y sospechoso de un tercero, ha violado las condiciones de su fianza. La primera vez salió de su residencia y fue a la casa de la familia de Susan Althorp, lo que les causó una angustia tremenda. Uno de los agentes de policía que intentó detenerlo resultó herido. Anoche, Peter Carrington, en otro intento de escapar, trató de abrir la puerta de la habitación de la clínica. Los agentes del sheriff me han informado de que estuvo tirando desesperadamente de la puerta durante al menos un minuto. Afortunadamente, no lo consiguió.

«Peter —pensé—, Peter... ¿Qué estabas pensando? ¿Por qué hemos de pasar por esta pesadilla?»

—Señoría —estaba diciendo la fiscal—, el estado propone que se confisque la fianza de veinticinco millones de dólares que Peter Carrington entregó para asistir a la clínica de trastornos del sueño durante una noche. Solicitamos que permanezca confinado en la cárcel del condado de Bergen mientras aguarda el juicio. Cuesta imaginar una persona que presente mayor riesgo de fuga que él.

Conner Banks había estado aguardando con impaciencia que la fiscal acabase su discurso. Ahora le tocaba a él. Lo miré mientras se levantaba de su silla frente a la mesa de la defensa y se disponía a dirigirse al juez. Su expresión de confianza me dio cierta esperanza. Miró a la fiscal como si no acabara de creerse lo que acababa de oír, y empezó su argumentación.

—Señoría, hablemos del riesgo de fuga. Si Peter Carrington quisiera marcharse del país, podría haberlo hecho hace más de veinte años. En lugar de eso, ha vivido en su casa, intentando no hacer caso a los rumores denigrantes, ha cooperado con todos los investigadores y ahora, sabiendo que nunca haría daño voluntariamente a otro ser humano, ha intentado encontrar una explicación para los crímenes que pudiera haber cometido. O que pudiera no haber cometido.

Era demasiado pronto para que yo sintiera una respuesta del niño que estaba gestando, pero juro que sentí una patadita fantasma de aprobación.

Conner prosiguió:

—El propósito de esa prueba neurológica en la clínica especializada en trastornos del sueño era determinar si Peter Carrington es sonámbulo y, si lo es, determinar la gravedad y la frecuencia del problema. Los médicos de mi cliente me han informado de que sus lecturas neurológicas, cuando está dormido, son tremendamente irregulares e indican claramente la existencia de un trastorno grave del sueño denominado parasomnia. Los médicos que han visto la cinta grabada de ese episodio me han asegurado que, en su opinión profesional, se trató de un caso de sonambulismo y que mi cliente era totalmente inconsciente de sus actos.

«Está haciendo un buen trabajo —pensé—. ¡Dios mío, que el juez le crea!»

—Señoría —prosiguió Banks, subiendo el tono de voz—, no negamos que Peter Carrington se levantó e intentó salir de la habitación. Sin embargo, dadas las grandes medidas de seguridad con que contábamos, de las cuales Peter Carrington no solo estaba al corriente, sino que era él quien las pagaba, es evidente que este episodio fue una consecuencia de ese grave trastorno. Señoría, con el permiso que le concedió este tribunal, mi cliente pasó la noche en la clínica, y ahora ha vuelto a la cárcel. Sería una terrible injusticia confiscar los veinticinco millones de dólares de la fianza por haber cometido unos actos que escapaban a su control.

El juez Smith había escuchado muy atento a ambas partes. Levantó la vista y, antes de dirigirse a los presentes, me miró a los ojos durante un instante. ¿Qué vio cuando me miró? ¿Detectó mi súplica de que entendiera la situación? Cuando empezó a hablar, el corazón me golpeaba el pecho con fuerza.

—Puedo asegurar, con la mayor franqueza, que estas son las circunstancias más inusuales con las que me he encontrado en una vista para fijar una fianza —dijo—. Soy plenamente consciente de que el sonambulismo puede ser un factor en el juicio futuro del señor Carrington. Por supuesto, en este momento no pienso pronunciarme en cuanto a los méritos del caso de la fiscalía o a la validez de la defensa basada en el sonambulismo. Ahora mismo el único tema que nos interesa es si el señor Carrington intentó violar deliberadamente las condiciones de su fianza y si, por tanto, debe renunciar a los veinticinco millones que entregó en su momento. La defensa no discute el hecho de que el señor Carrington intentó salir de la habitación de la clínica en la que estaba confinado.

Contemplé a la fiscal. Su ceño fruncido reflejaba su enojo. «¡Dios santo, no permitas que el juez confisque la fianza de Peter! Porque, si la confisca, eso supondrá que cree que Peter estaba fingiendo.»

El juez prosiguió:

—La defensa ha señalado que las pruebas médicas han revelado un trastorno importante del sueño. También es un buen argumento el hecho de que Peter Carrington fuera plenamente consciente de las medidas de seguridad que le rodeaban, lo que hubiera imposibilitado cualquier intento de huida. También es cierto, como destaca la defensa, que el señor Carrington había estado de acuerdo en pagar los gastos de esa seguridad, cosa que hizo. Teniendo en cuenta todas estas circunstancias, y admitiendo de nuevo que el propósito de la evaluación clínica era descubrir si el acusado padecía o no un trastorno de sonambulismo, este tribunal no está convencido de que el señor Carrington intentase huir conscientemente, ni de que haya violado deliberadamente las condiciones de esta fianza. La inquietud de la fiscalía por una posible fuga es legítima, y el acusado permanecerá en la cárcel hasta el momento de su juicio. Pero teniendo en cuenta la información de que dispongo, no ordenaré la confiscación de los veinticinco millones de dólares.

Por fin conseguíamos una especie de victoria. Sentí que todo mi cuerpo se relajaba en el asiento. Vincent Slater me dio unas palmaditas en el hombro, un gesto impropio de él.

—Kay, esto es realmente importante —me dijo con una voz cargada de alivio y preocupación.

Slater mostraba sus emociones tan pocas veces, que su reacción me sorprendió y emocionó. Siempre había pensado en él como en alguien eficiente y entregado a los intereses de Peter, pero esencialmente frío y distante. Su reacción me abrió una ventana inesperada al interior de Vincent Slater. Por supuesto, me recordé, no cabía duda de que estaba encantado con la devolución de los veinticinco millones de la fianza.

Mientras Peter estaba en la celda, me permitieron compartir unos minutos con él.

—Kay —me dijo—, anoche soñé que estaba arrodillado en el césped de los Althorp, tal como estaba cuando la policía me detuvo. Si intenté abrir la puerta fue porque, en mi sueño, tenía que volver allí.

Su voz se convirtió en un susurro para que el guardia que estaba cerca no le oyese.

—Pero anoche fue diferente —dijo, y tras una pausa añadió—: Creía que Gary Barr estaba en la habitación, observándome.

58

Nicholas Greco oyó en la radio de su coche que Peter Carrington había intentado fugarse de la clínica. Sabiendo que se celebraría una vista para fijar la fianza, telefoneó a Barbara Krause y se enteró de a qué hora tendría lugar.

Esa era la razón de que estuviese en la sala del tribunal durante la vista, y la razón de que se quedara esperando fuera, una vez acabó, para ver si podía hablar con Kay, la esposa de Carrington.

Kay salió acompañada de Vincent Slater. Cuando Slater vio a Greco, intentó que Kay Carrington no se detuviera, pero Greco le cortó el paso.

—Señora Carrington —dijo—, me gustaría mucho hablar con usted. Existe la posibilidad de que pueda serle de ayuda.

—¡Ayuda! —espetó Slater—. Kay, este es el investigador que encontró a la doncella y consiguió que cambiara su testimonio.

—Señora Carrington, solo busco la verdad —dijo Greco al tiempo que le entregaba su tarjeta—. Por favor, cójala. Por favor, llámeme.

Satisfecho al ver que Kay se guardaba la tarjeta en el bolsillo, se dio la vuelta y se alejó de los ascensores.

A esas alturas ya sabía que se había convertido en una figura familiar en el despacho de la fiscal. La puerta de la oficina de Barbara Krause estaba cerrada, pero Tom Moran se hallaba en el vestíbulo hablando con un agente de policía. Greco consiguió que Moran lo viera y luego aguardó hasta que este se acercó a hablarle.

Con un gesto de la mano Moran borró las disculpas de Greco por presentarse sin cita previa.

—Vamos a mi despacho —le propuso—. La jefa no está lo que se dice de buen humor después de perder la moción para la confiscación de la fianza.

—Lo entiendo —dijo Greco, dando gracias interiormente por no haber invadido el espacio de Barbara Krause. Sabía que la línea entre que lo considerara una ayuda o un incordio era muy delgada. También sabía que no podía robarle mucho tiempo a Moran.

Una vez en el despacho de Moran, Greco fue al grano.

—He estado hablando con la mejor amiga de Susan Althorp, Sarah Kennedy North. Como sabe, Gary Barr solía llevar en coche a Susan y a sus amigas a las fiestas. Pero, según Sarah North, mantenía una relación especialmente estrecha con Susan.

Moran arqueó una ceja.

—Le escucho.

—Por lo visto, Susan se refería a Barr como su «colega». Es un poco extraño para tratarse de una chica de dieciocho años y un sirviente que pasaba de los cuarenta, ¿no le parece? Además, el ambiente en la casa de los Althorp no invita a pensar que entre la familia y el servicio existiera demasiada familiaridad. Más bien diría que se daba el caso contrario.

—Señor Greco, siempre hemos sospechado que Peter Carrington contó con ayuda para esconder y luego enterrar el cuerpo de Susan Althorp. Por supuesto, sabíamos que Gary Barr hacía de chófer de vez en cuando. La policía también habló con las amigas de Susan tras su desaparición. Ninguna de ellas comentó que Barr tuviera una relación inusual con Susan. Quizá haya llegado la hora de que volvamos a hablar con él. Quizá su memoria también haya mejorado con el paso de los años.

Greco se puso en pie.

—No quiero quitarle más tiempo. Me gustaría pedirle que investigue a fondo el pasado de Gary Barr para descubrir si ha tenido algún problema con la ley. Se me ha ocurrido una posibilidad que aún no puedo compartir. Que pase un buen día, señor Moran. Siempre es un placer verle.

59

Despreciaba a Elaine por su traición, pero, por extraño que parezca, era un alivio no estar en posesión de la camisa incriminatoria. Aunque nos estaba chantajeando, también estaba posponiendo un dilema moral que me concernía. Según la ley, como esposa de Peter no tenía que testificar en su contra. Sin embargo, ocultar o destruir una prueba era otra historia. Pero ahora, me dije a mí misma, no estaba ocultando ninguna prueba porque no la tenía.

El día después de la vista para la fianza los medios de comunicación hicieron su agosto. La portada de un diario sensacionalista incluía una foto de Peter delante del juez y de espaldas a la cámara. El juez tenía la vista baja. El titular decía: «Zzzzzzz. ¿El juez también está dormido?». En otro diario, una caricatura mostraba a Peter con unos electrodos en la frente, un tubo respirador por encima del hombro, y un hacha en la mano con actitud de querer echar la puerta abajo.

Yo no sabía si Peter tenía acceso a la prensa, pero tampoco se lo pregunté. En mi siguiente visita, le pregunté sobre el sueño que tuvo en el centro especializado, cuando intentó abrir la puerta porque quería regresar a la finca de los Althorp.

—¿Crees que existe la posibilidad de que de verdad vieses a Gary merodeando por la casa de Susan la noche que desapareció? —le pregunté.

—¡En absoluto, Kay! Si lo hubiera visto, ¡jamás le habría permitido acercarse a ti a menos de un kilómetro!

Por supuesto que no se lo habría permitido. Estaba convencido de que aquello era solo una ramificación confusa de su sueño... pero no lo era.

Nuestras visitas eran tan dolorosas... Nos veíamos a través de una pared de plexiglás y hablábamos por un teléfono. Él podía sentarse junto a sus abogados en torno a la mesa de conferencias pero no podía tocarme. Yo anhelaba rodearle con mis brazos, sentir la fuerza de los suyos alrededor de mi cuerpo. Pero eso no iba a suceder.

En mi mente seguía vivo el comentario de Conner Banks acerca de que Peter se había casado conmigo por lo que yo había oído en la capilla. Pero cuando vi cómo Peter me miraba, cómo se le iluminó la cara en cuanto posó sus ojos en mí, volví a estar segura de que me amaba y que me había amado desde el principio.

Pero unas horas más tarde, cuando estaba sola en casa, no me parecía imposible que él y Susan hubieran discutido por dinero en la capilla aquella tarde. Por entonces Peter estaba en la universidad. ¿Cuánto dinero debía de recibir de un padre que era famoso por su tacañería? Si Susan tenía derecho a exigirle algo, ¿pudo Peter caer en la desesperación, quizá por miedo a su padre, y querer silenciarla?

Aquellas preguntas me acosaban sin cesar, pero cuando se acercaba por fin el siguiente día de visita me sentía fatal por haber dudado de mi esposo.

Durante las semanas posteriores a la vista, saqué una docena de veces la tarjeta de Nicholas Greco y pensé en llamarle. Tenía el absurdo presentimiento de que él podría ayudar a Peter de alguna manera. Pero cada una de esas veces me recordé que Peter no estaría arrestado si Greco no hubiese encontrado la pista de María Valdez, y siempre acababa metiendo la tarjeta en el cajón y cerrándolo con un golpe.

Estábamos disfrutando de un cálido mes de febrero, y me animé otra vez a hacer footing; todas las mañanas salía a correr por la finca. A menudo me detenía en el lugar donde habían descubierto los restos de mi padre. Esa tumba me parecía más real que la que compartía ahora con mi madre en el MaryRest Cemetery. La policía había excavado al menos tres metros y medio en cada dirección alrededor del lugar donde los perros habían empezado a ladrar frenéticos. Ahora la fosa estaba tapada de nuevo, pero aún destacaba entre la hierba que la rodeaba, y yo sabía que la suciedad empezaría a desaparecer con el rocío de la primavera.

Decidí plantar rosales en ese lugar, pero entonces me di cuenta de que hacía tan poco tiempo que era la señora Carrington que ni siquiera sabía quién se encargaba del paisajismo.

A veces me detenía junto a la verja y miraba al otro lado, al lugar donde habían encontrado el cuerpo de Susan. Intentaba imaginar a Peter, con veinte años, pensando que sería seguro depositar el cadáver allí porque los perros rastreadores ya habían examinado toda la finca. Incluso telefoneé a la Compañía Pública de Gas y Electricidad. Uno de sus empleados me dijo que había una tubería de gas cerca del límite de nuestra propiedad, al otro lado de la valla, y que su compañía gozaba de un permiso perpetuo para arreglar la instalación o sustituirla. Me contó que normalmente no necesitaban remover el terreno a casi quince metros del límite.

«Cuando sospechamos que hay una fuga, nos acercamos sin notificarlo previamente —me dijo—. El día que encontraron el cuerpo de esa chica, Althorp, alguien había informado de que olía a gas, y enviamos un equipo de inmediato. Nuestros detectores practicaron agujeros mucho más cerca de su valla de lo que probablemente tengan que hacerlo jamás.»

Eso podría explicar por qué, incluso aunque Peter fuera culpable, no se mostró inquieto cuando vio que el equipo de emergencia empezó a cavar cerca de la acera.

Repasé mentalmente todo lo que sabía de aquella noche. Elaine afirmaba que vio a Peter llegar a casa a las dos de la mañana. No había duda de que a medianoche llevó a Susan a casa en el coche. Me pregunté si Susan se había atrevido a huir de casa inmediatamente o si esperó veinte minutos o media hora para asegurarse de que sus padres no la oían marcharse. Y tanto si Peter había salido sonámbulo como si no, ¿en qué momento, entre las doce y media y las dos de la mañana, habría ocultado el cuerpo de Susan?

Y, si lo hizo, no cabía duda de que contó con la ayuda de alguien. Mi sospecha de que Gary Barr tenía algo que ver con todo aquello era cada vez más fuerte. Eso explicaría por qué Gary parecía tan nervioso e incluso había intentado escuchar a escondidas. Si, por lealtad, había intentado ayudar a Peter, debía de estar muy preocupado de que pudieran considerarlo cómplice de asesinato.

Conner Banks me facilitó una copia de una cinta de The Learning Channel en la que se recogían los asesinatos cometidos en Estados Unidos por dos hombres durante un episodio de sonambulismo. Los dos cumplían cadena perpetua. En la misma cinta se veían la reconstrucción de un homicidio y de una agresión con daños físicos graves cometidos por dos hombres en Canadá en las mismas circunstancias. A los dos los absolvieron. Viendo la cinta se me encogió el estómago. Los hombres se mostraron confusos cuando la policía los detuvo, y no recordaban nada de lo sucedido. Uno de ellos se despertó en su coche y fue a una comisaría de policía porque estaba cubierto de sangre.

Una manera de mantenerme ocupada —y era algo con lo que realmente disfrutaba— era hacer cambios en la mansión. Por lo que Peter me había contado, Grace no había cambiado casi nada pero había redecorado por completo el apartamento de la Quinta Avenida. Durante las semanas que transcurrieron entre la recepción benéfica y nuestra boda, yo solo estuve en ese apartamento unas pocas veces. Ahora, sin Peter, no apetecía ir. Es una tontería, pero me hubiera sentido como una intrusa. Si enviaban a Peter a la cárcel, sabía que tendría que tomar decisiones importantes sobre todas las propiedades.

Sin embargo, entretanto empecé a introducir pequeños cambios en esta casa... mi casa, como me recordé. Le pedí a Gary que bajase la caja de porcelana de Limoges de la que le hablé a Peter. Jane lavó y secó los platos, las tazas y las bandejas, así como los preciosos complementos que se empleaban en las grandes cenas de finales del siglo XIX.

—Ya no se ven cosas como estas, señora Carrington —decía Jane, maravillada.

En el comedor grande había un aparador espléndido del siglo XVIII. Colocamos allí la vajilla de Limoges, y empaquetamos la porcelana que había elegido Elaine. «Menudo cambio», pensé.

En una habitación del segundo piso encontré un arcón pesado repleto de cubertería de plata ennegrecida. Cuando Jane y Gary acabaron de limpiarla, vimos que todos los cubiertos lucían las mismas iniciales.

—¿De quién son las iniciales ASC? —pregunté a Peter durante una de mis visitas.

—¿ASC? Seguramente de mi tatara tatara, lo que sea, abuela. Se llamaba Adelaide Stuart y se casó con mi tatara tatara, lo que sea, abuelo en 1820. Recuerdo que mi madre decía que Adelaide afirmaba tener algún parentesco remoto con el rey Charles, y que nunca permitió que el antepasado de mi padre olvidase que ella gozaba de mejor posición social que él. Ella fue la que decidió trasladar la mansión desde Gales.

Me di cuenta de que conversaciones como esa eran la mejor manera de arrancar a Peter una sonrisa. Le gustaba la idea de que estuviera dejando mi propia huella en su casa.

—Haz lo que quieras, Kay. Algunas habitaciones son demasiado frías y señoriales para mi gusto. Pero deja mi biblioteca tal como está, y ni se te pase por la cabeza cambiarle el tapizado a mi butaca.

Le conté que iba a cambiar algunos de los cuadros del piso de abajo por otros que había encontrado en el segundo piso y que me gustaban más.

Invitaba a cenar a Maggie un par de veces por semana, y a veces nos íbamos al restaurante a comer pasta. Sabía que los comensales me seguían con la mirada cuando entrábamos, pero decidí que no podía esconderme para siempre y que, en realidad, al menos hasta que empezase el juicio, solo despertaba curiosidad.

Después de que Elaine se negara a darme la camisa no la vi durante tres semanas, aunque de vez en cuando veía que su coche salía o entraba por el camino. Hice que cambiaran todas las cerraduras de la casa, de modo que no pudiera entrar sin llamar al timbre. Entonces, una noche, cuando los Barr se habían retirado ya a su casa y yo estaba leyendo en la butaca de Peter, de repente el timbre de la puerta resonó frenéticamente.

Corrí a abrir la puerta y Elaine se precipitó dentro de la mansión con una mirada enloquecida y las manos crispadas como garras. Durante un instante creí que me iba a estrangular.

—¿Cómo te atreves? —gritó—. ¿Cómo te atreves a saquear mi casa?

—¡Saquear tu casa! —Supongo que el asombro de mi voz y lo que fuera que vio en mi rostro le hicieron comprender que no sabía de qué me estaba hablando.

De inmediato, la furia de su rostro se convirtió en pánico.

—Kay —dijo—. Oh, Dios mío, Kay... ¡No está! ¡Alguien la ha robado!

No tuve que preguntarle a qué se refería. La camisa de Peter, manchada con la sangre de Susan, la camisa que sin duda alguna le convertía en un asesino, había desaparecido.

60

En la Walker Gallery, Pat Jennings cada vez pasaba más tiempo hablando por teléfono; no tenía absolutamente nada más que hacer. Richard, en las semanas transcurridas después de la bronca que tuvo con su madre en su despacho, se había dejado ver muy poco. Le dijo a Pat que iba a vender su apartamento y a comprar otro más pequeño, y que buscaba un espacio menos caro para la galería.

—Creo que el gran romance con Gina Black se ha acabado —confesó Pat a su amiga Trish durante una de sus frecuentes conversaciones telefónicas—. Ella ha ido dejándole mensajes, pero Richard me ha pedido que le diga que está fuera de la ciudad.

—¿Y qué pasa con la otra, Alexandra Lloyd?

—Supongo que ha tirado la toalla. Hace un par de semanas que no llama.

—¿Su madre ha vuelto a pasar por allí?

—No, ni una sola vez. Pero creo que ha perdido algo. Cuando Richard ha llegado esta mañana, ¡no veas cómo estaba! Fue directamente al teléfono y llamó a su madre. He oído que le decía que después de lo que le había dicho anoche no había podido pegar ojo, que estaba muy preocupado. Parece que no se da cuenta de que cuando levanta la voz oigo todo lo que dice.

—¿Y eso cuándo ha sido? —preguntó Trish.

—Hace cosa de una hora.

—¿Qué más dijo?

—Algo sobre la estupidez tan grande que había sido guardarla en casa, y que por qué no la había colgado del asta de la bandera para que la viera todo el mundo. Al final él le colgó, y a los diez minutos ella volvió a llamar. Me di cuenta de que estaba llorando. Me dijo que no quería hablar con Richard. En lugar de eso me pidió que le dijera a su hijo que él tenía la culpa de que ella la hubiera sacado a la luz justo ahora, y que era culpa de él que la hubiera guardado en casa, y que se fuera al infierno.

—¿Te dijo eso? —preguntó Trish sin aliento—. ¿Le has dado ese mensaje?

—Tenía que hacerlo, ¿no? Se ha limitado a decir que hoy ya no volvería y ha salido dando un portazo.

—¡Qué fuerte! —exclamó Trish—. Tienes un trabajo superinteresante, Pat. Es genial estar en contacto con gente como los Carrington. ¿Qué crees que habrá perdido Elaine?

—Oh, supongo que alguna joya —respondió Pat—. A menos que sea un vale para acceder a la fortuna de los Carrington. Seguro que Richard sabría aprovecharla.

—A lo mejor es un «as en la manga», sea lo que sea eso —apuntó Trish.

Las dos soltaron una carcajada.

—¡Mantenme informada! —advirtió Trish antes de colgar.

61

—Peter ya dejó clara su estrategia ante el tribunal en la vista para la fijación de la fianza, Kay —dijo Conner Banks al tiempo que movía el índice hacia mí para enfatizar sus palabras—. Tenemos una copia de la cinta en la que se le ve levantándose de la cama en la clínica de trastornos del sueño. Hay una imagen muy clara de su rostro mirando directamente a la cámara. Está claro que tiene la mirada perdida y una expresión de total desconcierto. Creo que cuando los miembros del jurado vean la cinta, algunos, quizá todos, creerán que en ese momento Peter padecía un episodio de sonambulismo y que, por consiguiente, es sonámbulo. Pero, Kay, aun así la defensa no funcionará. Si quiere ver a Peter en su casa otra vez, como un hombre libre, tiene que convencerle de que nos permita atacar la argumentación de la fiscalía demostrando que existen dudas razonables de que matase a Susan y también de que matara a su padre.

—Estoy plenamente de acuerdo —dijo Markinson con gran énfasis.

Banks y Markinson estaban de nuevo en la mansión. Hacía una semana que alguien había robado la camisa de Peter de casa de Elaine. No sé quién estaba más angustiada por su desaparición, si Elaine o yo.

Para mí, solo había dos personas que podían haberla robado: Gary Barr y Vincent Slater. Vincent había supuesto enseguida que el «objeto» con el que Elaine quería chantajearme era la camisa, y estoy casi segura de que Gary nos oyó hablar de ello.

Podía incluso imaginar a Vincent intentando recuperar la camisa una vez que Elaine hubo recibido el millón de dólares y sobre todo cuando ella quiso seguir chantajeándome, pero ¿por qué no me lo dijo? Le saqué el tema y le dije que el «objeto» de Elaine era la camisa desaparecida, pero él negó rotundamente haberla robado. No supe si creerle o no.

Si se la llevó Gary Barr, ¿qué pensaba hacer con ella? Quizá la conservaba como un seguro para hacer un trato con la fiscal, algo así como: «Peter era un crío. Me dio pena. Escondí el cuerpo y luego le ayudé a enterrarlo al otro lado de la valla».

Por supuesto, tanto Vincent como Gary podían acceder fácilmente a la casa de Elaine. Gary se pasaba el día de aquí para allá; Vince entraba y salía de la mansión cada dos por tres. El guardia de la casa estaba casi siempre en la puerta delantera. De vez en cuando daba una vuelta por la parte de atrás, pero a cualquiera de los dos les resultaría fácil evitar que los viera.

Antes de descubrir que habían entrado en su casa, Elaine había pasado cuatro días en su apartamento de Nueva York. Quien robó la camisa tuvo mucho tiempo para buscarla por toda la casa. Aparte de Vincent y Gary, me pasó por la mente otro posible sospechoso, aunque remoto. Mientras Elaine me contaba histérica que la camisa había desaparecido, se le escapó que Richard también sabía de su existencia. ¿Podía haberla cogido como seguro para sus futuras pérdidas en el juego? Pero Elaine me dijo que Richard no sabía que ella no había devuelto la camisa a la caja de seguridad del banco donde había estado escondida veintidós años, y que se había enfadado mucho cuando ella le dijo que la había perdido, y que no fingía.

Todos estos pensamientos acudían a mi cabeza mientras Conner Banks me exponía, paso a paso, los factores que él consideraba fundamentales para una defensa basada en la «duda razonable».

—Peter y Susan eran amigos, pero nadie ha apuntado en ningún momento que la cosa pasara de ahí —decía Banks—. La camisa que Peter llevaba esa noche no ha aparecido, pero la chaqueta, los pantalones, los calcetines y los zapatos sí, y en ellos no había ni rastro de sangre.

—Suponga que la camisa acaba apareciendo —dije—. Suponga, por suponer algo, que está manchada con la sangre de Susan.

Banks y Markinson me miraron como si tuviera dos cabezas.

—Si existiera la más mínima posibilidad de que eso sucediera, intentaría llegar a un acuerdo de dos sentencias concurrentes de treinta años —aseguró Banks—. Y consideraría un golpe de suerte que me las concedieran.

«Damos vueltas y más vueltas, pero dónde acabaremos, no lo sabemos», pensé. Sin saberlo, Banks me había dado la respuesta. Si los abogados conocieran la existencia de la camisa, querrían llegar a un acuerdo con el tribunal, y Peter jamás afirmaría haber cometido esos asesinatos tan solo para obtener una sentencia que, como máximo, le diera la posibilidad de salir de la cárcel cuando tuviera setenta y dos años.

«Nuestro hijo tendría treinta años», pensé.

—No intentaré convencer a Peter de que cambie su defensa —dije—. Es lo que quiere, y pienso respaldarle.

Ellos echaron sus sillas hacia atrás y se pusieron en pie.

—Entonces tendrá que enfrentarse a lo inevitable, Kay —dijo Markinson—. Tendrá que criar a su hijo sola.

Cuando salían del comedor, Markinson se detuvo frente al aparador.

—Una porcelana magnífica —comentó.

—Sí —respondí, consciente de que habíamos pasado a tener una conversación educada, de que los abogados de Peter habían tirado la toalla.

Conner Banks estaba observando una de las pinturas que había bajado del segundo piso.

—Este cuadro es impresionante —dijo—. Es un Morley, ¿no?

—No lo sé —confesé—. El arte no es mi fuerte. Simplemente me gustaba más que el que estaba antes aquí.

—Entonces es que tiene buen ojo —dijo con tono aprobador—. Nos vamos. Queremos reunir a un grupo de médicos que hayan tratado a personas con parasomnia y que puedan dar testimonio de que estas son totalmente inconscientes de su conducta cuando están sonámbulas. Si usted y Peter insisten en esa defensa, tendremos que llamar a esos profesionales en calidad de testigos expertos.

Era día de visita en la cárcel del condado de Bergen. La cintura se me estaba ensanchando y cuando me vestí esa mañana tuve que dejar abierto el botón de arriba de mis pantalones. Casi siempre llevaba jerséis de cuello alto; me ayudaban a disimular lo delgada que estaba, exceptuando, por supuesto, la cintura. Me preocupaba seguir perdiendo peso, pero el ginecólogo me había dicho que eso era normal durante los primeros meses de embarazo.

¿Cuándo fue el momento exacto en que todas mis dudas sobre la inocencia de Peter empezaron a desaparecer? Creo que tuvo que ver con los archivos que había comenzado a examinar en el segundo piso. En ellos encontré documentos que me enseñaron muchas cosas sobre la infancia de mi marido. Su madre, hasta que falleció, había realizado un álbum de fotos por cada año de su vida; en aquella época Peter tenía doce años. Me llamó la atención que su padre apareciera en muy pocas fotos. Peter me había contado que, después de que él naciera, su madre dejó de acompañar a su padre en los viajes de negocios.

La madre de Peter había escrito algunas notas en las páginas del álbum, comentarios cariñosos acerca de la inteligencia de Peter, su buena disposición para todo, su sentido del humor.

Ver la relación tan estrecha que Peter tenía con su madre me causó cierta desazón. «Al menos la tuviste doce años», pensé. Luego encontré una foto sacada por el fotógrafo del *Record* de Bergen el día del funeral de su madre. Un Peter de doce años, destrozado, intentando contener las lágrimas, caminaba junto al ataúd con la mano apoyada en él.

Sus anuarios universitarios estaban en uno de los archivadores. En uno de ellos, la frase que se le dedicaba hablaba de «gracia bajo presión», y me di cuenta entonces de que Peter apenas había comenzado el último curso en Princeton cuando Susan desapareció. Durante los meses siguientes, la oficina del fiscal no dejó de citarlo para interrogarlo.

Cuando aquella tarde fui a la cárcel, Peter se quedó mirándome a través de la pared de plexiglás durante un minuto, sin decir palabra. Estaba temblando, y tenía los ojos llenos de lágrimas. Cogió el teléfono y con voz enronquecida dijo:

—Kay. No sé por qué, pero tenía la sensación de que hoy no ibas a venir, ni hoy ni nunca, que ya habías llegado al límite de la tristeza que podías soportar.

Durante un momento me pareció estar viendo el rostro de aquel niño de doce años en el funeral de la persona a la que más quería en el mundo.

—Nunca te abandonaré —le dije—. Te quiero demasiado para dejarte. Peter, no creo que en tu vida hayas hecho daño a nadie. Es imposible. Hay otra respuesta y, que Dios me ayude, pienso encontrarla.

Aquella tarde telefoneé a Nicholas Greco.

62

Jane Barr había preparado sopa de ternera y cebada por si los abogados se quedaban a comer, pero a las once y cuarto ya se habían ido. Jane se alegró de tener un motivo para cocinar, necesitaba una ocupación que la distrajera. Habían llamado a Gary para que acudiera a la oficina del fiscal, y allí estaba en esos momentos. Jane estaba preocupada. ¿Qué querrían preguntarle? Después de todos esos años, no iban a interrogarle sobre Susan Althorp, ¿no?

«Por favor, que no sea eso», rogó.

Kay Carrington se sirvió una taza de sopa antes de ir a visitar a Peter a la cárcel. «Hay algo curioso en esta chica —pensó Jane—. No procede de una familia con dinero, pero tiene algo especial, no es orgullo, sino complicidad. Es perfecta para Peter. Y estoy segura que está embarazada. No me lo ha dicho, pero lo sé.»

«¿Dónde andará Gary?», se preguntó al tiempo que consultaba el reloj. «¿Qué tipo de preguntas le estarán haciendo? ¿Cuánto les habrá contado?»

Después del almuerzo, normalmente Jane se iba a la caseta del guarda, donde se quedaba buena parte de la tarde, y luego regresaba a la mansión para encender las luces, correr las cortinas y preparar la cena. Cuando llegó a su casa se encontró a Gary comiéndose un bocadillo y tomando una cerveza.

—¿Por qué no me has avisado de que ya estabas en casa? —preguntó—. ¡Estaba en vilo esperando saber qué quería esa gente!

—Encontraron algunos datos de mi vida, de cuando era un chaval —respondió Gary, cortante—. Ya te hablé de ello. En la adolescencia tuve algunos problemas, pero se suponía que los archivos estaban sellados. De todos modos, en aquella época algo se filtró a los periódicos, y supongo que así es como lo han descubierto.

Jane se dejó caer en una silla.

—Pero de eso hace muchísimo tiempo... No pueden utilizar en tu contra lo que pasó hace tanto, ¿no? ¿O es que ahora ven en aquel episodio algo más que lo que hubo?

Cuando Gary Barr miró a su esposa, en sus ojos había algo cercano al desprecio.

—¿Tú qué crees? —preguntó.

Jane aún no había empezado a desabrocharse su chaqueta de invierno. Alzó la mano y pasó el primer botón por el ojal. Tenía los hombros caídos.

—He vivido toda mi vida en esta ciudad —dijo—. Nunca he querido vivir en otra parte. Hemos trabajado para buena gente. Ahora todo eso está en peligro. Lo que hiciste fue terrible... ¿Te han preguntado sobre ello? ¿Saben algo? ¿Lo saben?

—¡No! —respondió Gary, furioso—. No han descubierto nada, así que deja de preocuparte. La ley de prescripción significa que ahora estoy limpio. E incluso aunque intentaran acusarme de cualquier otra cosa, puedo ofrecerles algo que no podrán rechazar.

—¿De qué estás hablando? —preguntó Jane con evidente inquietud—. ¡La ley de prescripción no se aplica en caso de ase-sinato!

Gary Barr se levantó de golpe de la silla y le arrojó el bocadillo que se estaba comiendo.

—¡No vuelvas a usar esa palabra nunca más! —gritó.

—Lo siento, Gary. No quería que te enfadaras. Lo siento mucho.

Con las lágrimas acumulándose en sus ojos, Jane contempló la mancha de mostaza en su abrigo, el pan de centeno, las lonchas de jamón y las rodajas de tomate tiradas por el suelo, a sus pies.

Cerrando y abriendo los puños, Barr se esforzó por controlarse.

—Vale. Muy bien. Pero recuerda esto: una cosa era estar allí, y otra muy distinta matarla. Vale. Voy a limpiar esto. De todos modos, el bocadillo estaba malísimo. ¿Queda algo de la sopa que preparabas esta mañana?

—Sí. Mucha.

—Hazme un favor y tráeme un poco, ¿quieres? He tenido un día duro. Siento haber perdido los estribos. No te lo mereces, Jane. Eres una buena mujer.

63

Nicholas Greco se alegró de recibir una llamada inesperada del ayudante de la fiscal, Tom Moran.

—Fue una buena pista —le dijo Moran—. Barr tenía un registro juvenil sellado al público, pero accedimos a él. Fue arrestado por llevar marihuana a la escuela y fumársela en el gimnasio. También encontramos su anuario del instituto y localizamos a algunos de sus compañeros de clase, que siguen viviendo en Poughkeepsie. Barr era famoso por su mal genio. No era precisamente el amable adolescente que vive en la casa de al lado.

»Por supuesto, eso pasó hace mucho tiempo —prosiguió Moran—. Sin embargo, es interesante que sus compañeros lo recuerden como alguien resentido y con complejo de inferioridad. Desaprovechó el tiempo en el instituto, no quiso ir a la universidad, y luego, años más tarde, en una reunión de antiguos alumnos del instituto, se lamentó de que la vida no le había dado la oportunidad de triunfar.

—Me pareció alguien muy inseguro, insatisfecho, enfadado con el mundo —dijo Greco—. Lo que me cuenta encaja con la imagen que me había forjado de él.

—Cambiando de tema... —dijo Moran—. Hay algo más que quería que supiera. La señora Althorp ha fallecido hoy.

—Siento muchísimo oír eso, pero creo que para ella ha sido una bendición.

—Por lo que sé, no se celebrará velatorio y el funeral será privado. Supongo que eso es lo que ella quería y, como imaginará, la familia ha recibido suficiente atención por parte de los medios de comunicación para toda su vida.

—Sí, lo entiendo —dijo Nicholas Greco—. Gracias, Tom.

Greco consultó su reloj. Pasaban de las cinco de la tarde, pero aún no estaba preparado para volver a casa. Quería pensar tranquilamente, y a veces le resultaba más fácil hacerlo cuando todo el mundo había salido de la oficina y ya no sonaban los teléfonos. Afortunadamente, era la tarde en que Frances se reunía con los miembros del club de lectura, de modo que no le importaría que él llegase tarde a casa.

Sonrió para sí. Al final del día, Frances quería toda su atención, plena e indivisible. «La mayoría de las veces se la concedo —pensó con afecto—, pero en este momento necesito parar mientes en todo esto.» La primera vez que usó esa expresión delante de Frances, ella le preguntó de qué estaba hablando.

«—Ahora ha quedado anticuada, pero no hace tanto era una expresión muy frecuente —dijo él—. "Parar mientes en algo" quiere decir reflexionar con atención, querida.

»—¡Venga, Nick, por el amor de Dios! —contestó ella—. ¿Por qué no hablas claro? Simplemente estás intentando aclararte.»

«Eso es precisamente lo que intento hacer», pensó Greco.

Gary Barr figuraba a la cabeza de su lista de personas y cosas que debía investigar. Greco tenía la sensación de que Barr estaba resentido con aquellos que, a su parecer, habían gozado de una vida privilegiada. «¿Cuál era su relación con la familia Althorp?», se preguntó. Los años que él y su esposa no trabajaban para los Carrington, solían cocinar y prestar sus servicios a los Althorp. Gary también era el chófer ocasional de su hija. «¿Cómo y por qué se convirtió en el "colega" de Susan? Tengo que hablar otra vez con la amiga de Susan, con Sarah», pensó Greco.

La página arrancada de la revista *People* que encontraron en la chaqueta de Grace Carrington era lo siguiente en su lista. Era importante, muy importante..., de eso estaba seguro. Pero ¿por qué?

Luego venía el bolso que Susan Althorp había llevado a la fiesta. ¿Por qué recordaba Gary Barr con tanta claridad que a la mañana siguiente Peter Carrington pidió a Vincent Slater que se lo devolviera a Susan, y que Peter se sorprendió cuando Slater le dijo que el bolso no estaba en el coche? ¿Acaso Barr se había inventado esa historia por sus propios motivos? Slater había confirmado la conversación, pero solo hasta cierto punto. Afirmó que Carrington le pidió que comprobase si el bolso estaba en el coche y, si estaba, que se lo devolviera a Susan.

Pero a Susan la esperaban para el *brunch* ese mismo día. Además, el bolso era pequeño, no podía contener más que un pañuelo, una polvera, un peine o un lápiz de labios. «Por tanto, ¿por qué tanta prisa por devolvérselo? ¿Contenía algo especial que Susan pudiera necesitar?», se preguntó Greco.

«Todas estas piezas están relacionadas —pensó Nicholas Greco mientras permanecía sentado, con las manos enlazadas, sin darse cuenta de que fuera anochecía—. Pero ¿cómo?»

Sonó el teléfono. Un tanto irritado por la interrupción, Greco descolgó el auricular y se identificó.

—Señor Greco, soy Kay Carrington. Me dio su tarjeta en la sala del tribunal hace unas semanas.

Greco se enderezó en la silla.

—Sí, es cierto, señora Carrington —dijo lentamente—. Me alegro de que me haya llamado.

—¿Podría venir mañana por la mañana a mi casa?

—Por supuesto. ¿A qué hora le va mejor?

—¿A las once? ¿Le va bien?

—Sí, perfecto.

—¿Sabe dónde vivo?

—Sí. Estaré allí a las once.

—Gracias.

Greco oyó el sonido del auricular al colgarlo, y luego colgó él. Sumido aún en sus pensamientos, se levantó y se acercó al armario ropero. En el último momento recordó dejar una nota en la mesa de su secretaria: «Mañana por la mañana estaré en Nueva Jersey».

64

Aún no le había dicho a Maggie que estaba embarazada porque estaba segura de que ella se lo contaría a algunas de sus amigas y en cuestión de días la noticia saldría en la prensa amarilla. Maggie era totalmente incapaz de guardar un secreto. Pero pensé que en la consulta del ginecólogo podría haberme visto alguien me que conociera y como no quería que Maggie se enterase por un tercero, sabía que tenía que decírselo.

Después de telefonear a Nicholas Greco y fijar la cita, recogí a Maggie y la llevé de vuelta a nuestra casa para cenar. Jane había preparado pollo al horno y quería servirnos, pero le dije que ya podía irse a casa, que nos serviríamos nosotras mismas. Lo último que necesitaba era que Gary Barr escuchase nuestra conversación. Creo que Jane estaba preocupada por la posibilidad de perder su empleo; protestó, pero luego se interrumpió y, muy amablemente, nos deseó buenas noches.

La cocina es grande, y en ella hay una mesa y unos bancos donde solía comer el servicio cuando en la casa había más personal. Maggie quería que cenásemos allí, pero la idea no me gustó. Las sillas del comedor pequeño son mucho más cómodas. Además, yo sabía que la mansión la intimidaba, y quería que superara ese sentimiento.

Cuando nos sentamos a la mesa le dije lo del bebé. La noticia le hizo muchísima ilusión, pero inmediatamente empezó a preocuparse por mí.

—¡Oh, Kay, es terrible que el padre de tu hijo no vaya a verlo crecer!

—Maggie —le dije—, se llama Peter, y yo no he renunciado a la esperanza. Él no mató a Susan Althorp, y por supuesto que tampoco mató a mi padre. Pero, por favor, hablemos de algo más. A papá lo despidieron solo unas semanas después de que Susan desapareciera. Peter me contó que Elaine Carrington se libró de él porque a papá no le interesaban sus proposiciones.

—Eso ya me lo dijiste, Kay —señaló Maggie con voz contrita.

Yo sabía cuánto sentía Maggie haber llegado a la conclusión de que el despido de mi padre había sido consecuencia de su problema con la bebida.

—¿Qué pensaba hacer papá? ¿Tenía alguna oferta de trabajo?

—No lo sé, Kay. Pasaron solo unas pocas semanas desde el despido cuando creímos que se había suicidado. La última vez que le vi fue el 30 de septiembre, hace veintidós años y medio. Ya hemos hablado de esto.

—Pues volvamos a hablar.

—El 30 de septiembre, tu padre me llamó sobre las cinco de la tarde y me pidió que esa noche te quedaras en mi casa. Me dijo que tenía una cita con alguien. A ti te fastidiaba ir a mi casa porque él te había prometido que esa tarde haríais una nueva receta para la cena. Él te prometió que te lo compensaría. Pero al día siguiente no vino a casa ni te llamó, y entonces la policía nos informó de que habían encontrado su coche en el acantilado, por encima del río, y que su cartera estaba en el asiento.

—¿Investigaron para averiguar con quién tenía papá una cita el 30 de septiembre?

—En aquel momento la policía concluyó que tu padre se había inventado esa historia como excusa para dejarte en casa.

Me di cuenta de que aquella conversación no nos llevaba a ninguna parte. Seguía conservando la esperanza de que en la conciencia de Maggie apareciese algún fragmento de un recuerdo olvidado, pero por el momento no había suerte.

Mientras tomábamos un té, decidí que había llegado el momento de hablarle a Maggie de aquella vez que, hacía tantos años, me colé en esta casa porque tenía curiosidad por ver la capilla.

Su reacción, como yo esperaba, fue decir que yo siempre había sido demasiado aventurera. Me extrañó que no añadiera más comentarios.

Seguramente debido a su reacción, acabé contándole que había oído una discusión entre un hombre y una mujer que parecía estar chantajeándole, algo que había pensado guardarme para mí.

—Supe qué canción estaba silbando aquel hombre, aunque solo silbó una línea —le dije—, porque tú solías tarareármela cuando me explicabas que mi madre la cantó en el festival de la escuela.

Maggie me lanzó una mirada que no supe interpretar.

—¿Qué pasa? —pregunté.

—Kay —exclamó ella—, ¡tendrías que haberle contado eso a tu padre! Cuando él y tu madre empezaron a salir, le hablé del festival y presumí de lo bien que tu madre cantó esa canción. Él le pidió que ella se la cantase. A partir de ese momento se convirtió para ellos en «su canción». Incluso la eligieron como primera pieza de baile el día de su boda. Eso ya lo sabías.

—Maggie, sabía lo del festival pero no recuerdo que me hayas contado nunca que papá dijera que esa era «su canción», ni que la tocasen el día de su boda —protesté.

—Da igual. El caso es que ese día tu padre vino corriendo aquí contigo a comprobar las luces para la fiesta y al volver te dejó en mi casa. Recuerdo claramente lo abatido que estaba. Me dijo que había oído a alguien silbar aquella canción cuando estaba aquí, y que había hablado con él. Supongo que tu padre le dijo a quienquiera que fuese la nostalgia que le producía esa canción.

—¿Te dijo quién era esa persona? —pregunté.

—Sí, pero no me acuerdo.

—Maggie, esto es muy importante. Piensa en ello. Por favor, intenta recordarlo.

—Lo intentaré, Kay, de verdad que sí.

Había una pregunta que tenía que formularle.

—Maggie, ¿pudo haber sido Peter?

—No. Imposible —dijo con firmeza—. Si hubiera sido Peter Carrington lo recordaría. Era el príncipe azul de por aquí. Por eso me decepcionó tanto pensar que había matado a esa pobre chica. No, estoy completamente segura de que no fue la persona que mencionó tu padre.

Me miró.

—Kay, ¿qué pasa? —me preguntó—. ¿Por qué lloras?

«No fue Peter —pensé aliviada—. ¡No fue Peter!» El hombre al que chantajeaban en la capilla era otro. Pero, ¡Dios santo!, si le hubiera contado a mi padre lo que oí aquel día, y él hubiese informado a la policía, él quizá seguiría vivo, y Peter no estaría en la cárcel acusado de asesinato.

65

Vincent Slater estaba convencido de que Gary Barr había robado la camisa de Peter de casa de Elaine Carrington. Durante una semana había planeado la mejor manera de recuperarla.

La necesidad de recuperar la camisa se había vuelto más acuciante debido a una llamada telefónica de Conner Banks, una tarde a última hora, urgiéndole a que convenciese a Peter para que permitiera a su equipo de abogados cambiar la estrategia de su defensa.

—Vincent —dijo Banks—, cada vez estamos más convencidos de que si nuestra defensa se basara en la duda razonable podríamos conseguir que el jurado fuera incapaz de ponerse de acuerdo, e incluso la oportunidad de que absolvieran a Peter. La absolución significaría que Peter volvería a casa para siempre. Un jurado desunido significaría que podríamos presionar sin cesar para obtener una fianza, y que Peter seguramente podría pasar algún tiempo con su hijo antes de que se celebrara un segundo juicio. Si en el segundo juicio consiguiéramos que el jurado no llegara a un veredicto, probablemente la fiscalía tiraría la toalla y retiraría los cargos.

—¿Qué pasaría si la camisa de Peter apareciera y estuviera manchada con la sangre de Susan? —preguntó Slater.

—Pero ¿qué está pasando aquí? Kay Carrington me hizo la misma pregunta...

Tras un largo silencio, Conner Banks dijo con voz tranquila:

—Como le dije a Kay, si esa camisa aparece y tiene sangre de Susan, más vale que Peter acceda a una sentencia negociada.

—Entiendo.

Eran las nueve en punto, no demasiado tarde para telefonear a Kay, decidió Slater. Cuando ella respondió, le contó que acababa de llevar a su abuela a su casa.

—Kay, apuesto a que Gary Barr robó la camisa —le dijo—. Tenemos que recuperarla. En un cajón de la cocina hay un llavero con varias llaves maestras. Una de ellas es la de la casa del guarda. Me pasaré hacia las siete y media, antes de que Jane llegue. Luego, a las nueve, te llamaré, como si estuviera en Nueva York, y te pediré que envíes a Gary a la ciudad para recoger unos documentos privados de Peter que hay que llevar a la mansión. Me aseguraré de que mi gente lo mantenga ocupado durante un buen rato. Tú haz lo posible para que Jane no vuelva a su casa pronto.

—Vince, no sé qué pensar de todo esto...

—Yo sí. No voy a dejar esa camisa en manos de Gary Barr. Recemos para que la tenga escondida en alguna parte de su casa o en su coche. Ah, algo más: le diré que uno de nuestros ejecutivos volverá con él para visitarte, de modo que tendrá que conducir uno de los coches de la familia.

—Como te digo, no sé qué pensar, pero cuenta conmigo —dijo Kay—. Vince, quería decirte que tengo una cita con Nicholas Greco, el investigador. Vendrá a casa mañana a las once.

Entonces Vincent Slater dijo algo que nunca soñó que podría decir a la esposa de su jefe:

—¡Eso es una estupidez, Kay! ¡Pensaba que querías a tu marido!

66

Charles Althorp, embajador jubilado, estaba sentado en el que fuera el estudio de su esposa con una taza de café en la mano y una bandeja con el desayuno intacto a su lado. La muerte de Gladys ya había introducido cambios en la casa. Había desaparecido la cama de hospital, la bombona de oxígeno, las bolsas de suero, y un montón aparentemente interminable de medicamentos la noche anterior. Brenda, el ama de llaves, llorando desconsolada, había aireado y pasado el aspirador por el dormitorio de Gladys.

Charles detectó la mirada apagada en los ojos de Brenda cuando le sirvió el desayuno esa mañana, y albergaba la esperanza de que ella hubiera pensado en buscarse otro trabajo.

Habían telefoneado sus hijos, tristes porque su madre había muerto, pero contentos porque había dejado de sufrir.

«Si en el cielo hay un museo, seguro que ahora mismo mamá y Susan están comentando los méritos de algún cuadro», le dijo su hijo pequeño, Blake.

Althorp sabía que a sus hijos no les caía bien. Después de la universidad, los dos habían aceptado empleos lejos de casa, lo cual les daba la excusa perfecta para aparecer por ella solo un par de veces al año. Ahora volverían por segunda vez en pocos meses. La primera había sido para asistir al funeral de su hermana; ahora, al de su madre.

El cuerpo de Gladys estaba en el tanatorio. No habría velatorio, pero el funeral no sería hasta el viernes; de ese modo podría asistir su hijo mayor, a cuya hija habían tenido que operar de urgencia de apendicitis. Sus padres no querían dejarla sola.

Algunos vecinos habían telefoneado para darle el pésame; él había pedido a Brenda que respondiera ella a las llamadas. Pero a las ocho y cuarto Brenda entró en el estudio y, vacilante, le dijo que un tal señor Greco insistía en hablar con él.

Althorp estaba a punto de negarse cuando se preguntó si Gladys habría dejado algo a deber a aquel hombre. Era posible. Según la enfermera, aquel individuo la había visitado hacía muy poco. Cogió el auricular.

—Charles Althorp —dijo. Sabía que su voz intimidaba a la gente, y estaba orgulloso de ello.

—Embajador Althorp —comenzó Nicholas Greco—, antes que nada permítame expresarle mi más sincero pesar por la pérdida de su esposa. La señora Althorp era una mujer amable y valiente, y puso en marcha un proceso que, según creo, pronto llevará a un asesino ante la justicia.

—¿De qué está hablando? Carrington está en la cárcel.

—Eso es precisamente de lo que le estoy hablando, embajador. Peter Carrington está en la cárcel, pero ¿debería estar en ella? O, dicho de otra manera, ¿no debería compartir esa celda con alguien más? Sé que este es un momento terrible para importunarle, pero ¿podría hacerle una breve visita más tarde? A las once tengo una cita con la señora Kay Carrington. ¿Sería posible que pasara a verle a las doce y media?

—Venga al mediodía. Le concederé quince minutos —dijo Althorp, y luego colgó el auricular de un golpe, dejó en la mesa la taza de café y se puso en pie.

Se acercó a la mesa donde estaban las fotos de su esposa y de su hija.

—Lo siento mucho, Gladys —dijo en voz alta—. Lo siento mucho, Susan.

67

Cuando Vincent pasó a recoger la llave de la casa del guarda a las siete y media, yo estaba en la cocina. Luego, a las nueve, telefoneó, tal como habíamos quedado. Gary Barr se encontraba pasando el aspirador en el piso de arriba, y, siguiendo el plan convenido, le transmití el mensaje.

—El señor Slater necesita que vaya a la ciudad y recoja unos documentos del despacho de Peter —le dije—. Existe la posibilidad de que vuelva con usted uno de los ejecutivos de la empresa, de modo que coja el Mercedes. El señor Slater le indicará dónde debe aparcar en el garaje.

Si Barr sospechó algo no lo demostró. Cogió uno de los teléfonos auxiliares y confirmó los detalles del aparcamiento con Vincent. Pocos minutos después, desde una ventana del piso de arriba, vi cómo Barr pasaba con el Mercedes por la puerta de entrada y salía a la carretera.

Supongo que Vincent había estado vigilándole, porque casi inmediatamente después su Cadillac entró por la verja y giró a la izquierda. Imaginé que aparcaría detrás de la casa del guarda, en un punto que no fuera visible desde la mansión. Ahora me tocaba a mí mantener ocupada a Jane para evitar que acudiera a su casa antes de su descanso habitual después del almuerzo.

Había una manera sencilla de conseguirlo. Le dije que me dolía la cabeza y le pedí si podía responder ella al teléfono y anotar los mensajes, excepto si llamaba el señor Greco.

—¿El señor Greco?

Detecté la alarma en su voz y recordé que me habían dicho que, cuando la señora Althorp contrató a Greco, este se entrevistó con Gary Barr.

—Sí —contesté—. Tengo una cita con él a las once.

La pobre mujer parecía asustada y sorprendida. Yo estaba segura de que, si Vince tenía razón y Gary había robado la camisa de casa de Elaine, Jane no había participado en ello. Pero luego recordé que Jane había jurado que Gary estaba en la cama la noche en que Susan desapareció. ¿Había mentido? A esas alturas, yo casi estaba convencida de que sí.

Durante la siguiente hora y media estuve demasiado agitada para quedarme quieta, de modo que pasé el rato en el segundo piso. No había examinado ni la mitad de las habitaciones; desatar y quitar las sábanas de los muebles almacenados en aquella zona requería su tiempo. Yo buscaba concretamente muebles para la habitación del bebé, y al final encontré una antigua cuna de madera. Era demasiado pesada, así que me senté en el suelo y la mecí para ver si seguía siendo estable. Estaba tallada con una maestría exquisita. Miré si había alguna firma, y sí: era obra de un tal Eli Fallow, y la fecha era 1821.

Estaba segura de que la cuna fue un encargo de Adelaide Stuart, aquella mujer de la alta sociedad que se casó con un Carrington en 1820. Me dije que buscaría información sobre Eli Fallow; tal vez habría sido un artesano famoso. Descubrir aquellos tesoros era fascinante, y al menos me distraía de mi constante preocupación por Peter.

Sin embargo, ese tipo de exploración es una tarea polvorienta. A las diez y media bajé a la suite para lavarme la cara y las manos, y luego me puse un suéter y unos pantalones limpios. Apenas había acabado de arreglarme cuando, justo a las once, el timbre sonó y Nicholas Greco entró en la casa.

La primera vez que lo vi fue en casa de Maggie, y me molestó que apuntase que mi padre había fingido su propio suicidio. Incluso dejó entrever que podría existir un vínculo entre mi padre y la desaparición de Susan Althorp. Cuando Greco habló conmigo en el pasillo del juzgado, después de la vista para la fianza, estaba tan trastornada que apenas me fijé en él. Pero ahora lo miré a los ojos y percibí en ellos calidez y comprensión. Le estreché la mano y le conduje a la biblioteca de Peter.

—Qué maravilla de habitación... —comentó Greco cuando entramos.

—Esa fue mi impresión la primera vez que la vi —dije. Intentando superar mi repentino ataque de nervios, fruto del gran paso que estaba dando al reunirme con aquel hombre, añadí—: Vine a esta casa a suplicar que me cedieran el comedor para celebrar un cóctel con el que recaudar fondos para la alfabetización. Peter estaba sentado en esa butaca —dije, señalándola—. Estaba nerviosa y pensé que no iba vestida apropiadamente. Era un día ventoso de octubre, y yo llevaba un conjunto ligero de verano. Mientras le exponía mi petición, abarqué la habitación con la mirada, y me encantó.

—Es comprensible —asintió Greco.

Me senté frente a la mesa de Peter, y Greco situó una silla al otro lado.

—Me dijo que podría ayudarme —dije—. Me gustaría saber cómo lo haría.

—La mejor manera que tengo de ayudarla es intentar descubrir toda la verdad sobre lo que sucedió. Como usted sabe, su marido tiene muchas posibilidades de pasarse el resto de su vida en la cárcel. Es posible que se sintiera más respaldado si el mundo llegase a creer en su inocencia, y ahora cito textualmente «debido a que el acto cometido fue un automatismo no enajenado». Eso es lo que podría haber pasado si todo esto hubiera sucedido en Canadá, pero, por supuesto, no es así.

—Yo no creo que mi esposo, sonámbulo o no, cometiera esos crímenes —aseguré—. Anoche recibí lo que considero una prueba convincente de que no lo hizo.

Yo ya había decidido que quería contratar a Nicholas Greco.

Se lo dije, y luego me desahogué contándole la visita que hice a la capilla cuando tenía seis años.

—Nunca se me pasó por la cabeza que quizá aquella tarde oí a Susan Althorp —dije—. Me refiero a que ¿por qué necesitaría ella pedir o exigir dinero a nadie? Su familia era rica. Y he oído que ella disponía de un fondo fiduciario sustancioso.

—Sería interesante saber exactamente cuánto dinero tenía a su disposición —comentó Greco—. No son muchas las jóvenes de dieciocho años que tienen acceso a sus fondos fiduciarios, y según las amigas de Susan su padre estaba muy enfadado con ella la noche de la cena en esta casa.

Me preguntó detalles sobre el episodio en que Peter se saltó la fianza y le encontraron arrodillado en el césped de los Althorp.

—Peter se levantó sonámbulo y no sabe por qué fue hasta allí, pero cree que le impulsó el mismo sueño que le hizo intentar huir del cuarto de la clínica. Esa segunda vez creyó que Gary Barr estaba en la habitación, mirándolo —expliqué.

Le dije a Greco que había comenzado a pensar que Peter podría haber sido uno de los chantajeados en la capilla.

—La noche pasada descubrí que no era cierto —dije y, procurando no dejarme llevar por la emoción, le repetí lo que me había dicho Maggie.

El rostro de Greco adoptó una expresión grave.

—Señora Carrington —dijo—, he estado preocupado por usted desde que me enteré de que había ido a vistar a la amiga de Susan Althorp, Sarah North. Imaginemos que su marido es inocente de esos crímenes. Si es así, el culpable sigue libre y creo, y temo, que esa persona está muy cerca de usted.

—¿Se le ocurre algo para que pueda desenmascararlo? —pregunté, consciente de que estaba revelando mi impotencia—. Señor Greco, sé que en aquella época yo solo tenía seis años, pero si le hubiera contado a mi padre que había visitado la capilla y lo que escuché en ella, es posible que él hubiera acudido a la policía cuando Susan desapareció. El hombre de la capilla tuvo que ser el mismo al que mi padre oyó silbar fuera de la casa poco después. ¿No cree que saber eso ya es bastante tortura para mí?

—«Cuando yo era niño, pensaba como un niño» —dijo Greco con voz suave—. Señora Carrington, no sea tan dura consigo misma. Esta información nos abre nuevos caminos, pero le ruego que no comparta con nadie lo que su abuela le contó anoche y, por favor, dígale a ella que no lo cuente. A alguien podría asustarle todo lo que están recordando.

Miró su reloj.

—Dentro de unos minutos tendré que irme. Le pedí al embajador Althorp que me concediese un poco de tiempo, y le dije que podría pasarme por su casa a las doce y media. Lamentablemente, me dijo que estuviera allí a las doce. ¿Hay algo más que crea que podría serme útil en la investigación?

Hasta aquel momento pensé que no le contaría nada acerca de la camisa de Peter, pero de repente decidí ir a por todas.

—Si le contase algo que podría perjudicar gravemente la defensa de Peter, ¿consideraría necesario acudir a la fiscalía con esa información? —le pregunté.

—Lo que me contase sería una comunicación verbal, y no podría dar testimonio de ella —contestó.

—Durante todos estos años, Elaine Carrington ha tenido la camisa que Peter llevó a la fiesta, y tiene algunas manchas que parecen de sangre. Hace unos días me la vendió por un millón de dólares, pero después de que recibiera el dinero se negó a entregármela. Luego, alguien la robó de su casa, que está en esta misma finca. Vincent Slater cree que Gary Barr es el autor del robo, y ahora mismo está registrando su vivienda, la casa del guarda.

Si aquella información lo dejó atónito, no se le notó en absoluto. Greco se limitó a preguntarme cómo se hizo Elaine con la camisa, y si yo estaba segura de que tenía manchas de sangre.

—«Manchas» es decir demasiado —repuse—. Estaba sucia a esta altura —dije tocándome el suéter por encima del corazón—. Elaine me dijo que vio a Peter volver a casa sonámbulo a las dos de la mañana, y aunque afirma que no tiene ni idea de lo que pudo haber pasado, se dio cuenta de que la camisa tenía una mancha de sangre y no quiso que la doncella la viera por la mañana.

—De modo que usa la camisa para chantajearle, y luego se echa atrás. ¿Por qué ha jugado esa carta justo ahora?

—Porque su hijo Richard es ludópata y ella siempre acude en su rescate. Por lo visto esta vez necesitaba de inmediato, para mantenerlo a salvo, más dinero del que ella podía reunir.

—Entiendo —Greco se levantó para irse—. Me ha dado muchas pistas en las que pensar, señora Carrington. Dígame una cosa. Si alguien se dejara un objeto en esta casa, un objeto personal del tipo que sea, y su marido creyera que esa persona podría necesitarlo, ¿qué cree que haría?

—Devolverlo —contesté—, y además de inmediato. Puedo darle un ejemplo. Una noche de diciembre Peter me dejó en mi apartamento y, cuando ya volvía a su casa, al pasar el puente, se dio cuenta de que me había dejado mi bufanda de lana en el coche. ¿Se puede creer que dio la vuelta y me la llevó a casa? Le dije que estaba loco, pero me contestó que hacía frío y que a la mañana siguiente tendría que caminar un trecho hasta mi coche y que la bufanda me vendría bien. —Vi adónde quería llegar Greco—. El bolso de Susan... —dije—, ¿cree que Peter se levantó sonámbulo esa noche para devolvérselo?

—No lo sé, señora Carrington. Es una de las muchas posibilidades que tendré en cuenta, pero eso explicaría la sorpresa y la inquietud de su esposo cuando a la mañana siguiente el bolso no estaba en el coche, ¿verdad?

No esperó a que le respondiera. Abrió su maletín, sacó un papel y me lo entregó. Era una fotocopia de una página de la revista *People*.

—¿Esto significa algo para usted? —preguntó.

—Ah, es un artículo sobre Marian Howley —dije—. Es una actriz maravillosa. Nunca me pierdo ninguna de sus obras.

—Aparentemente, Grace Carrington compartía ese mismo entusiasmo. Arrancó esta página de la revista; la llevaba en el bolsillo cuando encontraron su cuerpo en la piscina.

Cuando hice ademán de devolverle la fotocopia, Greco me indicó con un gesto que no era necesario.

—No, hice varias copias cuando conseguí un ejemplar de la revista. Por favor, conserve esta. Quizá pueda enseñársela al señor Carrington.

Sonó el teléfono. Fui a cogerlo, pero recordé que Jane había quedado encargada de contestar las llamadas. Unos instantes después, cuando el señor Greco y yo salíamos de la biblioteca, Jane vino corriendo por el pasillo.

—Es el señor Slater, señora Carrington —dijo—. Dice que es importante.

Greco aguardó mientras yo regresaba a la mesa y cogía el auricular.

—Kay, no la he encontrado —dijo Vince—. Debe de haberla escondido en otra parte.

Algo en su voz me reveló que mentía.

—No te creo —dije.

Oí el clic del teléfono al colgarse al otro lado de la línea.

—Vincent Slater afirma que no ha encontrado la camisa de Peter —le dije a Nicholas Greco—. No le creo. La tiene. Apostaría mi vida.

—¿Vincent Slater tiene una llave de esta casa? —preguntó Greco.

—Cambié todas las cerraduras y le di solamente una copia de la llave de la puerta por la que se accede desde la terraza a su despacho privado. Pero se puede entrar en la casa desde el despacho.

—Entonces sí que tiene llave, señora Carrington. Cambie inmediatamente esa cerradura. Creo que Vincent Slater puede ser un hombre muy peligroso.

68

—He decidido cerrar la galería a finales de semana —dijo Richard Walker a Pat Jennings—. Sé que te aviso con poco tiempo, pero el propietario del edificio ha encontrado a alguien que quiere el local ya mismo y que pagará un dinero extra por la inmediatez.

Jennings se lo quedó mirando boquiabierta.

—¿Encontrarás otro local igual de rápido? —preguntó.

—No, lo que quiero decir es que voy a cerrar la galería permanentemente. Estoy seguro de que sabes que me gustan demasiado las carreras de caballos. Voy a intentar cambiar completamente de aires. Un amigo mío tiene una galería pequeña pero muy interesante en Londres, y le gustaría mucho que fuera a trabajar con él.

—Suena estupendo —dijo Jennings, intentando parecer sincera.

«Me prgunto si su mamá le ha cortado el suministro —pensó—. No es para menos. Y a lo mejor él tiene razón. Haría bien en alejarse de todos esos que le tientan con arriesgadas apuestas.»

—¿Qué piensa tu madre de todo esto? —preguntó—. Seguro que te echará de menos.

—Aunque el Concorde ya no vuele, Inglaterra está a un paso y ella tiene muchos amigos allí.

Pat Jennings se dio cuenta de que, además del sueldo, echaría de menos aquel horario flexible que encajaba perfectamente con el de sus hijos. Además, era estupendo quedar con Trish regularmente, por no hablar de eso de tener un asiento en primera fila para ver el culebrón de la familia Carrington.

Decidió sonsacar algo más antes de que fuera demasiado tarde.

—¿Qué tal está la esposa de Peter Carrington? —preguntó, intentando mostrar preocupación pero no un interés desmedido.

—Es un detalle que me lo preguntes. Hace varias semanas que no veo a Kay, pero mi madre me ha dicho que han estado en contacto, y antes de que me vaya a Inglaterra nos reuniremos para cenar.

Con una sonrisa bastante forzada, como si se diera cuenta de que le estaban sonsacando demasiada información, Richard Walker se dio la vuelta y se dirigió hacia su despacho. En ese momento sonó el teléfono. Cuando Pat Jennings respondió, una voz furiosa dijo:

—Soy Alexandra Lloyd. ¿Está Richard?

Sin necesidad de preguntar, Pat sabía qué respuesta debía dar, aunque esta vez se esmeró.

—El señor Walker está de camino a Londres, señorita Lloyd. ¿Quiere que le deje un mensaje?

—Oh, sí, por supuesto. Dígale al señor Walker que me ha decepcionado mucho, y él ya sabe a qué me refiero.

«Este es precisamente el mensaje que no quiero darle —pensó Pat—. Durante todo este tiempo había creído que esta mujer con un nombre tan curioso era artista. Pero empiezo a pensar que es una corredora de apuestas.»

Eran las tres de la tarde, hora de ir a recoger a los niños. La puerta del despacho de Richard estaba cerrada, pero pudo oír el murmullo de su voz, lo que significaba que estaba al teléfono. Pat anotó el mensaje de Alexandra Lloyd en un papel, llamó a la puerta de Richard, entró y lo dejó en la mesa delante de él.

Luego, con la celeridad de alguien que sabe que en cualquier momento estallará una traca a sus pies, cogió el abrigo y se fue.

69

Cuando el ama de llaves acompañó a Nicholas Greco al estudio donde ya se había reunido otras veces con Gladys Althorp, en cierto modo le molestó que su esposo se hubiera adueñado tan pronto del espacio que había sido de ella. Vio que su chal ya no estaba en la silla y que las cortinas ya no estaban echadas. La luz del sol que anunciaba una primavera incipiente penetraba a raudales en la habitación, arrasando la oscura y tranquila intimidad que antes había experimentado en esa misma sala.

—El embajador se reunirá en breve con usted —dijo el ama de llaves.

«¿Esto qué es? ¿Un juego de poder? —pensó Greco—. Le propuse venir a las doce y media, él insistió en que estuviera aquí a las doce, ¿y ahora me va a hacer esperar?»

Greco recordó lo preocupada que estaba el ama de llaves por Gladys Althorp. «¿Cómo se llamaba?», se preguntó, y entonces se acordó.

—Brenda, fui testigo de cuán solícita fue con la señora Althorp. Estoy seguro de que fue un gran consuelo para ella.

—Espero haberlo sido. No llevo aquí demasiado tiempo, pero le tenía mucho cariño. Además, sé que murió feliz, sabiendo que el hombre que mató a su hija pagaría por su crimen. La señora Althorp me dijo que estar en la sala del tribunal y ver a

Peter Carrington encadenado era algo que llevaba esperando veintidós años.

Charles Althorp había entrado en la habitación mientras ella hablaba, y la había oído.

—Nos encanta conocer su opinión, Brenda —dijo con sarcasmo—. Ahora puede retirarse.

Eso bastó para que a Greco no le gustara Althorp. Humillar a su ama de llaves delante de otra persona indicaba el tipo de relación entre jefe y empleada que existía en esa casa, y dada la actitud de Althorp cuando hablaron por teléfono, no esperaba otra cosa.

Brenda reaccionó como si le hubieran dado una bofetada. Se puso rígida. Luego, con callada dignidad, se dio la vuelta y salió.

Althorp señaló una silla a Greco y luego se sentó.

—Tengo una cita para almorzar —dijo—, de modo que le ruego que entienda que los quince minutos son literales.

—Soy consciente de que tenemos poco tiempo —dijo Greco. Y, evitando deliberadamente usar el título de cortesía de Althorp, empezó—: Señor Althorp, aquella última noche usted estaba muy enfadado con su hija Susan. Varias personas se dieron cuenta y lo comentaron. ¿Por qué estaba tan enojado con ella?

—Ni siquiera lo recuerdo, y además no tiene importancia. Por supuesto, siempre me he sentido muy mal sabiendo que mi último contacto con Susan se produjo en esas circunstancias.

—La noche que Susan desapareció, usted y la señora Althorp se marcharon pronto de la fiesta.

—Poco después de que la cena acabase. Como ya empezaba a ser habitual, Gladys no se encontraba bien.

—Antes de irse, usted ordenó a su hija que estuviera en casa a las doce. Por lo que sé, la fiesta se prolongó algo más de una hora después de eso. ¿Por qué ese toque de queda?

—Susan estaba muy cansada. Me preocupaba. Quería que se fuera con nosotros. El baile acababa de empezar. Peter me preguntó si Susan podía quedarse un poco más; se ofreció a acompañarla a casa.

—A usted le gustaba Peter.

—En aquella época, mucho.

—Señor Althorp, se lo preguntaré de nuevo: ¿por qué estaba preocupado por su hija?

—Eso no es asunto suyo, señor Greco.

—Bueno, yo creo que sí. Si lo que pienso es cierto, fue el motivo de la muerte de Susan.

Greco observó cómo el rostro de Althorp adquiría un tono carmesí. «¿Es rabia o miedo?», se preguntó.

—Cuando la señora Kay Carrington tenía seis años, un día fue al jardín de la mansión de los Carrington con su padre, Jonathan Lansing, que, como usted sabe, era el encargado del paisajismo. Era el mismo día de la fiesta. Lansing fue a solucionar un problema relacionado con la iluminación. Kay había oído hablar de la capilla y, como era una chiquilla curiosa, entró en la casa para verla. Mientras estaba en la capilla, oyó que se abría la puerta y se escondió entre los bancos. No vio a las personas que entraron, pero sí oyó lo que dijeron. Era una pareja, y la mujer le pedía dinero al hombre.

Greco hizo una pausa y luego, con un tono gélido y cortante, dijo:

—Creo que la mujer de la capilla era su hija, Susan. Creo que tenía un problema con las drogas, y que necesitaba dinero para comprar más. Creo que usted conocía ese problema, pero quería controlarlo a su manera, asegurándose de que no tuviera dinero y vigilándola hasta tal punto que no tuviera acceso posible a su suministrador.

—No me extraña que tenga tan buena reputación como investigador, señor Greco. Pero, aunque eso fuera cierto, ¿qué demostraría? ¿Qué importancia tiene ahora? —La voz de Althorp era fría.

—Oh, yo diría que tiene mucha importancia, señor Althorp. Si usted hubiera buscado una ayuda profesional para Susan, posiblemente seguiría viva.

—Cuando desapareció, pensé que se había fugado con su

suministrador. Pensé que algún día aparecería de nuevo —contestó Althorp.

—Y, aun pensando eso, ¿cometió el pecado imperdonable de permitir que acusaran a Peter Carrington de su desaparición? ¿A pesar de que usted creía que existía una posibilidad de que estuviera viva?

—La verdad es que no lo sabía. No podía dejar abierta esa posibilidad. Hubiera acabado con mi esposa —respondió Althorp—. Ella pensaba que su hija era perfecta. La idea de que Susan fuera drogadicta la hubiera destrozado.

—¿Cuándo fue la primera vez que sospechó que Susan se drogaba?

—Poco después de que volviera de su primer año en la universidad. Aquel verano había algo extraño en ella. Estaba irritable, se echaba a llorar por nada, y eso no era propio de ella. No sabía qué pensar, hasta que una tarde, cuando ella había salido, pasé por delante de su cuarto y me di cuenta de que se había dejado todas las luces encendidas. Entré para apagarlas y vi algo en el suelo. Era un trozo de papel de aluminio con restos de un polvo blanco. Parecía cocaína. Entonces supe qué estaba pasando. Cuando Susan volvió a casa, se lo conté y le exigí que me dijera de dónde sacaba la droga. Ella se negó. Eso fue aproximadamente un mes antes de que desapareciera.

—Si le hubiera contado a la policía el problema de Susan, la naturaleza de la investigación habría cambiado inmediatamente, y es posible que hubieran detenido al camello. ¿Por qué me contrató su esposa hace seis meses? Para descubrir algo que llevase a juicio al presunto asesino de su hija, Peter Carrington. La detención y el encarcelamiento del asesino de Susan le proporcionarían paz y le permitirían pasar página. —Greco se dio cuenta de que estaba levantando la voz—. ¿Era mejor dejar que su esposa sufriera todos los días de su vida, como lo hizo? ¿Esa era su idea de la misericordia? Esa es una excusa cómoda para su silencio, ¿no le parece? ¿No es verdad que usted albergaba la esperanza de que le nombrasen embajador en otro país y no quería que puedieran asociar su nombre con ningún tipo de escándalo? La historia de la hermosa debutante a la que presuntamente mató un joven rico despertó la simpatía del público hacia su familia. Y a usted le pareció bien dejarlo así.

—Esa es su opinión —dijo Althorp—. ¿Por qué ha venido, señor Greco? ¿Qué diferencia supone todo esto ahora? No nos devolverá a Susan y, tal como me comentó mi hijo ayer, si hay alguna pinacoteca en el cielo, Susan y su madre estarán en ella, hablando de pintura. Esa imagen me consuela.

—Puede que esa imagen le consuele, pero ¿de verdad tiene el valor de preguntar qué diferencia habría si se conociera la verdad? ¿No se le ha ocurrido pensar que a Susan pudo matarla el traficante, no Peter Carrington?

—La camisa de Peter había desaparecido. Pensé que quizá discutió con Susan y la cosa se le fue de las manos.

—O sea, que pudo haberla matado Peter o un traficante de drogas, ¡y cualquiera de las dos respuestas le vale! Yo tengo otra teoría, señor Althorp. Es posible que usted oyera a Susan intentar escabullirse aquella noche. Es posible que estuviera lo bastante furioso para hacerle daño. Hasta el mediodía de la mañana siguiente nadie descubrió que Susan no estaba en su cuarto. Tuvo mucho tiempo para esconder el cuerpo hasta que pudiera deshacerse de él para siempre.

Charles Althorp agarró con fuerza los reposabrazos de su butaca.

—¡Eso es totalmente ridículo, señor Greco! ¡Y además, un insulto! El cuarto de hora se ha acabado. ¡Lárguese!

—Me voy, embajador Althorp —dijo Greco, enfatizando el título con desprecio—. Pero volveré —añadió—. Se lo aseguro, volveré.

70

Durante los días siguientes hablé con Maggie un par de veces y supe que estaba intentando recordar el nombre del hombre al que mi padre oyó silbar la melodía que tanta nostalgia le produjo. Entonces se me ocurrió una idea.

—Maggie, me dijiste que papá estaba muy triste cuando te contó eso. Encontraron su coche muy poco después, y pensaste que se había suicidado. ¿Crees que es posible que hablaras de ese incidente a tus amigos?

—Sin duda hablamos sobre lo mucho que él echaba de menos a tu madre. Seguramente sí se lo conté. Era un ejemplo de lo mucho que la añoraba.

—Entonces, cabe la posibilidad de que mencionases el nombre de ese hombre, porque me dijiste que papá te lo dijo.

—Es posible, Kay, pero eso pasó hace más de veintidós años. Si yo no me acuerdo, ¿cómo iban a recordarlo otros?

—Tal vez no. Pero es una de esas cosas que puedes hacer fácilmente y que nos podría ser muy útil. Quiero que hables de papá con tus amigos. Diles que, en cierto sentido, me ha resultado muy positivo saber que no decidió abandonarme. Luego puedes recordarles esa historia, y decirles que te fastidia no acordarte del nombre del hombre que silbaba esa canción el día de la fiesta. Pero habla solo con tus amigos, por favor.

—Kay, es muy improbable que alguno de ellos recuerde un

nombre después de todo ese tiempo, pero haré lo que sea para ayudarte. Es día de visita en la cárcel, ¿no?

—Sí.

—¿Le darás la enhorabuena a tu marido, quiero decir, a Peter, por lo del bebé?

—Gracias, Maggie. Lo agradecerá.

Dos horas después estaba en la sala de visitas de la cárcel del condado de Bergen mirando a Peter a través del plexiglás. ¡Tenía tantas ganas de tocarle, de unir sus dedos con los míos! Quería llevarle de vuelta a casa y cerrar la puerta al resto del mundo. Quería recuperar nuestra vida.

Pero, por supuesto, decir algo así en esos momentos solo empeoraría las cosas para él. Había tantas cosas que no podía decir... No podía hablarle de la camisa que pensaba que Gary Barr le había robado a Elaine, y que luego había robado de nuevo Vincent Slater. Vince seguía negando que la hubiera encontrado cuando registró la casa de los Barr y su coche, pero no le creía.

Tampoco podía hablarle del dinero que le di a Elaine, y por supuesto no podía contarle que había contratado a Nicholas Greco.

Así pues, le expliqué que había encontrado aquella cuna antigua, y que iba a buscar información sobre Eli Fallow, el ebanista, para ver qué aprendía de él.

—El segundo piso es como la cueva del tesoro, Peter.

Conversación superficial. Insatisfactoria. El tipo de conversación que tienes cuando visitas a alguien en el hospital y sabes que hablar de cosas importantes le alteraría. El rostro de Peter se iluminaba cuando me refería al bebé, pero le seguía una expresión de preocupación por mí. Se dio cuenta de que estaba más delgada, y yo le expliqué que el ginecólogo había dicho que perder peso en el primer trimestre era normal.

Me preguntó si veía con frecuencia a Elaine y a Richard. Eludí contestar diciéndole lo mucho que me había sorprendido que Elaine me contase que Richard renunciaba a las carreras de caballos y se mudaba a Londres.

—Supongo que ha decidido hacer frente a sus problemas con el juego y al hecho de que su galería no hace más que perder dinero —dije.

—Creo que ha tomado el camino correcto —contestó Peter—. Cuando mi padre salía con Elaine, Richard ya estaba metido en las carreras, y eso, para mi padre, era un pecado imperdonable. Creo que uno de los motivos por los que exigía ver todas las facturas que llegaban a casa durante aquella gran renovación de la decoración fue para asegurarse de que Elaine no estaba respaldando el vicio de apostar de su hijo, al menos con el dinero de mi padre. Creo que estaría bien que invitases a cenar a Elaine, Richard y Vince antes de que Richard se vaya.

No podía decirle que aquello era lo último que deseaba hacer. Así que pasé por alto su sugerencia y le pregunté:

—¿Qué tipo de paga te daban de pequeño? ¿Tu padre era generoso contigo?

Cuando sonreía, Peter tenía algo de niño.

—No estaba mal. Afortunadamente para nuestra relación, no fui el típico niño rico malcriado. Me gustaba ir al despacho durante el verano y las vacaciones de la universidad. El mundo de las finanzas me fascina. Se me da bien. Eso a mi padre le gustaba. Y, sinceramente, siempre intentaba ayudar a quien lo necesitara de verdad; por eso el cheque que le extendió a María Valdez fue exactamente el tipo de gesto que podía hacer, y que hizo, con muchas personas.

Entonces la expresión de Peter se ensombreció.

—Pero intenta convencer a alguien de eso... —añadió suavemente.

Yo sabía que solo me quedaban unos minutos de visita. Tenía el teléfono en la mano.

—Juguemos a las adivinanzas —dije, y tarareé la melodía que había oído en la capilla—. ¿Te suena esta canción?

—Me parece que no. De hecho, no, de nada.

—Tenía un amigo que silbaba muy bien. Nunca he oído a nadie hacerlo tan bien. ¿Conoces a alguien que silbe bien? No sé..., Vince, por ejemplo.

Peter soltó una carcajada. Me di cuenta de que era la primera vez que le oía reír desde que habíamos vuelto de nuestra luna de miel.

—Kay, me resulta igual de fácil imaginar a Vince silbando como haciendo un número de circo. ¿Vincent Slater, tan estirado él, silbando para que alguien le escuche? ¡Anda ya!

El policía venía hacia mí. El tiempo de visita había acabado. Peter y yo presionamos los labios sobre la mampara que nos separaba y, como siempre, intenté no llorar.

—No sabes cuánto te quiero —le dije.

—Tanto como yo a ti —susurró.

Era nuestra forma de despedirnos después de una visita.

Pero entonces añadió:

—Kay, organiza una cena para Richard antes de que se vaya a Londres. Siempre ha tenido sus problemas, pero es mi hermanastro, y Elaine siempre se ha portado bien conmigo.

71

«Cuanto más descubro, menos sé», pensó Nicholas Greco mientras entraba con el coche en la finca de los Carrington. Habían avisado al guardia de su llegada, de modo que le saludó cuando Greco entró en el camino de acceso a la mansión.

El día anterior llamó para solicitar una reunión con Gary Barr, y dejó claro que no quería que Jane estuviera presente.

«No sé hasta qué punto su esposa conoce sus actividades —le dijo a Barr—, pero a menos que haya compartido con ella todas sus experiencias, le aconsejo que programe nuestra reunión cuando ella no esté por allí.»

«Estaré haciendo recados hasta el mediodía —contestó Barr—. Jane siempre está en la mansión a esa hora. —Y con un tono de voz hostil e inquieto, añadió—: No sé por qué se molesta en quedar conmigo. Ya he contado todo lo que sé sobre la muerte de esa chica, y cuando el jardinero desapareció yo ni siquiera trabajaba en esta finca.»

«Espero que mi estrategia de darle tiempo para que se preocupe por el motivo de mi visita funcione», pensó Greco mientras aparcaba el coche y se acercaba hasta la casita.

Era un estrecho edificio de piedra, con ventanas de cristales emplomados. Cuando Gary Barr abrió la puerta y le invitó a entrar, claramente molesto, el interior de la casa le sorprendió y le impresionó. Habían sacado todo el partido posible del limitado espacio convirtiendo el primer piso en una amplia estancia donde la cocina, el comedor y el salón estaban unidos armoniosamente. La hermosa chimenea de piedra y el alto techo de vigas creaban una sensación de atemporalidad. «¿Cuántas generaciones habrán vivido en esta casa durante los cuatrocientos años transcurridos desde que la construyeron en Gales?», se preguntó Greco.

«Es una residencia cómoda para una pareja de sirvientes —pensó—, mucho más agradable que la que tienen la mayoría de los trabajadores.» Se dio cuenta de que todo estaba limpísimo. A lo largo de su experiencia como investigador, había conocido a criadas cuyas casas estaban lejos de ser un modelo de limpieza.

Sin que Gary le invitase, eligió una silla de respaldo recto cerca del sofá, se sentó y, con un tono deliberadamente frío, dijo:

—Señor Barr, creo que no deberíamos hacernos perder el tiempo. Vayamos al grano: usted suministraba drogas a Susan Althorp.

—¡Eso es mentira!

—¿Seguro? Cuando llevaba a esas jóvenes en el coche, y Susan se sentaba delante, usted se esforzó por convertirse en su «colega». Pero en el asiento de atrás iban otras tres chicas. Una de ellas, Sarah Kennedy, era la mejor amiga de Susan. ¿Cree de verdad que Susan no le confiaba sus secretos?

Era el tipo de pregunta engañosa que a Greco le gustaba formular, de esas que a menudo suscitaban una respuesta sincera.

Gary Barr no respondió, pero miró alrededor, nervioso, como si alguien más pudiera escuchar la conversación. «Un fisgón crónico siempre tiene miedo de que alguien le espíe a él», pensó Greco con desprecio.

—Usted y su esposa trabajaron regularmente para los Althorp durante los años que no sirvieron a los Carrington. He visto cuál es la actitud del embajador Althorp hacia sus empleados. Eso debía de molestarle mucho, ¿no es cierto, señor Barr? Qué venganza más dulce debió de ser meter a la joven hija de la familia en las drogas, y luego negarse a proporcionárselas a menos que le pagase de inmediato... Aquella noche, después de regresar a casa, volvió a salir porque usted la esperaba. ¿No es eso lo que sucedió?

Gary Barr se enjugó el sudor que le perlaba la frente.

—No intente asustarme. Conozco la ley. Aunque hubiera vendido un poco de cocaína, eso pasó hace veintidós años. Según la ley, el delito prescribió hace mucho tiempo. Consúltelo.

—No tengo que consultar nada, señor Barr. Sé lo que dice la ley, y tiene usted razón. Lamentablemente, no se le puede juzgar por venderle drogas a aquella pobre chica, pero supongo que usted también sabrá que no existe una ley de exención en caso de asesinato.

—¿Asesinato? ¡No lo dirá en serio! Yo no...

Greco le interrumpió.

—Si voy a la fiscal y le cuento lo que sé, abrirán otra investigación. Usted recibirá una citación judicial y no podrá aferrarse a la Quinta Enmienda. Aunque se niegue a declarar, no podrán procesarle, pero podrán acusarle de perjurio, y lo harán, si miente al gran jurado sobre su relación con Susan y sobre cualquier cosa que sepa sobre su desaparición, así que será mejor que llegue limpio.

—¡De acuerdo, estuve allí! —dijo Barr con voz ronca y vacilante—. Fue como usted dice. Susan quería droga, yo le dije que debería pagarme de antemano, y ella dijo que tendría el dinero. Le dije que estaría fuera de su casa a las dos menos cuarto, y que llegase puntual.

—Peter Carrington dejó a Susan en casa a las doce en punto. ¿Por qué quedaron tan tarde?

—Ella quería estar segura de que su padre estaría dormido.

—¿Por qué no le dio la cocaína en la fiesta?

—Susan no llevaba el dinero encima cuando se fue. Si no, se la habría pasado entonces.

Greco contempló a Barr con repulsión y disgusto. «Al no darle lo que necesitaba, firmaste su sentencia de muerte —pensó—. Alguien más iba a reunirse con ella, supuestamente con el dinero.»

—Salí de aquí a la una y media y me fui a casa de los Althorp —dijo Barr—. Crucé por el césped de los vecinos que viven detrás de su casa, y esperé debajo del gran árbol que hay en el patio lateral. Allí no podía verme nadie. A las dos menos cuarto ella no apareció. Entonces, aproximadamente diez minutos después, oí que se acercaba un coche. Esperé para ver qué pasaba; imaginé que era alguien que le traía el dinero y llegaba tarde.

Barr se levantó, se acercó hasta el fregadero y se sirvió un vaso de agua. Se bebió la mitad de un trago y volvió a su silla.

—Reconocí el coche. Era el de Peter Carrington. Salió, rodeó el coche, abrió la puerta del pasajero y sacó algo del interior.

—¿Lo vio con tanta claridad como para saber qué estaba haciendo?

—Justo delante de la casa de los Althorp hay una farola en la acera. Por eso había quedado con Susan en un lado de la casa.

—Prosiga.

—Peter salió del coche y atravesó el césped. Entonces se arrodilló. Avancé con cuidado y vi que estaba inclinado sobre algo. Había luz suficiente para distinguir que había algo, o quizá alguien, en el suelo, delante de él. Entonces Peter volvió a subirse al coche y se fue. Yo no sabía qué había pasado, pero salí de allí y me vine a casa.

—¿No comprobó si era alguien que necesitaba ayuda?

—Carrington se había ido. Él no ayudó a nadie.

—¿Y no vio a nadie más?

—No.

—¿Está seguro de que no se reunió con Susan, discutieron porque ella no tenía el dinero y, quizá, ella incluso le amenazó con contarle todo a su padre a menos que le diera la cocaína? Usted la estranguló, oyó acercarse el coche de Peter y se escondió. Cuando Peter se fue, usted se deshizo del cuerpo. ¿No fue eso lo que sucedió, señor Barr?

—No, no fue eso. Si quiere, me someteré a un detector de

mentiras. A las dos y veinte yo estaba en mi casa. Incluso desperté a mi esposa y le dije que no me encontraba bien.

—Es decir, quería tener un testigo, por si acaso. Es usted una persona muy egocéntrica, señor Barr. Recuerdo que su esposa se ofreció a someterse al detector de mentiras para jurar que usted estuvo en casa toda la noche.

—Ella pensaba que fue así.

—Lo dejaremos aquí. Por cierto, ¿encontró el señor Slater la camisa manchada de sangre después de mandarlo a Nueva York para registrar su casa, señor Barr?

Ver la expresión atónita de Gary Barr fue una satisfacción.

—Así que fue él —dijo Barr, arrastrando las palabras—. Tendría que haberlo imaginado.

72

Richard se iba a Londres el domingo por la noche. Organicé la cena de despedida para el sábado; lo hice más por respetar el deseo de Peter que para agasajar a Richard, pero cuando me puse a prepararla me empleé a fondo. Soy buena cocinera, y trabajé con Jane para hacer algunos platos realmente especiales: espárragos con queso tibio como entrante, lenguado de Dover, ensalada de berros con manzana, sorbete de frambuesa y surtido de quesos con vino dulce.

—Tomaremos los cócteles en el salón y el café en la biblioteca del señor Carrington —le dije a Jane.

—Le pediré a Gary que encienda la chimenea de la biblioteca —me prometió.

Gary Barr se mostraba tremendamente solícito conmigo, y eso me incomodaba; sabía que no pasaría mucho tiempo hasta que le diera una carta de despido. Sentía mucho tener que despedir también a Jane, pero no tenía elección, y estaba segura de que ella sabía que aquello estaba por llegar.

Había hablado varias veces con Nicholas Greco. Me dijo que mis sospechas sobre la camisa desaparecida eran totalmente correctas: Barr se la había robado a Elaine, Slater la encontró luego en la casa del guarda, y era posible que aún la tuviera. Me advirtió que no hiciera ni dijera nada que evidenciara que sabía que la camisa había sido recuperada.

—Pero si fui yo quien puso a Gary al teléfono para que hablara con Vincent... —protesté—. Yo organicé su viaje a Nueva York.

—Mi teoría es que Barr piensa que Slater la engañó para conseguir sus propósitos —dijo Greco—. Debe actuar como si siguiera confiando en Gary Barr, y le aconsejo que cuando hable con el señor Slater se disculpe por dudar de su palabra en cuanto a la camisa. Sin duda, Gary Barr no se atrevería a discutir con él sobre el tema.

Siempre que hablaba con Greco por teléfono, él me prevenía:

—Debe tener mucho cuidado con Slater y Barr. Puede que aún descubramos que están compinchados. Elaine Carrington es una chantajista, y su hijo siempre anda desesperado por conseguir dinero. Añada eso a la mezcla y tendrá una situación potencialmente explosiva.

Le dije que Richard se iba a vivir a Londres.

—Dudo que la distancia resuelva sus problemas —contestó Greco—. El problema no es el lugar, sino la persona.

Greco preguntó si le había enseñado a Peter la página de la revista *People*. Confesé que no lo había hecho.

—Estoy seguro de que él no vio que Grace enseñara esa revista a sus invitados —dije—. Todo el mundo está de acuerdo en que después de la escena que tuvo con ella se fue al piso de arriba.

—Entiendo que no quiera provocar más angustia a su esposo, señora Carrington, pero aquella noche alguien cogió esa revista. Creo que quien la cogió lo hizo porque no sabía que Grace ya había arrancado la página con el artículo sobre esa actriz. Es importante. Confíe en mi instinto. Es muy importante.

—Se la enseñaré a Peter la próxima vez que vaya a verlo —prometí.

Entonces le pregunté si había hecho algún progreso para demostrar la inocencia de Peter. Su respuesta no me animó.

—Me estoy enterando de cuál fue el detonante de esta tragedia —dijo—. Ahora depende de que consiga encajar todas las piezas de la historia. Es demasiado pronto, y sería demasiado injusto ofrecerle una esperanza infundada.

Yo no quería ambigüedades.

—¿Existe alguna esperanza de que encuentre una prueba que pueda significar la absolución de Peter cuando se presente ante el tribunal?

—Puede haber esperanza, señora Carrington —dijo Greco—. Pero hasta que consiga pruebas capaces de resistir el escrutinio de un tribunal, me será imposible ofrecerle nada más que eso.

Por el momento tendría que conformarme. El problema era que echaba tanto de menos a Peter, que necesitaba contar con algún tipo de seguridad de que volvería a casa, aunque para ello fuera necesario un milagro.

Organizar la cena de despedida para Richard fue una distracción, y mientras elegía los quesos en la tienda, me obligué a creer que algún día, pronto, le compraría a Peter su queso favorito.

Aquella semana me dediqué a pedirle a Gary Barr que moviese los muebles del salón. Mi primera impresión de aquella estancia había sido totalmente favorable; era una habitación hermosa. Pero con el tiempo me di cuenta de que era un reflejo de los gustos de Elaine; fue ella quien eligió todos los muebles, y cada vez me sentía menos cómoda allí. Todo era demasiado frío y preciso. No emanaba la calidez propia de los lugares donde se ha vivido.

Empecé por sustituir las lámparas que Elaine había elegido por otras muy bonitas, de porcelana antigua, que encontré en el segundo piso. Según Jane Barr, Elaine las desterró allí cuando redecoró la mansión. Puse sobre la repisa de la chimenea algunas fotos de familia enmarcadas, y encima del piano coloqué algunos álbumes de fotos que databan de hacía un siglo.

Una vez oí decir a una conocida periodista que en su casa los libros formaban parte de la decoración. Las librerías junto a la chimenea del salón contenían libros caros pero modernos. Metí muchos de ellos en cajas y los sustituí por algunos de los míos, que había trasladado a la mansión antes de la boda. Peter y yo bromeábamos diciendo que aquellas cajas eran mi dote. Cuando Elaine llegase a casa el sábado, vería por primera vez todos esos cambios. La observaría para captar su reacción.

Les dije a los invitados a la cena que llegaran a las siete en punto. Me parecía que habían pasado años desde que Peter y yo cenamos con esas mismas personas la semana después de nuestra luna de miel. Decidí llevar la misma blusa de seda y los pantalones de terciopelo que me puse aquella noche. Imaginaba que no podría volver a ponerme esos pantalones hasta que naciera nuestro hijo. Me dejé el pelo suelto sobre los hombros. Sabía que estaba vistiéndome para mi marido, no para los invitados.

Había dejado la página de la revista *People* encima de mi cómoda con la esperanza de que mirándola lograría encontrar la información que Greco estaba seguro de que contenía. Cuando estaba a punto de bajar, me dejé llevar por un impulso: cogí la página y la dejé sobre la mesa que Peter tenía en su biblioteca; sería fácil verla mientras tomábamos el café. Había dicho que quería desenmascarar al verdadero asesino... si estaba en aquel pequeño grupo. Si realmente aquella página era importante, quizá alguno de ellos reaccionara al verla. Francamente, pensaba que Greco le había concedido demasiada importancia.

Justo a las siete sonó el timbre, y llegó el primero de mis invitados.

73

—Contrólate, Richard —dijo Elaine Carrington a su hijo cuando vio que se servía el segundo vodka—. Tomaremos un cóctel en la mansión, y luego vino durante la cena.

—Vaya, nunca se me habría ocurrido —dijo Richard.

Elaine contempló angustiada a su hijo. Richard había estado tenso desde que entró, lo que seguramente significaba que había hecho algunas apuestas después de recibir uno de sus soplos habituales. «Pero a lo mejor no es eso —pensó, intentando tranquilizarse—. Sabe que yo ya no puedo pagar sus pérdidas.»

—¿Qué crees que pasará si condenan a Peter? —preguntó Richard de repente—. ¿Kay se quedaría sola en la mansión?

—Va a tener un bebé —contestó Elaine, cortante—. No estará sola mucho tiempo.

—No me lo habías dicho.

—Kay no me lo dijo. Lo sé porque la hija de Linda Hauser se encontró con Kay en la consulta del doctor Silver.

—Eso no significa que esté embarazada.

—Confía en mí, lo está. De hecho, se lo preguntaré esta noche, y apuesto a que lo confirmará.

—Así que tenemos un heredero para la fortuna de los Carrington —dijo Richard con una mueca despectiva—. ¿No es maravilloso?

—Tranquilo. Tengo en mente ser la perfecta abuela adoptiva. Kay entiende que escondí aquella camisa para salvar a Peter, y me lo agradece. No dársela fue un error tremendo, porque de ese modo habría estado en deuda conmigo para siempre. Ahora me considera una chantajista que no cumplió su parte del trato.

—Que es lo que eres —apostilló Richard.

Elaine golpeó la mesa con el vaso de vino que estaba bebiendo.

—¡No te atrevas a hablarme así! Si no fuera por ti, viviría de los intereses de diez millones de dólares, un millón al año. Entre tus apuestas y tus desastrosas inversiones, me has dejado seca, Richard, y lo sabes. Me has hecho padecer todas las torturas de los condenados, ¡y encima ahora me insultas! ¡Vete al infierno, Richard! ¡Vete al infierno!

El rostro de Elaine se contrajo cuando su hijo cruzó la habitación en dos zancadas.

—Vamos, no digas eso —pidió, cariñoso—. Somos tú y yo contra el mundo... incluyendo la maldita saga de los Carrington. ¿Verdad, mamá? —Con voz zalamera, añadió—: Venga, mamaíta, hagamos las paces.

—Oh, Richard —suspiró Elaine—. Me recuerdas tanto a tu padre... Recurría a su encanto para hacer las paces. Siempre lo mismo.

—Tú estabas loca por mi padre. Lo recuerdo.

—Sí, es cierto —dijo Elaine en voz baja—. Pero incluso cuando estás loca por alguien, en determinado momento puedes cansarte de todo. Recuérdalo, Richard. Y olvídate de ese segundo vodka. Tómatelo en la mansión. Es hora de irse. Tenemos que estar allí a las siete.

74

Vincent Slater fue el primero en llegar. Como siempre, aparcó en el camino trasero de la mansión y sacó la llave con intención de entrar por las puertas francesas que daban a su despacho.

La llave no giraba: habían cambiado la cerradura.

«¡Maldita sea! —renegó—, ¡maldita sea esa mujer! Kay Lansing, la hija del paisajista, deja fuera de la casa de Peter Carrington a la única persona que lo ha protegido desde que era un crío. Y sigue protegiéndolo —pensó Slater amargamente—. ¡Si ella supiera!

»Si le hubiera dado la camisa, se la habría enseñado a ese detective, y ahí habría acabado todo. Finge estar loca por Peter, pero, tal como van las cosas, él acabará pudriéndose en la cárcel mientras ella disfruta de la fortuna de los Carrington.

»Quizá. Pero también puede que no lo consiga», caviló.

Su rabia crecía a cada paso que daba. Slater rodeó la mansión, saludó brevemente con la cabeza al guardia y se acercó a la puerta delantera. Por primera vez en casi treinta años, pulsó el timbre y esperó a que le invitaran a entrar.

75

—Era Slater —dijo Gary Barr a su esposa cuando entró en la cocina—. Puedes contar con su puntualidad. El reloj da las siete, y ahí está él, tocando el timbre.

—¿Por qué le odias tanto? Siempre se ha portado bien contigo —dijo Jane mientras metía tartaletas de queso en el horno. Cerró la puerta y se volvió hacia su marido—. Tienes que cambiar de actitud, Gary, aunque tal vez sea demasiado tarde. Me he dado cuenta de que la señora Carrington no se siente cómoda cuando estás cerca. Por eso la mayor parte de las noches prefiere que no nos quedemos para servir la cena.

—Fue ella la que me puso en contacto telefónico con Slater para que hiciera ese recado estúpido en Nueva York. Fue ella quien quiso que registraran la casa. Incluso te pidió que respondieras al teléfono para asegurarse de que no te acercabas a casa por ningún motivo.

Gary Barr se dio cuenta demasiado tarde de que había hablado más de la cuenta. Jane no sabía nada de la camisa de Peter Carrington, ni se había dado cuenta de que les habían registrado la casa.

—¿De qué estás hablando? —preguntó Jane—. ¿Quién buscaba qué? ¿Y por qué?

El timbre de la puerta volvió a sonar. «Salvado por la campana», pensó Gary Barr cuando se apresuró a ir a abrir la puerta. Esta vez eran Elaine Carrington y su hijo Richard.

—Buenas tardes, señora Carrington, señor Walker.

Elaine pasó a su lado como si no estuviera.

Walker se detuvo.

—Le aconsejo que, por su propio bien, devuelva lo que se llevó de casa de mi madre. Sé más cosas de usted de las que imagina, y no me preocupa usar esa información.

76

Barbara Krause y Tom Moran se habían quedado en el despacho después de que el resto del personal de la fiscalía hubiera dado las buenas noches y se hubiese ido para el fin de semana. Después de que Barbara recibiese la llamada, le pidió a Moran que sacase el archivo de Susan Althorp para que pudieran revisar las afirmaciones que el embajador Althorp hizo en el momento en que desapareció su hija.

El embajador había telefoneado a Barbara solicitando una cita, y había dicho que tendrían que quedar tarde porque acudiría acompañado de su abogado.

—Siempre consideramos posible que fuera él quien lo hizo —dijo Moran—, aunque solo remotamente posible. Tal vez, ahora que su esposa ha muerto, necesite limpiar su nombre. Si no, ¿por qué iba a molestarse en venir con su abogado?

A las ocho en punto, Althorp y su abogado entraron en el despacho de la fiscal. Lo primero que Krause pensó al ver a Althorp fue que parecía enfermo. La tez rubicunda que recordaba de la última vez que lo vio había adoptado una extrema palidez, y tenía las mejillas hundidas.

«Cualquiera diría que a este tío le acaban de dar un puñetazo en el estómago», pensó.

—Hemos enterrado a mi esposa —empezó el embajador Althorp—. Ya no puedo protegerla. Después del funeral les dije a mis hijos algo que he mantenido en secreto durante veintidós años. A su vez, uno de ellos me contó algo que Susan le confesó la Navidad antes de su muerte, y esta nueva información lo cambia todo. Creo que la justicia ha cometido un tremendo error, y asumo la responsabilidad que me corresponde.

Krause y Moran lo observaron atónitos, en silencio.

—El embajador Althorp desea declarar —dijo su abogado—. ¿Están listos?

77

Elaine no hizo comentarios sobre los cambios que había hecho en el salón, por lo que deduje que no eran de su agrado. Lo encajó bien, aunque imaginé cómo debía de sentirse. Seis meses antes no conocía ni mi existencia. Vivió en esta casa durante los cinco años que estuvo casada con el padre de Peter, y después de la muerte de este se quedó en ella, gobernando la mansión, hasta que Peter se casó con Grace Meredith. Ahora era mía.

«Ese fue el momento en que todo cambió. La señora Elaine Carrington se trasladó a la otra casa, y Peter nos invitó a regresar —me había contado Jane Barr—. La señora Grace Carrington eligió a las personas del servicio que más le agradaban y se las llevó a su apartamento. En realidad, allí era donde vivía, donde celebraba sus fiestas, de modo que a pesar de que había una nueva señora de la casa, la señora Elaine Carrington dirigía la mansión aunque ya no viviera en ella.»

En los años posteriores a la muerte de Grace, Elaine se convirtió en la dueña de facto de la casa. Y entonces llegué yo y lo estropeé todo.

Yo sabía que, sin contarme a mí, Elaine era lo más cercano a un pariente que Peter tenía, y hubiera sido muy natural por su parte que, de haber ido Peter a la cárcel, hubiese recurrido a ella en busca de consuelo. Y Peter era generoso.

No estaba segura de si Vincent Slater se comportaba conmigo con frialdad o me tenía miedo. No sabía si creía que yo había traicionado a Peter al contratar a Nicholas Greco, o si tenía miedo de que Greco descubriese algo que le incriminara. Greco había apuntado la posibilidad de que Vincent estuviera compinchado con Barr. La verdad es que yo no había tenido tiempo de pensar mucho en esa posibilidad.

A favor de Richard Walker diré que fue la chispa de aquella noche. Contó anécdotas de cuando trabajaba en Sotheby's, con poco más de veinte años, y nos habló sobre el experto en arte para el que iba a trabajar en Londres.

—Es un tipo encantador —dijo—, y es el momento perfecto para mudarme. Me libraré de pagar el alquiler de la galería, y sacaré algo de dinero por traspasarla. Mi apartamento está en manos de una inmobiliaria, y ya me han hecho algunas ofertas.

Al principio evitamos hablar de Peter, pero durante la cena fue imposible no darse cuenta de que estábamos allí, cenando en su casa, mientras él estaba metido en una celda.

—Le he dado buenas noticias —dije—. Le he comunicado que vamos a ser padres.

—¡Lo sabía! —exclamó Elaine, triunfante—. No hace ni un par de horas que le dije a Richard que te lo preguntaría... Tenía mis sospechas.

Tanto Elaine como Richard me dieron un abrazo fuerte y aparentemente sincero.

No así mi otro invitado, Vincent Slater. Nuestras miradas se cruzaron, y vi en sus ojos una expresión que me asustó. No supe cómo interpretarla, pero durante un instante relampagueó en mi mente la imagen de la otra esposa embarazada de Peter flotando en la piscina.

A las nueve estábamos tomando el café en la biblioteca. A esas alturas ya se nos habían acabado los temas de conversación, y se palpaba un ambiente de forzada cortesía. Sentí tanta hostilidad en aquella habitación, que me prometí que nunca más llevaría a aquella gente a una estancia tan especial para Peter. Me di cuenta de que los tres despreciaban a Gary Barr. Sabía que

Elaine sospechaba que Barr había robado la camisa de Peter. Greco me dijo que Barr admitió el robo, y sabíamos que luego Vincent la encontró y la tenía en su poder.

No podía estar segura de si alguno de ellos, incluido Barr, había visto la página de la revista *People* en la esquina de la mesa de Peter. La había colocado de tal modo que era difícil no verla. Aún no entendía qué importancia podía tener, pero si provocaba una reacción en alguno de los invitados, quizá me diera una pista.

A las nueve y media todos se levantaron para irse. El estrés de aquella velada había empezado a agotarme. Si alguno de aquellos hombres era el mismo a quien amenazó Susan Althorp en la capilla hacía tantos años, esa noche no lo averiguaría.

En la puerta delantera, Vincent y yo deseamos buena suerte a Richard en Londres. Él me dijo que, si le era posible, volvería para el juicio de Peter, para darle apoyo moral.

—Aprecio a Peter, Kay —dijo Richard—. Siempre me ha gustado. Y sé que te quiere.

Hacía tiempo Maggie me había dicho que se puede amar a una persona aunque no te gusten todas sus cualidades. «Monseñor Fulton Sheen era un gran orador que llevaba un programa de televisión hace cosa de cincuenta años —me contó—. Un día dijo algo que realmente me impresionó. Dijo: "Odio el comunismo, pero amo al comunista".»

Creo que eso era lo que Peter sentía por Richard. Le gustaba la persona, pero despreciaba su debilidad.

Cuando se marcharon todos y cerré la puerta, regresé a la cocina. Los Barr estaban a punto de irse.

—Las copas están lavadas y guardadas, señora Carrington —me dijo Jane con cierto nerviosismo.

—Señora Carrington, si necesita cualquier cosa durante la noche, ya sabe que solo tardaríamos un minuto en venir —añadió Gary Barr.

Pasé por alto el ofrecimiento y comenté que me parecía que todos habían disfrutado mucho de la cena. Les di las buenas noches y salieron al exterior por la puerta de la cocina. Cerré esa puerta con doble vuelta.

Al final del día había tomado por costumbre sentarme un rato en la biblioteca de Peter. Me sentía cerca de él. Revivía la primera vez que entré en aquella estancia y lo vi sentado en su butaca. Sonreía al recordar cómo se le resbalaron las gafas de lectura cuando se levantó para saludarme.

Pero esa noche no me quedé allí mucho tiempo. Estaba agotada emocional y físicamente. Empezaba a temer que Nicholas Greco no lograse encontrar nada que contribuyera a la defensa de Peter. Era tan prudente cuando le preguntaba sobre lo que había descubierto... Quizá incluso estaba enterándose de cosas que perjudicaban a Peter.

Me levanté de la butaca y me acerqué a la mesa. Quería llevarme arriba la página de la revista *People*. No quería olvidármela. Greco había insistido mucho en que se la enseñara a Peter en la siguiente visita.

Había sujetado la página con una magnífica lupa antigua de Peter; la lupa quedaba sobre el fondo de la foto de Marian Howley.

Una parte de la zona ampliada incluía un cuadro en la pared, detrás de Howley. Levanté la lupa y examiné la pintura. Era una escena pastoral, idéntica a la que yo había quitado del comedor. Cogí la página y la lupa, y subí deprisa al segundo piso. Había cambiado algunos cuadros, y tuve que buscar entre una pila que había dejado en el suelo; cada cuadro estaba cubierto y protegido cuidadosamente.

El marco pesaba mucho; tiré de él con cuidado y al final conseguí sacarlo del montón. Lo apoyé contra la pared y me senté con las piernas cruzadas delante de él. Con la ayuda de la lupa, lo examiné a fondo.

No soy una experta en arte, de modo que el hecho de que aquel cuadro no me gustase especialmente no significaba que no fuera valioso. Estaba firmado en una esquina —ponía Morley— con la misma floritura que el que ahora colgaba en el comedor.

El contenido de los dos cuadros era básicamente el mismo. Pero el otro llamaba la atención, y este no. La fecha que figuraba en esta pintura era 1920.

¿Era posible que Morley hubiera pintado este cuadro en 1920 y luego hubiera trabajado en otros parecidos, pero con más habilidad? Era posible, sí. Pero entonces vi lo que solo podía apreciarse si te fijabas mucho: debajo de la firma de Morley había otro nombre.

—¿Qué se supone que estás haciendo, Kay?

Me di la vuelta. Vincent Slater estaba en la puerta, mirándome, con el rostro sin color y los labios comprimidos en una línea recta. Empezó a acercarse y yo me encogí en un intento de alejarme.

—¿Qué se supone que estás haciendo? —volvió a preguntar.

78

Habían convocado a un taquígrafo del tribunal al despacho de Barbara Krause para anotar la declaración del embajador Charles Althorp. Más dueño de sí que cuando entró en el despacho, la voz de Althorp sonó firme cuando empezó a hablar de nuevo.

—En el momento de su desaparición, yo no revelé que sabía que mi hija, Susan, era adicta a la cocaína. Tal como me señaló el investigador Nicholas Greco el otro día, si se lo hubiera contado a la policía cuando mi hija desapareció, la investigación hubiera discurrido por otros cauces.

Bajó la vista a sus manos, que tenía cruzadas, como si reflexionara sobre ellas.

—Pensé que manteniendo un control férreo sobre Susan, y privándola de su asignación, la obligaría a dejar las drogas. Por supuesto, me equivoqué. Greco me dijo que la tarde que se celebró la fiesta en la mansión de los Carrington, la actual señora Carrington, que en aquella época tenía seis años, oyó a una mujer chantajear a un hombre porque necesitaba dinero. Greco piensa, y ahora yo comparto su opinión, que se trataba de Susan. Unas horas después, mi hija desapareció.

»Durante años he guardado el secreto de la adicción de Susan. Se lo conté a mis hijos cuando nos reunimos junto a la tumba de su madre. Si lo hubiera revelado antes, se habría evitado una gran injusticia.

Althorp cerró los ojos y meneó la cabeza.

—Tendría que... —dijo, y balbució algo incomprensible.

—¿Qué les dijo exactamente a sus hijos, embajador? —preguntó Tom Moran.

—Les dije que creía que Susan había empezado a consumir drogas cuando volvió de la universidad, a principios del último verano de su vida, y que es posible que chantajeara a alguien para conseguir el dinero que necesitaba. Mi confesión les incitó a revelarme cosas sobre su hermana que yo no sabía, cosas que adoptan un nuevo significado dentro del contexto de los acontecimientos recientes.

»Mi hijo David vino a casa de visita durante las Navidades antes de que Susan desapareciera. Susan había pasado mucho tiempo en la mansión de los Carrington. David me dijo que ella le explicó que se había dado cuenta de que algunos de los cuadros que estaban en el piso de abajo de la mansión habían sido sustituidos por copias. Estudiaba arte, y sabía mucho sobre el tema. Creía saber quién hacía las copias, porque en cierta ocasión esa persona invitó a una joven artista a una fiesta, y Susan la vio hacer fotos de varios de los cuadros.

»David aconsejó a Susan que se olvidara de lo que había descubierto y que no se lo contara a nadie. Dijo que sabía lo que pasaría si el señor Carrington padre se enteraba del asunto: el caso llegaría a los tribunales y posiblemente Susan tendría que prestar testimonio. David le dijo que ya habíamos tenido bastantes problemas con esa familia debido a mi aventura con Elaine Carrington.

—De modo que Susan hizo caso a David —intervino Krause—, pero aquel verano, cuando necesitaba dinero, pudo usar esa información sobre el robo para intentar conseguirlo.

—Creo que eso es exactamente lo que hizo —confirmó Althorp.

—¿Era Peter Carrington, embajador? —preguntó Moran—. ¿Le robaba a su propio padre?

—No, por supuesto que no. ¿No entienden por qué me está

atormentando todo esto? Ahora mismo Peter está en la cárcel acusado de haber matado a Susan. No tenía ningún motivo para matarla. David me dijo que él cree que, si Susan le hubiera pedido el dinero a Peter, él se lo habría dado sin dudarlo, y luego habría intentado ayudarla. Pero Susan nunca le hubiera pedido nada a Peter, porque estaba enamorada de él. David me dijo que mi silencio había sido una auténtica maldición para Peter. Cuando hablé con David esta tarde, me dijo que si no acudía aquí esta misma noche, no volvería a dirigirme la palabra.

—Entonces, ¿quién robaba los cuadros?

—El hijo de Elaine Carrington, Richard Walker.

79

Pat Jennings dejó a un lado el libro que estaba leyendo, cogió el mando a distancia del televisor y lo encendió para ver las noticias de las diez.

—Vamos a ver qué está pasando en el mundo —le dijo a su marido, que estaba adormilado con una revista en la mano. Sin esperar respuesta, concentró su atención en la pantalla.

—Tenemos una noticia muy importante —estaba diciendo el presentador de Fox News—. El cuerpo de Alexandra Lloyd, de cuarenta y seis años, ha sido descubierto flotando en el East River. La víctima sufrió numerosas puñaladas. Un vecino y buen amigo la describió como una profesora de arte que acababa de perder su trabajo en un instituto de secundaria debido a un recorte presupuestario. Todo aquel que disponga de información que pueda estar relacionada con el caso puede llamar al 212-555-7000.

—¡Alexandra Lloyd! —exclamó Pat justo cuando sonaba el teléfono.

Era Trish.

—Pat, estaba viendo las noticias y...

—Lo sé —dijo Pat—. Yo también las estoy viendo.

—¿Vas a llamar a ese número y contar lo de las llamadas a Richard Walker?

—Por supuesto, y además ahora mismo.

—Pobre mujer... Qué horror, que te apuñalen y tiren tu cuerpo al río... Dios mío, ¿crees que lo hizo él?

—No lo sé, eso ya lo investigará la policía.

—Mantenme informada —le urgió Trish mientras colgaba.

80

Después de que Charles Althorp acabase su declaración y se fuera con su abogado, Barbara Krause y Tom Moran se quedaron en el despacho, comentando la importancia de lo que habían oído y evaluando cómo afectaría eso a su caso contra Peter Carrington.

—El hecho de que Walker robara cuadros auténticos y los sustituyera por copias no quiere decir que matase a Susan. Y buena parte de lo que nos ha dicho Althorp se basa en cosas que ha oído —dijo Barbara Krause, dogmática.

—Y tampoco resuelve por qué Carrington escondió su camisa aquella noche, ni por qué su padre le dio un cheque de cinco mil dólares a María Valdez —intervino Moran—. De todos modos, ese delito ya ha prescrito; aunque demostremos que Walker era un ladrón, no podemos acusarle de robo.

Barbara Krause se puso en pie.

—Estoy cansada. Démonos un respiro.

Sonó el teléfono.

—Probablemente mi familia piensa que me he fugado contigo —le dijo a Moran mientras descolgaba el auricular. Luego, mientras escuchaba a su interlocutor, su expresión fue cambiando, y empezó a bombardearlo con preguntas—. ¿Cuándo la han encontrado? ... ¿Y la secretaria está segura de que le estaba amenazando? ... ¿Se va a Londres mañana? ... Muy bien, gracias.

Colgó y se quedó mirando a Moran.

—De nuevo Richard Walker. En el East River han encontrado el cuerpo de una mujer que le llamaba frecuentemente al trabajo y que hace pocos días le telefonéo enfadada y dejó un mensaje que era casi una amenaza. La información de que Lloyd llamó a Walker proviene de la secretaria de este. ¡Dios mío! Me pregunto si los dos hermanastros serán asesinos...

—¿Cómo murió? —preguntó Moran.

—La apuñalaron al menos una docena de veces —confirmó Krause.

—La madre de Walker, Elaine Carrington, vive en una casa en los terrenos de la mansión. Puede que él esté con ella ahora —observó Moran.

—Alertaremos a la policía de Englewood y les diremos que envíen un coche patrulla inmediatamente —dijo Krause con tono de preocupación—. Sé que hay algún guardia de seguridad privado en la finca, pero por la noche Kay Carrington está sola en esa casa.

81

—¿Qué estás haciendo aquí? —pregunté a Vincent Slater mientras me apresuraba a levantarme—. ¿Cómo has entrado?

—¿Que cómo he entrado? No me puedo creer que tengas la desvergüenza de preguntarme cómo he entrado... Después de treinta años de tener una llave para mi propio despacho en esta casa, después de todos los años que he pasado protegiendo a Peter, también de la ley, llego esta tarde y me encuentro con que has cambiado todas las cerraduras...

—¿Qué quieres decir con eso de que has protegido a Peter de la ley? —grité—. ¡Peter es inocente!

—No, no lo es. La noche que Susan desapareció, Peter se levantó sonámbulo. No supo qué había hecho, de eso estoy seguro.

—¡Y tú crees eso!

—Su padre debió de enterarse de lo que pasó —contestó Vincent—. Por eso sobornó a la doncella. Yo tengo la camisa, y está manchada de sangre. Por eso sé que lo hizo él. ¿Sabes, Kay? La verdad es que lograste engañarme. Al principio creí que realmente amabas a Peter y que serías buena para él. Pero entonces contrataste a Greco, precisamente el hombre que localizó a Matía Valdez, cuyo testimonio acerca de un soborno del padre de Peter añadió otro clavo a su ataúd. Tenías la esperanza de que Greco descubriese nuevas pruebas para poder enterrar a Peter definitivamente, ¿no es cierto? Sé que le hubieras dado la camisa a Greco, así que la guardé. ¡Admítelo! Te casaste con Peter para echar mano a su dinero. Ahora que esperas un hijo suyo, te has asegurado la jugada. Pero ¿es hijo de Peter?

Estaba demasiado atónita para responder.

—¿O del hombre al que has dado la llave de mi despacho? Acabo de ver a alguien entrar en la casa por la puerta de mi despacho. Dejó la puerta abierta, y por eso pude entrar. He vuelto por dos motivos: el primero, porque quería decirte lo que pienso sobre el hecho de que me hayas humillado cambiando la cerradura, y sin ni siquiera avisarme.

—¿Y el segundo? —pregunté con sarcasmo.

—El segundo motivo —contestó él con el mismo sarcasmo—, porque, si por alguna remota posibilidad me equivoco y Peter no mató a Susan, esta tarde has creado una situación de peligro dejando esa página de *People* en la biblioteca. No entiendo por qué lo has hecho. No sé qué importancia tiene esa página, pero sospecho que alguna debe de tener. ¿Por qué si no la hubiera guardado Grace?

—Vince, acabas de decirme que has visto a un hombre entrar en la casa por la puerta de tu despacho. ¿Quién era? Esa puerta tenía que estar cerrada con llave.

—Estaba oscuro y no sé quién era. Pero creo que tú lo sabes muy bien. ¿Dónde está ahora? ¿En tu dormitorio?

—No, estoy aquí mismo. Kay, no deberías haber dejado las llaves nuevas en el cajón de la cocina.

Sobresaltados, los dos nos volvimos hacia la voz. Richard Walker avanzaba con una pistola en la mano.

82

Tras decidir no encender las luces del techo del coche patrulla ni las sirenas, que podrían alertar a Richard Walker, si es que estaba en la mansión de los Carrington, el oficial Steven Hausenstock detuvo el coche frente a la puerta para hablar con el guardia.

—¿Sabe si Richard Walker está en la finca? —preguntó.

—Llegó a eso de las cinco —contestó el guardia—. Sigue dentro. A veces se queda a dormir en casa de su madre.

—¿Quién más hay?

—El ayudante del señor Carrington, el señor Slater, se fue hace una media hora, pero ha vuelto hace muy poco.

—Muy bien. Tengo que ver a la señora Carrington.

—Vaya a la puerta delantera y llame al timbre. Si no le responde, el guardia que está vigilando esa zona tiene una llave y le dejará entrar.

El policía condujo hasta la parte delantera de la casa. Vio que las únicas luces encendidas en el edificio estaban en el segundo piso.

—¿Está en casa la señora Carrington? —preguntó al vigilante.

—Sí. Esta noche ha tenido invitados. Se fueron todos hace una media hora.

—¿Quién vino? —preguntó Hausenstock.

—La señora Elaine Carrington, su hijo Richard Walker, y Vincent Slater. El señor Slater acaba de volver y se ha dirigido a la parte de atrás de la casa, donde está su despacho. Suele entrar por ahí.

—¿Dónde fue Richard Walker cuando se marchó?

—Se fue andando con su madre hacia su casa —dijo el guardia al tiempo que señalaba en aquella dirección—. Aún debe de estar allí, porque no le he visto irse. Tiene el coche aparcado fuera de la mansión.

El oficial Hausenstock cogió la radio de su coche.

—Richard Walker está dentro —dijo—. El guardia lo vio hace una media hora ir con su madre a la casa de esta, que se encuentra en la finca. Enviad refuerzos, pero no encendáis las sirenas ni las luces. Con suerte aún no me habrá visto. —Sin dejar el intercomunicador de la radio, preguntó al guardia—: ¿Desde el despacho de Slater ¿se puede acceder al interior de la casa?

—Sí —respondió el vigilante.

Mientras caminaba, el policía siguió hablando por radio.

—Me dirijo a la parte trasera de la casa para ver si el ayudante de Carrington, un tal Slater, está allí. Si está, entraré por esa puerta y echaré un vistazo. No quiero llamar al timbre por si Walker se ha colado en la casa sin que el guardia apostado fuera le viera.

El oficial Hausenstock volvió a dirigirse al vigilante.

—Richard Walker puede ser peligroso, y quizá esté armado. Dentro de nada llegarán más policías. Si ve a Walker, evite cualquier contacto con él y alerte a los policías en cuanto lleguen. Es posible que intente huir. Dígale a su compañero lo que está pasando y asegúrese de que cierra la puerta en cuanto entren los otros coches patrulla.

83

El miedo me dejó petrificada mientras Richard Walker se acercaba a nosotros, pero se detuvo a la distancia suficiente para que no pudiéramos quitarle el arma. Vince se puso delante de mí; supe que quería protegerme. Richard nos apuntaba directamente.

—Richard, no hagas ninguna estupidez —dijo Vince con voz tranquila—. ¿De qué va todo esto?

—¿Que de qué va todo esto? —respondió Walker con una voz preñada de emoción—. Te diré de qué va. Va de que, en el breve tiempo en que ha estado aquí la nueva señora Carrington, mi vida se ha venido abajo. Durante todos estos años mi madre ha protegido a Peter escondiendo la camisa. Vio que la llevaba puesta cuando volvió a casa aquella noche. Vio las manchas de sangre, y llegó a la conclusión de que Peter se había metido en líos. Si al día siguiente hubiera ido a la policía, justo cuando todo el mundo había descubierto la desaparición de Susan, Peter habría pasado los últimos veintidós años en la cárcel.

Justo entonces empezó a sonar el teléfono situado al pie de la escalera que conducía al primer piso. Walker nos indicó con un gesto que nos quedásemos quietos; quería oír si alguien dejaba un mensaje.

Aquella tarde yo había subido el volumen del contestador para poder oír los mensajes mientras estaba en el segundo piso. Un instante después, la voz de Maggie, claramente angustiada y asustada, dijo: «Kay, es tarde. ¿Dónde estás? Acabo de acordarme del nombre del hombre a quien tu padre oyó silbar aquella canción. Fue Richard Walker, el hijo de Elaine. Kay, ¿no iba a ir a cenar a tu casa hoy? Kay, por favor, ten cuidado. Estoy muy preocupada por ti. Llámame en cuanto oigas este mensaje».

Entonces me di cuenta de que Richard había comprendido que para él todo había acabado. Salí de detrás de Vincent. Me daba igual lo que pasase: quería enfrentarme a Richard.

—Tú mataste a Susan Althorp —le dije con un tono tranquilo que enmascaraba el miedo que sentía—. Aquella tarde en la capilla os oí a ti y a Susan, ¿verdad? —Señalé la pintura que había estado examinando—. Tú eras un marchante de arte con problemas de ludopatía. Fuiste tú quien dio el cambiazo con este cuadro... y Dios sabe con cuántos otros. Peter me dijo que los mejores cuadros estaban colgados abajo. Bueno, este estaba en el comedor, pero es una copia. El auténtico es el que se ve en la pared situada detrás de Marian Howley en ese artículo de *People*. Ese es el que tendría que estar en esta casa, ¿verdad, Richard? Grace lo descubrió, igual que Susan unos años antes. Susan sabía mucho de arte. Se enfrentó contigo acusándote del robo, ¿no? No sé por qué Susan quiso chantajearte en vez de contárselo todo al padre de Peter, pero lo hizo.

—No digas una palabra más, Kay —me advirtió Vince.

Sabía que estaba preocupado por si Richard perdía el control y me disparaba, pero yo estaba decidida a acabar lo que había empezado.

—Tu madre no protegía a Peter —dije—. Te protegía a ti. Y hay mucho más. Mi padre trazó un diseño para la zona situada al otro lado de la verja, que es donde enterraste a Susan. Se lo envió a Peter para que él se lo hiciera llegar a su padre, pero Peter siempre estaba en la universidad y no lo vio. Creo que tu madre sí lo vio y te lo enseñó. Decidisteis que teníais que libraros de mi padre. No bastaba con haberlo despedido. Os daba miedo que él pudiera contactar con el padre de Peter para hablarle del proyecto, cosa que no podíais permitir. Hicisteis que su muerte pareciera un suicidio, y luego enterrasteis a mi padre en la finca porque pensasteis que nunca más volverían a rastrear los terrenos.

Vince me había cogido del brazo; me di cuenta de que intentaba desesperadamente que me callase. La mano de Richard temblaba. Aunque yo sabía que era muy posible que nos disparase, tenía que seguir hablando. Me agobiaba la carga de todas aquellas emociones que había acumulado durante los años que tanto eché de menos a mi padre y, lo que es peor, que pensé que me había abandonado. Me lastraba la tortura de esas semanas de ver a mi marido esposado y encadenado, y todo por culpa de aquel hombre.

Justo entonces percibí una sombra que se movía por el pasillo, detrás de Richard. Me pregunté si sería Elaine Carrington o Gary Barr, que acudían en ayuda de Richard. Incluso aunque Maggie hubiera llamado a la policía cuando no respondí al teléfono, era demasiado pronto para que ya hubieran llegado. Me daba igual quién estuviera en el pasillo: quería que oyera lo que tenía que decirle a Richard Walker.

—No solo mataste a Susan y a mi padre, sino también a Grace —continué—. Cuando la encontraron en la piscina tenía en el bolsillo esa página de la revista. Seguramente se dio cuenta de que el cuadro original de Morley pertenecía a esta casa. Y Richard, quizá te resulte interesante saber que la persona que hizo la copia para ti estaba tan orgullosa de su trabajo que incluso añadió su propio nombre bajo la firma falsificada de Morley.

Volví a señalar la pintura que había examinado.

—Dime, Richard: ¿quién es Alexandra Lloyd?

Tras un suspiro de resignación, en el rostro de Richard se dibujó una ligera sonrisa.

—De hecho, Alexandra Lloyd era pintora, pero está muerta. Acabo de oír en las noticias que han encontrado su cuerpo en el East River. Como Susan, aquella joven encantadora pero drogadicta, Alexandra no entendió que chantajearme era una estupidez. Tú también has cometido algunos errores graves, Kay, y ahora tendré que hacer contigo lo que hice con ellas.

Entonces Richard miró a Vince y le habló directamente.

—Lo siento, Vince. No vine aquí con intención de perjudicarte. Siempre te has portado bien conmigo y con mi madre. Pero, lamentablemente, has aparecido en un mal momento. Yo ya no tengo nada que hacer, se me ha acabado la racha. Al final la policía me relacionará con Alexandra y reconstruirá el resto de la historia. Pero aún tengo una pequeña posibilidad de huir, y no puedo dejarte aquí para que des testimonio.

Richard se volvió hacia mí.

—Pero si me atrapan, cuando esté en la cárcel tendré la satisfacción de saber que no vas a disfrutar de la fortuna de los Carrington —dijo apuntándome a la cabeza—. Las damas primero, Kay.

Mientras yo susurraba el nombre de Peter, la sombra que había visto en el pasillo se materializó en un policía que entró como una exhalación, arrebató el arma a Richard y lo tiró al suelo.

—¡Policía! —gritó—. ¡No se mueva! ¡No se mueva!

Mientras el policía luchaba con Richard, Vincent dio una patada al arma, que salió disparada al otro extremo de la habitación, se lanzó sobre Richard y ayudó al policía a sujetarle. Instantes después se oyeron pasos en la escalera y entraron otros dos agentes de policía. Cuando Richard los vio, dejó de luchar y empezó a sollozar.

Como sumida en un trance, vi cómo lo esposaban y lo levantaban. Uno de los agentes recogió la pistola, y el que había estado en el pasillo se volvió hacia mí y me dijo:

—Lo he oído todo, señora Carrington. No se preocupe, lo he oído todo.

84

A la una y media de la tarde del día siguiente, mi marido, esposado y vestido con un mono de color naranja, compareció de nuevo ante el juez Smith. Una vez más, Barbara Krause hablaría en nombre del estado, y Conner Banks representaría a Peter. Una vez más, la sala estaba repleta de espectadores y periodistas. Una vez más, yo estaba sentada en la primera fila. Vince Slater estaba a mi lado, y Nick Greco, junto a él. Maggie, a mi otro lado, me cogía de la mano.

La fiscal Krause se dirigió al tribunal.

—Señoría, durante las últimas quince horas han tenido lugar unos acontecimientos inesperados. Richard Walker, hijo de Elaine Carrington, ha confesado ser autor de los asesinatos de Susan Althorp, Jonathan Lansing y Grace Carrington. Mi oficina ha acusado formalmente al señor Walker de esos crímenes, y comparecerá mañana delante de este tribunal. También ha confesado el asesinato, hace tres días, de Alexandra Lloyd, cuyo cuerpo se encontró en el East River, en la ciudad de Nueva York. El departamento de policía de esa ciudad ha tramitado una acusación contra él en ese caso.

»Señoría, y, si se me permite, me dirigiré también al señor Carrington, lamentamos profundamente que este error de la justicia haya tenido lugar. Nuestro único consuelo es que se haya descubierto antes de agravarse aún más. Anularemos la acusación contra el señor Carrington. Aquella acusación le responsabilizaba de las muertes de Susan Althorp y de Jonathan Lansing. Además, en aras de la justicia, anularemos las recientes acusaciones por violar la condicional. Dejo constancia de que no habíamos acusado formalmente al señor Carrington del homicidio de Grace Carrington. Señoría, el único cargo que podría sostenerse es la agresión a un oficial de policía cuando el señor Carrington fue al domicilio de los Althorp aparentemente sonámbulo. He hablado personalmente con el agente agredido, y me ha solicitado que anulemos también esos cargos. Como todos nosotros, siente mucho lo ocurrido al señor Carrington, y creemos que ya ha sufrido bastante. Solicito que se retiren también esos cargos.

Entonces el juez Smith se dirigió a Conner Banks.

—¿Hay algo que usted o el señor Carrington deseen decir?

Banks y Peter se miraron, y Peter negó con la cabeza.

—Señoría —dijo extendiendo sus manos esposadas—, le ruego que ordene que me quiten esto. Tengo que irme a casa con mi esposa.

El juez Smith, claramente conmovido, dijo:

—Accedo a la petición de la fiscalía para absolver al acusado de todos los cargos. Señor Carrington, no acostumbro a hacer comentarios personales, pero también son pocas las ocasiones en que soy testigo de algo así. Siento mucho que haya sido la víctima de esta tragedia. Será puesto en libertad de inmediato.

Mientras los asistentes prorrumpían en aplausos, corrí hacia Peter y le abracé. Estaba demasiado emocionada para hablar, pero él me dijo:

—Se acabó, amor mío, se acabó. Vamos a casa.

Epílogo

Un año después

Ha pasado un año desde que Peter compareció ante el tribunal y escuchó a la fiscal retirar los cargos contra él. Los engranajes de la justicia han seguido girando para las personas responsables de someter a Peter a aquella tragedia.

Richard Walker se confesó culpable de las muertes de Susan Althorp, mi padre, Grace Carrington y Alexandra Lloyd. Fue condenado a cadena perpetua tanto en Nueva Jersey como en Nueva York. La fiscalía me ha asegurado que nunca será puesto en libertad.

Vince Slater entregó la camisa de Peter a la fiscalía. Se decidió que la mancha de sangre era coherente con la declaración de Richard sobre lo que le pasó a Susan la noche de la fiesta. Él había quedado con ella a la una y media fuera de su casa. Ella quería que fuera a esa hora para asegurarse de que su padre dormía. Cuando se reunió con ella, Susan le aseguró que iba a dejar las drogas y que esa sería la última vez que le pediría dinero. Pero él no la creyó. Temiendo que ella revelase los robos de cuadros que él había perpetrado, Richard decidió matarla. Para evitar que gritase, le dio un puñetazo en la boca; la sangre manchó la parte delantera de su vestido. Luego la estranguló. Antes de poder meter el cuerpo en el maletero, Richard vio el coche de Peter aparcar frente a la propiedad de los Althorp.

Presa del pánico, Richard se escondió detrás de los arbustos y observó a Peter mientras este salía del coche, cogía algo del asiento del pasajero y cruzaba el césped hasta donde yacía el cuerpo de Susan. Peter llevaba puesta la camisa pero no la chaqueta. Richard vio cómo Peter dejaba caer un objeto, que resultó ser un bolso, y luego se arrodillaba y apoyaba la cabeza en el pecho de Susan, aparentemente para escuchar si el corazón latía. Fue entonces cuando se manchó la camisa de sangre. Luego Peter volvió al coche y se marchó.

Richard admitió que durante todo ese proceso Peter pareció estar sumido en el estado de confusión propio del sonambulismo.

Elaine Carrington negó que supiera que Richard pretendía acabar con Susan Althorp, pero sí admitió que su hijo le había confesado lo que había hecho a las pocas horas de cometer el crimen. Él le dio la explicación de que había golpeado y matado a Susan porque esta había rechazado sus propuestas amorosas a pesar de que se había escabullido de su casa para encontrarse con él.

Elaine confesó que había aconsejado a Richard que escondiera el cuerpo en su cabaña de pesca de Nueva York, y que luego le ayudó a enterrarlo en la propiedad al otro lado de la valla, después de haberse asegurado de que habían concluido las pesquisas policiales. También admitió que había sido idea suya que Richard, usando un nombre falso, atrajese a mi padre a una finca que estaba en venta en Nueva York con el pretexto de contratarlo como paisajista.

Después de que Richard matara a mi padre, Elaine le ayudó a enterrar el cuerpo en la finca. Richard llevó el coche de mi padre al lugar donde se encontró, junto al río Hudson, y Elaine le siguió en su propio coche, con el que luego le llevó de vuelta a casa.

Elaine negó toda participación en las muertes de Grace Carrington y de Alexandra Lloyd. También afirmó no tener conocimiento del robo de los cuadros.

Hoy día Gary y Jane Barr están divorciados, y me alegra decir que Jane ha seguido trabajando para nuestra familia.

Nicholas Greco se ha convertido en un comentarista habitual especializado en criminología en un programa de Fox News. Estaré siempre en deuda con él por ayudarnos a descubrir la verdad.

Vince Slater y yo hemos descubierto que, de formas muy distintas, los dos intentábamos desesperadamente proteger a Peter. Nunca olvidaré cómo se puso delante de mí cuando Richard nos apuntó con la pistola. Vince sigue siendo el hombre de confianza de Peter, y se ha convertido en un buen amigo mío.

El pequeño Peter Carrington tiene ya seis meses. No puedo decir «Peter junior» porque en realidad es Peter Carrington V. Es la viva imagen de su padre, y la luz de nuestra vida.

A Maggie le encanta su papel de bisabuela. Ahora ella y Peter mantienen una relación muy estrecha. Maggie incluso se ha convencido de que, en el fondo, ella siempre supo que él era inocente.

Peter vuelve a ser presidente y director ejecutivo de Carrington Enterprises, y la empresa sigue prosperando. Siempre tendrá que tomar medicación para evitar su sonambulismo, pero no han vuelto a producirse más episodios.

Un factor importante en el sonanbulismo es el estrés, y entiendo que mi trabajo consiste en hacer que nuestro hogar sea un puerto seguro para Peter en todos los sentidos. Cuando por la noche entra por la puerta y nos ve al bebé y a mí esperándole, la mirada de sus ojos y la sonrisa que ilumina su rostro me indican que estoy cumpliendo bien mi misión.

Nota de la autora

«Dormir, quizá soñar: sí, ese es el problema...»

Dormir, quizá andar sonámbulo: sí, ese es el problema...

Pido disculpas a Shakespeare por parafrasearle, pero la idea de escribir una historia sobre una persona que padece sonambulismo crónico y puede haber cometido algún crimen mientras se encuentra sumido en ese estado me pareció tan interesante que la hice realidad.

Quiero expresar mi gratitud a la enfermera Jane O'Rourke por su amabilidad al enseñarme en una visita guiada el Pascack Valley Hospital Sleep Disorders Center y explicarme sus servicios. También estoy agradecida a las revistas y las páginas web que ofrecen tanta información sobre el sonambulismo, y sobre todo a los siguientes autores de artículos aparecidos sobre el tema: Marion Howard, Rosalind Cartwright, Ph. D., y Fumiko Konno.

ESTE LIBRO HA SIDO IMPRESO
EN LOS TALLERES DE
LITOGRAFÍA S.I.A.G.S.A.
RAMÓN CASAS 2
BADALONA (BARCELONA)